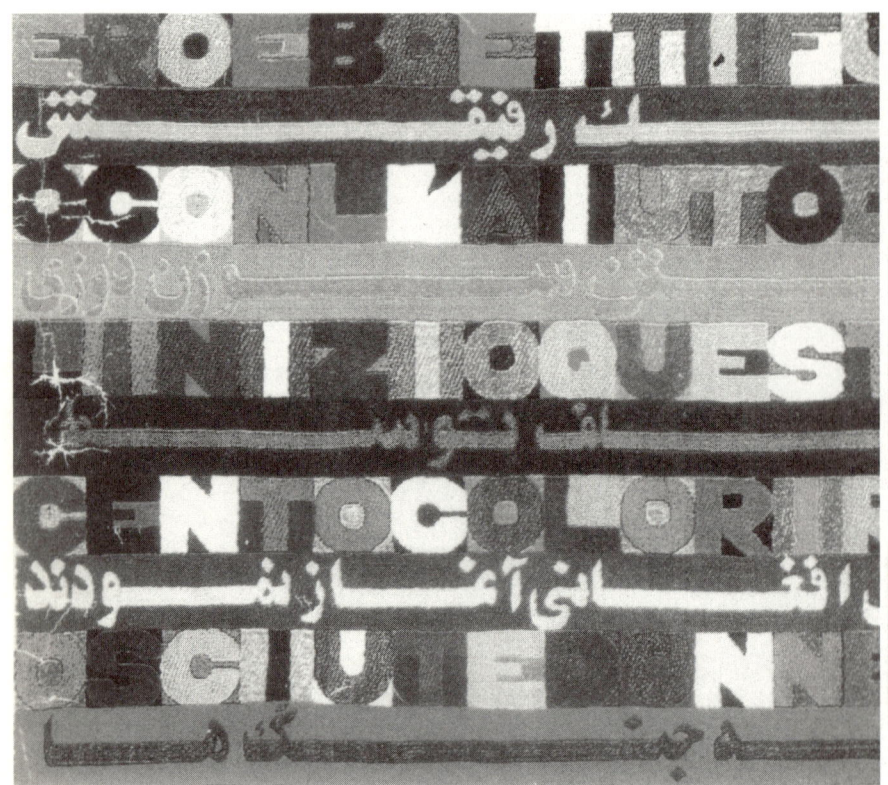

HANS-JÜRGEN HEINRICHS

Schreiben ist das bessere Leben

Gespräche mit Schriftstellern

Elfriede Jelinek | Friederike Mayröcker
Gerhard Roth | Georges-Arthur Goldschmidt
Paul Nizon | Nathalie Sarraute | E. M. Cioran
Jorge Semprun | Breyten Breytenbach
Hans Werner Henze

Verlag Antje Kunstmann

INHALT

Vorbemerkung

An irgendeinem Punkt seiner Entwicklung versucht jeder Schriftsteller, sich Rechenschaft über sein Tun abzulegen und dem höchst eigenartigen Prozeß des Schreibens noch einen weiteren Aspekt abzugewinnen. Die einen betonen mehr die Lust am Text und die durchs Schreiben gewonnene Freiheit; die anderen mehr den Zwang, unter dem sie sich fühlen, wenn sie »zur Feder greifen«.

Welchen Anteil Schriftsteller auch immer herausstellen und welcher Poetologie sie sich verpflichtet fühlen, stets sprechen sie von der besonders intensiven emotiven und geistigen Gebundenheit an das gewählte Sujet. Und genau darauf gründet sich dann auch die Faszination des Lesers und die Erfahrung, daß er sich deswegen mit seinem eigenen Schicksal auf eine neue und produktive Weise zu konfrontieren vermag.

Die Fixierung des Autors auf seine Sicht der Welt und die darin zur Wirkung kommenden Momente großer innerer Freiheit oder einer Sucht, eines Zwangs, ja, einer Besessenheit und eines Schreibwahns (die Dinge gerade so und nicht anders benennen zu wollen) sind Dreh- und Angelpunkt der folgenden Gespräche. Es sind Expeditionen in die vielen Schichten eines literarischen Textes und in die Motivationszusammenhänge, aus denen heraus Schriftsteller ihr Werk schaffen.

Nicht anders als Menschen, denen man begegnet und die sich einem einprägen, haben Bücher die Chance, dem Leben

und Denken neue Perspektiven anzubieten und Richtungs-
änderungen vorzuschlagen, Korrekturen vorzunehmen,
Wahlmöglichkeiten anzudeuten, den Raum des Denk- und
Vorstellbaren zu weiten. An den Büchern, die für den Leser
wichtig werden, entzündet sich – wie auch an Filmen, Bildern
und der Musik – das Feuer der Phantasie und des Imaginären.

Es ist der Ton des Überzeugtseins von einer Sache, die dem
Leser aus dem Geschriebenen entgegenkommt und ihn in Bewegung, vielleicht sogar in Aufruhr bringt und in Atem hält.
Dies kann zuweilen schon ein einzelner Satz, sogar ein ein-
ziges Wort bewirken. Ist dieser Prozeß erst einmal in Gang gesetzt und hat sich der Mensch den Welten, wie sie in den
Büchern beschrieben werden, geöffnet, ja *verschrieben*,
kommt er in der Regel nie mehr davon los. Es ist wie ein Sog
– und in diesem Sog zieht jedes gelesene Buch ein nächstes
nach sich. Fortan verläßt man immer wieder aufs neue den
eigenen Standort, um noch unbekannte Orte zu finden.

Diesen Raum der Faszination am Schreiben und am Geschriebenen, diese in Worten vollzogenen Ortswechsel und
Prozesse des Sich-Wandelns wollen die mit zehn ausgewähl-
ten Autoren geführten Gespräche sinnlich und intellektuell
in Szene setzen. Sie offenbaren persönliche Vorlieben in der
Wahl der Schreiborte, zum Beispiel im Caféhaus mit seiner
Hörkulisse des mehrsprachigen Gemurmels. Sie bieten
auch geradezu intime Einblicke in die Arbeitszimmer der
Schriftsteller, die zuweilen etwas von Hexenküchen und La-
boratorien, von alchemistischen Werkstätten oder auch von
asketischen und unterkühlten Studierstuben an sich haben;
Schreibateliers mit überschaubaren weißen Blättern zwar,
deren Leere aber zumeist nicht weniger erschreckend ist als
die große Leinwand des Malers.

Allzu oft sind Künstler und Schriftsteller beherrscht vom

Gefühl, als hätten sie noch nie etwas gemalt oder geschrieben, und erfahren sich als hin- und hergerissen zwischen dem Verlangen und dem Widerstand anzufangen, sich ins Leere hinein auszubreiten. Wissend auch, daß fast alles, was im Augenblick des Entstehens glänzt und glitzert, sich als vorläufig oder gar überflüssig erweist. Und dennoch, so stellt sich heraus, war es notwendig, vielleicht sogar unabdingbar für alles, was daraus folgte, für den ganzen »Bau« und die ihm innewohnende Idee.

Die folgenden Gespräche wollen den Leser an diesen Tat-Ort heranführen, an dem Ungeheures – nämlich die Wortwerdung von menschheitsgeschichtlichen und ganz privaten Dramen und Glücksmomenten, von Träumen und Visionen – geschieht.

Von den einen auf lange Sicht, mit langem Atem geplant und geradezu architektonisch entworfen, von den anderen mehr in der Augenblickshaftigkeit niedergeschrieben. Aber selbst die großen Planer und Konstrukteure stellen die künstlerische Durchführung weit über den intellektuellen Entwurf, ja, erfahren gerade im Widerspruch zum ursprünglichen Konzept die einzigartige Kraft des schöpferischen Prozesses.

Im Widerspruch zum intellektuellen Entwurf – der in der Regel auf Transparenz und Vermittelbarkeit setzt – kann sich das Widerständige und Unverständliche im künstlerischen Werk als wichtiger Beleg der individuellen Welterfahrung und deren Artikulation erweisen und hoch geschätzt werden. In diesem Sinne heißt es ganz programmatisch in einigen der Gespräche: Das künstlerische Werk ist nicht Produkt eines *Normopathen*, eines Menschen, der das Normale (was in Wirklichkeit das Pathologische sei) proklamiert; es ist das Ergebnis eines Prozesses, der unablässig Grenzbereiche

9

des Lebens berührt. Schreiben, das heißt, das Erfahrene oder Erkannte in der Sprache verlebendigen, sich erinnern, es bearbeiten und sich aufs Zukünftige hin entwerfen, getrieben von Neugierde, vom Wunsch weiterzuleben und sich der Wortfindung als einem Prozeß, der nie an ein Ende kommt, »mit Haut und Haaren« zu widmen.

Wenn dabei wegweisende Literatur entsteht, wurde das Band zwischen dem weit zurückliegenden, auch menschheitsgeschichtlich Frühen und dem lebensgeschichtlich und gesellschaftlich Gegenwärtigen auf eine bis dahin unerhörte Art und Weise gedehnt und beschriftet. Der Dichter auch als Archäologe und einer, der Zugang zum Verschlossenen und Verschütteten hat; der sich an Überflüssigem abarbeitet und das zugänglich machen kann, was man als Essenz oder Wesenhaftigkeit und auch als signifikant Alltägliches und Triviales bezeichnen mag. Milan Kundera ging einmal so weit zu behaupten, der Roman, der keine »bislang unbekannte Parzelle der Existenz« entdeckt habe, sei unmoralisch.

Diese Entdeckungsreise überschreitet bei weitem die Grenzen des individuellen Lebens und transzendiert das am eigenen Leib Erfahrene. Dabei hat der Schriftsteller zeitweise die Möglichkeit, mit sich so umzugehen, wie er es will, und nicht, wie es ihm sein Leben vorschreiben mag – Schreiben ist eben das bessere Leben.

ELFRIEDE JELINEK
wurde 1946 in der Steiermark geboren. Sie lebt als freie Schrift-
stellerin in Wien und München. 2004 erhielt sie den Nobelpreis für
Literatur.
Hauptwerke unter anderem: *Die Klavierspielerin* (Rowohlt 1983), *Lust*
(Rowohlt 1989), *Die Kinder der Toten* (Rowohlt 1995), *Bambiland
Babel.* Zwei Theatertexte (Rowohlt 2004), *bukolit.* hörroman (Berliner
Taschenbuchverlag 2005).

ELFRIEDE JELINEK

*Die Sprache zerrt mich
hinter sich her*

mit freundlichen grüßen,
auch an dr. heinrichs

ELFRIEDE JELINEK

(es ist das einzige Blatt
in Handschrift ,das ich
nicht verbrannt habe!

des System, das end an Mäusen, Hühnen
und Tabakpflanzen untersucht und überprüft
worden ist, also reinsicht, meins ist ein Krieg
geführt worden, mit den Toten. Sie leben bis
heute nicht darauf reagiert. Sie leben nicht
auf die Gefahre reagiert, die den Körper
unter Umstände schaden können, nämlich
Körperfremde Lebewesen, also faktisch alle, und
dagn auch die Bakterie, Viren und Pilze,
ein- und mehrzellige Tiere, also faktisch alle,
all ge auch körperfremdes Eiweiß und entartete
körpereigene Zellen. Von den noch freien Radikalen,
die ich sich als Bomben schieße, will ich
gar nicht sprechen. Hier spiele ich also
hem, es kann den IS uns gut frem, wenn
es gibt, ich spiele auf Panzer, vielleicht nicht,
aber zumindest solange uns nicht lebt, kann ich
nicht vorstellen, daß das lang sein wird ...

Cieso die Menschen sich auf Fotos oft gefallen,
aber eine herausragende Prozesse des IS ist eben
die Selbstabwehr. . . . . Netz, das S eigentlich nur bei
Fremdkörpern entdecken und diese bekämpfen, den eigenen
Körper aber verschonen soll, und dieses Netz voll ist
bilden .... So, die Selbstabwehr wäre etabliert

Die Vorbedingungen für unser Gespräch waren gut.

Eine gemeinsame Freundin hatte über die Jahre hinweg fragmentarische Grußbotschaften zwischen uns ausgetauscht. So entstand im Laufe der Zeit der Wunsch, miteinander ins Gespräch zu kommen.

Ich vereinbarte drei aufeinanderfolgende »österreichische Gespräche«: mit Elfriede Jelinek und Friederike Mayröcker in Wien, dann mit Gerhard Roth in der Steiermark.

Drei Welten, drei Expeditionen in fremde Räume.

Bei Elfriede Jelinek: An einem flachen Couchtisch in der scheinbaren Normalität eines Einfamilienhauses, mit Blick ins Grüne. Bevor das Gespräch beginnt, muß der Hund noch versorgt werden.

Wir nehmen uns sehr viel Zeit, sind konzentriert und dabei entspannt, oft heiter. Fast übermütig.

Am Ende sind wir zufrieden.

In großer Freundlichkeit verabschieden wir uns. Wir bleiben in Kontakt – und die gemeinsame Freundin übernimmt es wieder, fragmentarische Grußbotschaften zwischen uns auszutauschen.

Mit der Nachricht, daß Elfriede Jelinek den Literaturnobelpreis zugesprochen bekommt, beginnt eine neue Korrespondenz, verbunden mit der Frage, ob wir dem geführten Gespräch (das jetzt erstmals in seiner vollständigen Länge vom Band abgetippt und bearbeitet wurde) ein neues hinzufügen und beide Gespräche in einem Band zur Nobelpreisverleihung herausbringen sollen.

Es bleibt bei »offenen Fragen«.

Das Gespräch fand im Jahr 2000 statt und wurde 2005 von Elfriede Jelinek in dieser Form für den Druck autorisiert.

HANS-JÜRGEN HEINRICHS: Elfriede Jelinek, wenn Sie schreiben, auch rastlos in gewissem Sinne, fühlen Sie sich dann, im Umgang mit Ihren eigenen Figuren und mit Zitaten, in einer Art kommunikativer Situation, oder fühlen Sie sich einsam?

ELFRIEDE JELINEK: Nein, es ist keine Kommunikation. Die Figuren wachsen mir auch nicht in dem Sinne ans Herz, daß ich mit ihnen leben würde. Die Figuren sind nur Kleiderbügel, auf die ich die Sprache hänge. Sonst habe ich kein sinnliches Anschauungsmaterial dafür. In den realistischeren Romanen wie »Die Klavierspielerin« oder »Die Ausgesperrten« habe ich schon eine Empathie und auch mit den Figuren gelebt, aber diese Ebene habe ich wieder verlassen. Es gibt keine Biographie, es gibt kein Ich; meine Figuren haben auch kein Ich, weil das individuelle Handeln mit dem Roman des 19. Jahrhunderts ein Ende hatte. Selbst wenn manche Kritiker das immer noch von den Autoren verlangen, ist das nicht mehr zu leisten. Es wäre auch eine Illusion, individuelles Handeln überhaupt als möglich anzusehen.

HEINRICHS: Ich erinnere mich an die schöne Formulierung von Philippe Sollers: »Beckett ist der Autor des außerordentlichen Nicht-Ich.« In diesem Sinne sind Sie das sicher auch. Können Sie aus Ihrer Erfahrung nachvollziehen, was Marguerite Duras in ihrem Buch »Schreiben« sagt, daß ohne die Einsamkeit des Schreibens Geschriebenes nicht entstehen oder aber zerbröckeln würde? »Diese reale Einsamkeit des Körpers wird zu der unverbrüchlichen Einsamkeit des Geschriebenen. Ich sprach darüber mit niemandem. In dieser Periode meiner ersten Einsamkeit hatte ich bereits entdeckt, daß es Schreiben war, was ich tun mußte. Ich war darin schon von Raymond Queneau bestärkt worden, allein durch Queneaus Urteil, durch den Satz ›Tun Sie nichts anders als das, schreiben Sie‹.« Hat Ihnen das auch mal jemand geraten?

JELINEK: Bei mir war es ein Zustand, der mir keinen anderen Weg offengelassen hat, abgesehen davon, daß ich schon als Kind immer geschrieben habe. Aber ich hatte nach der Schulzeit eine starke soziale Phobie, mit Angstneurose gemischt, entwickelt und konnte buchstäblich nicht mehr auf die Straße gehen. Reste davon habe ich leider immer noch, aber mir geht es jetzt sehr gut im Vergleich zu damals. Es gibt Tätigkeiten, die man im Haus ausüben kann. Sie sind begrenzt, aber der große Vorteil meiner Arbeit ist, daß man sie im normalen Lebensbereich ausführen kann; ein Ersatzleben, das man führt, wenn man kein wirkliches führen kann und wenn man, so wie ich, nicht reisen kann, weil man Angst hat, seinen Standort zu verändern. Dann ist es eine imaginäre Wirklichkeitsebene, die man sich selbst schaffen kann. Und den Rest muß das Fernsehen leisten.

HEINRICHS: Nathalie Sarraute hat mir erzählt, daß sie jeden Tag, zu genau festgesetzten Zeiten, von Viertel nach neun bis Viertel nach zwölf in einem Caféhaus schrieb, umgeben von Menschen, deren Sprache sie zum Teil nicht verstand, inmitten dieser Anonymität des Gemurmels. Sie gehen auch gern ins Caféhaus, aber Sie schreiben dort nicht.

JELINEK: Nein, ich kann nur an meinem Schreibtisch arbeiten. Dieses Anonymsein und doch von Menschen umgeben sein – ich kenne auch hier einige Kolleginnen und Kollegen, die so arbeiten, Robert Schindel oder Elfriede Gerstl. Wien ist ja die Stadt der Caféhäuser. Aber die Caféhäuser benutze ich, im Gegensatz zu Nathalie Sarraute, um Kommunikation zu anderen herzustellen, jedoch nur gezielt und nur für eine bestimmte Zeit. Ich kann die Begegnung selbst abbrechen und mich wieder fortbegeben. Ich lade mir niemals Leute nach Hause ein, sondern treffe sie an einem Ort und zu Zeitpunkten, die ich selbst bestimmen kann. Ich würde dort aber nicht arbeiten können. Ich wäre zu sehr abgelenkt. Leider bin ich sehr fixiert auf meinen Arbeitsplatz und auf den Blick von dort hinaus. Auch die Peripherie, an der ich lebe, der Stadtrand, diese Einfamilienhaus-Kultur, ist für mich sehr produktiv, weil niemand vorbeikommt. Es kann einen niemand stören. Schriftsteller sind letztlich Einzelgänger, selbst wenn sie gerne saufen und mit Freunden zusammen sind.

HEINRICHS: Haben Sie feste Arbeitszeiten? Nehmen Sie sich vor, jetzt gehe ich zum Schreiben?

JELINEK: Genau wie Nathalie Sarraute, nur eben nicht im Caféhaus, sondern zu Hause. Diese Regelmäßigkeit müssen Leute, die ein ziemliches Chaos im Kopf haben, schon einhalten, damit sie sich wie durch einen Gipsverband jeden Tag ihre Ordnung schaffen. Selbst wenn man chaotische Dinge schreibt, braucht man eine große Ordnung. So hatte Thomas Mann einen sehr großen Personenkreis um sich, auch wegen der Angst, in die Homosexualität hineingesaugt zu werden. Jemand, der homosexuell ist und so viele Kinder zeugt und dann eine ganze Entourage an Menschen um sich hat, die ihn von allem abschirmt: Das ist für mich ein gutes Beispiel für eine stark ordnungsfixierte Schreibweise, eine sehr klassizistische Art zu schreiben. Das ist schon fast eine Parodie auf die saugende Wirkung dieses Chaos. Das Schreiben muß Ordnung in dieses Chaos bringen. Es ist falsch, wenn man das Chaos in die Ordnung hineinträgt.

HEINRICHS: Wie weit soll man gehen in der äußeren, auch der habituellen Zurichtung für die Arbeit des Schreibens? Paul Nizon hat erzählt, daß er sich umzieht zum Schreiben, wie jemand, der ins Büro geht. Kennen Sie das auch?

JELINEK: Unvorstellbar, das Gegenteil ist bei mir der Fall. Ich kann ungestört die ältesten Fetzen zum Schreiben anziehen, in denen ich vorher noch den Hund spazierengeführt habe, der mir seine dreckigen Pfoten hineinwischte. Das ist auch sehr genußvoll, und man kann sich weiter im Schlamm wälzen wie ein Schwein in der Suhle.

HEINRICHS: Das Archaische Ihres Hundes gibt mir die Möglichkeit, einen neuen Gesichtspunkt in unser Gespräch einzubringen. Können Sie die Erfahrung von Marguerite Duras teilen, daß das Schreiben einen zum Wilden macht und man zu einer Wildheit zurückkehrt, die vor dem Leben da war? Man erkenne sie stets wieder. Es sei ein Zustand der Angst vor allem auch nur Denkbarem, einer Angst, die untrennbar mit dem Leben verbunden sei. »Man ist verbissen, man kann nicht schreiben ohne die Kraft des Körpers. Man muß stärker sein als man selbst, um mit dem Schreiben anzufangen. Das ist eine komische Sache, ja, es ist nicht nur das Schreiben, das Geschriebene, es sind die Schreie der Tiere in der Nacht, die Schreie aller, ihre und meine, die der Hunde. Es ist die massive trostlose Vulgarität der Gesellschaft.«

JELINEK: Das schreibt natürlich eine, die sehr viel vom Leben gewußt hat. Die Duras ist eine Autorin, die eine ungeheure soziale Intelligenz besitzt und auch viel gesehen hat und wissen will, wie die Menschen funktionieren. Bei mir ist das Gegenteil der Fall. Ich habe immer vermieden, die Wirklichkeit zu sehen, weil ich weiß, was die Wirklichkeit ausmacht. Ich schreibe ständig wie der Blinde oder der Farbenblinde von der Farbe. Es ist nicht ein Schöpfen aus etwas, das man erfahren hat, sondern ein Vermeiden des Lebens, weil man schon vorher weiß, wie es ist.

Ich stimme Brecht – eigentlich ein Autor, den ich gar nicht so sehr schätze – in diesem Fall zu, daß die Wirklichkeit letztlich nach ganz wenigen Gesetzen funktioniert. Und die lassen sich darstellen. Vielleicht kommt es gerade aus der Vermeidung von Leben, daß man auf der anderen Seite schnell etwas sieht. Ich sehe zum Beispiel ein Paar und weiß nach kürzester Zeit, wer von beiden der Unterlegene und wer der Sieger ist. Das ist aber eine soziale Intelligenz, die nicht aus dem Wissen und der Erfahrung kommt, sondern aus der Vermeidung von Erfahrung, dem Sich-Freihalten von Erfahrung, daß man sich ständig zu einer Tabula rasa macht, die nicht nur »etwas«, sondern sich selbst schreibt.

HEINRICHS: Aber daß Sie sich mit einem Blinden vergleichen, halte ich eher für ein Anzeichen dafür, daß Sie mehr und nicht weniger Erfahrungen mit dem Leben haben. Wenn man zum Beispiel einen so exponierten Blinden wie Jorge Luis Borges als Zeugen heranzieht oder eine Frau, die Tibetologie studiert hat und eines Tages nach Tibet reist und ihre Blindheit überhaupt nicht als Einschränkung empfindet. Einmal sagt sie zu ihrem Fahrer: »Bitte halten Sie an. Hier muß es etwas Ungewöhnliches geben. Ich sehe das Blau des Sees, ich fühle die Bewegtheit des Sees, ich sehe die Schaumkronen.« – »Ja, aber Madame, der See ist auf der anderen Seite.« – »Das ist doch völlig egal. Ich sehe die Schaumkronen, und ich fühle das Blau.« Insofern würde ich denken, daß Sie, die Sie sich als Blinde bezeichnen, dem

Leben doch näher sind. Und das meinte ich auch mit dem Hinweis auf Borges, der gesagt hat, daß er, wenn er nicht blind gewesen wäre, nie die keltische Sprache gelernt und die Literaturen der ganzen Welt so intensiv gelesen hätte. Also ist das, was man das pralle Leben nennt, vielleicht doch nicht mit der größten Lebenserfahrung verknüpft?

JELINEK: Ja, das ist wie ein Paravent, den man sieht. Insofern hat man eine Essenz von Wirklichkeit und eine andere Form von Wahrheit. Das glaube ich schon, obwohl ich nie wagen würde, mich mit Borges zu vergleichen. Bei mir ist es eine soziale Blindheit oder eine Lebensblindheit oder eine selbstinduzierte Blindheit, die aber eine Essenz von Wahrheit an den Tag bringt. Ich glaube schon, daß wahr ist, was ich schreibe. Das glaube ich schon.

HEINRICHS: Wissen Sie, wenn Sie anfangen, bereits, wie Sie schreiben möchten, und gilt der gefundene Stil immer nur für ein Buch?

JELINEK: Gemeinsamkeiten sind bei all den Unterschiedlichkeiten in meinen Büchern zu finden. Ich habe so etwas wie eine eigene Sprache entwickelt. Es gibt Autoren, die einen eigenen Stil und eine eigene Sprache entwickeln, und andere, die die Sprache benutzen, wie sie ist, und eher inhaltsorientiert sind. Sie schreiben in der Differenzierung und in der äußersten Schärfung dieser normalen konventionellen Sprache. Ich gehöre zu denen, die einen sehr individualisierten Stil oder eine individualisierte Methode entwickelt haben, die in gewisser Weise gleich zu erkennen ist, ähnlich wie bei Thomas Bernhard mit seinen rhythmischen Tiraden und seiner herrischen Sprecherposition, die immer die Position des Herrn ist. Das ist auffallend bei ihm. Bei mir ist es eher das Lautliche, das Ausgehen vom Klang des Wortes. Aber diese stark individualisierten Stile werden leicht zu ihrer eigenen Parodie. Da muß man aufpassen. Immerhin kann man sich selbst besser parodieren, als andere das könnten. Bei Thomas Bernhard habe ich schon sehr komische Parodien gelesen.

HEINRICHS: In einem Gespräch mit Gisela von Wysocki, »Fremde Bühnen«, erwähnen Sie die Sucht nach Wortassoziationen, nach Kalauern und Sprachspielen und stellen eine Beziehung her zu den Wirbeln auf der Kopfhaut. Ich habe den Eindruck, daß für Sie das Sprechen, das Schreiben, der Umgang mit der Sprache etwas Lustvolles ist. Genießen Sie die Komik und die Absurditäten, die dabei entstehen, oder ist es doch mehr eine ernste Tätigkeit?

JELINEK: Nein, ich genieße das sehr. Allerdings darf es keine planerische Komik sein, sondern es muß ein Vorgang sein, bei dem die Sprache mich hinter sich herzerrt. Das wird übrigens um so stärker, je länger ich schreibe, so daß ich eine geradezu neurotische Abneigung gegen das Planen habe. Diese Sprachspiele entstehen ja erst im Verfertigen des Textes. Die Sprache zerrt mich hinter sich her, wie ein Hund seinen Besitzer an der Leine hinter sich herzerrt, und schnüffelt an jeder Ecke. Das sind dann die Sprachspiele, die Kalauer, die aber nicht einfach sinnloses Spiel mit Sprache sind, sondern in eine bestimmte Richtung weisen. Also ich richte dann in den Kalauern, die eigentlich das Ausweichen sind, die Sprache wieder wie ein Papierschiff in die Strömung. Und dann geht es erneut ein Stück voran.

HEINRICHS: Ich habe Nathalie Sarraute gefragt, ob das Schreiben für sie eher innere Freiheit oder ein Zwang sei. Beim ersten Mal hat sie geantwortet, ein Zwang, und beim zweiten Mal, innere Freiheit. Ist es für Sie auch beides?

JELINEK: Ja, wahrscheinlich ist es beides. Es ist insofern ein Zwang, als es – wenn man sich einmal dazu durchgerungen hat, überhaupt anzufangen und etwas zu schreiben – wie Kotzen-Müssen ist. Es ist etwas, was man eigentlich nicht gerne tut, aber man kann nicht anders, man muß es tun. Vielleicht auch, weil man nichts anderes kann. Ich weiß nicht, aber auf jeden Fall hat es etwas sehr Triebhaftes bei mir. Es gibt ja auch ungeheuer planerische Autoren, bei denen das eher ein zwangsneurotisches Konstrukt ist. Zum Beispiel Arno Schmidt, der über riesige Zettelkästen verfügte, in denen er dann nachschlug. Solche Autoren spuren etwas im Schnee vor. Aber das ist nicht mein Weg.

HEINRICHS: Schreibt man, weil man nichts anderes kann?

JELINEK: Ich habe wahrscheinlich nicht die Wahl. Ich komme ja von der Musik her und habe daher dieses lauthafte oder lautliche Sprachverfahren entwickelt, das eine Zwischenform zwischen Komponieren und Schreiben darstellt. Das geht sicher so weit, daß Leute, die sich nie mit Musik beschäftigt haben, gar nichts mit meinem Schreiben anfangen können. Für die ist es wahrscheinlich ein leeres Rauschen. Es erscheint ihnen unsinnig.

HEINRICHS: Von Nabokov weiß man, daß er zwei große Fähigkeiten hatte: schreiben und Schmetterlinge sammeln; von John Cage, daß er ein großer Pilzsammler und Musiker war.

Gibt es bei Ihnen auch eine zweite Ebene neben dem Schreiben?

JELINEK: Also nichts, was sich mit diesen Herren vergleichen ließe, wobei es mir sehr männlich erscheint, eine Tätigkeit in dieser Weise beharrlich vorzuführen und darin ein Meister zu werden, so wie Eva Meyer sagt, daß die großen chinesischen Meister in ihre Bilder hineingegangen und verschwunden sind, und die Frau kein großer Meister ist, weil sie immer wieder auftaucht und mit dem Verschwinden beschäftigt ist. Sicher gibt es Frauen, die wunderbare Fertigkeiten auf den verschiedensten Gebieten haben, aber die Frau kann nie ganz verschwinden und nie in dieser Weise eintauchen wie Nabokov in die Welt der Schmetterlinge, weil sie immer wieder in diese vampirhafte Existenz zurückkommt und da sein muß, weil man es von ihr verlangt, einfach deshalb, weil die Frau mehr Körper ist als der Mann und weil sie, da sie kein Ich hat, besonders auf dem Ich beharren muß. Sie muß immer wieder auftauchen und versuchen, ein Ich zu konstituieren aus diesem biologistischen Magma, das sie als Bild darstellt.

HEINRICHS: Aber das ist doch die Chance der Frau. In der französischen Psychoanalyse heißt es, daß das Ich »die Geisteskrankheit des Menschen« sei. Das Ich ist die große Falle. Gerade in der westlichen Kultur – die gesamte westliche Zivilisation ist ja eine Ich-Wahn-Kultur – ist es die Chance der Frau, von diesem ichbezogenen Sprechen wegzukommen und eine ganz andere Ebene zu erreichen. Ist es das, was auch Sie sich unter einem weiblichen Schreiben vorstellen?

25

JELINEK: Ja, so sehen wir und ein paar andere das. Aber entscheidend ist, daß wir trotzdem dieser Kultur unterliegen, in der wir leben, und daß wir dieser patriarchalen Normsetzung unterworfen sind, und egal, was wir tun, es sind nicht wir, die die kulturellen Normen setzen. Insofern sehe ich das sehr pessimistisch. Ich glaube, daß das Werk der Frau in dieser Kultur, wenn sie sich nicht ändert, schon von vornherein verfallen ist, was wiederum eine große Chance ist. Und ich sehe es auch so, daß in dieser Anarchie, in dieser Regellosigkeit und in diesem Sich-nicht-Unterwerfen, in diesem westlichen patriarchalischen Prinzip, die Chance besteht, weg zu sein oder eben da zu sein, und daß die Frau zwischen diesen beiden Positionen oszillieren kann, während der Mann immer dableiben muß, er kann aber auch ganz verschwinden.

HEINRICHS: Regellosigkeit ja, im Sinne des Gesellschaftlichen und des Sozialen. Es gibt noch eine andere Ebene, die der Sprache, und die Sprache ist natürlich ein Regelsystem, mit dem man unablässig umgeht. Ich erinnere mich an die wunderbare Geschichte, die Michel Leiris des öfteren erzählt hat: Als kleines Kind spielte er mal mit Zinnsoldaten, und einer fiel ihm dabei fast zu Boden. Er konnte ihn gerade noch auffangen und rief »reusement«. Da sagte seine Mutter: »Das heißt nicht ›reusement‹ (etwa: glichewis), Michel, sondern ›heureusement‹ (zum Glück).« In diesem Augenblick verstand er, daß es schon eine Sprache gab, mit festen Regeln, mit einer Ordnung. Und er wurde Schriftsteller, um gegen diese Evidenz der bestehenden Sprache anzugehen und ein eigenes Sprachsystem zu erfinden. Hat das nicht viel Ähnlichkeit mit dem, was man »weibliches Schreiben« nennen könnte: nämlich trotz der Regelhaftigkeit und auch der Konnotationen, in denen man sich bewegt, etwas Eigenes zu finden?

JELINEK: Es ist ja, glaube ich, interessant, daß im Deutschen die sprachexperimentellen Werke oft von Frauen geschrieben worden sind. Das scheint mir in anderen Sprachen nicht so ausgeprägt. Vor allem am Theater fällt mir auf, daß die Texte, die das Theater ästhetisch weiterbringen, gerade nicht die Texte sind, die oft gespielt werden, sondern die, die auch die Sprache weiterbringen, seien es die von Gisela von Wysocki oder Ginka Steinwachs oder auch von mir. Die Formelhaftigkeit, in der Männer oft sprechen, steht dem wahrscheinlich entgegen. Ich habe überhaupt den Eindruck, daß, wenn ein Mann und eine Frau von gleicher Bildung oder auch Nichtbildung sprechen, das Sprechen der Frau immer das freiere und das ungebundenere ist, während die Männer in der Formelhaftigkeit von Zeitungsartikeln sprechen. Es ist natürlich eine Chance, dieses Nicht-festgelegt-sein-Müssen oder dieses Befreit-sein-Müssen, Befreit-Sein von den Regeln. Das ist die Chance zur Subversion, die die Frau wieder stärker hat als der Mann.

HEINRICHS: Könnten Sie Marguerite Duras zustimmen, die gesagt hat:»Die Frau ist Sehnen, wir schreiben nicht am selben Ort wie die Männer. Und wenn die Frauen nicht am Ort des Sehnens schreiben, dann schreiben sie nicht, sondern sie plagiieren nur.« Aber das ist natürlich gerade die Frage. Ist dieser Ort des Sehnens erkennbar, ist er erfahrbar und als Ort des Schreibens benutzbar? Oder ist es für Sie ganz anders?

JELINEK: Ich arbeite immer mit verschiedenen Sprachebenen. Und wenn es nicht weitergeht, verwende ich zum Beispiel zwei Sätze aus einem Kriminalroman oder einen Satz von Robert Walser. Der ist für mich der Inbegriff eines Schriftstellers, der nicht um sein Ich kreist, der sein Ich verloren hat und es auch gar nicht sucht, also eine Art von Selbstvergessenheit, nicht Seinsvergessenheit, einer, der nicht um sein Selbst kreist, sondern der sich in etwas anderes hineinwirft. Und ich ziehe dann in dieses Gebäude Zwischendecken aus einer fremden Sprache ein. Das sind manchmal nur ein, zwei Sätze, die von ganz woanders herkommen, wie ein Meteoriteneinschlag, aus einem Trivialroman oder einem Liebesroman oder aus einem theoretischen Text. Die sind dann so etwas wie Brücken über ein Gewässer, und dann kann man weitergehen. Bei mir ist es dieses Oszillieren, nicht zwischen Wirklichkeit und dem Symbolischen oder dem Imaginären, nur zwischen imaginären Ebenen, also ein Hinundherspringen zwischen verschiedenen Sprachrhythmen und Sprecherpositionen, weil es mir nicht wichtig ist, auf meiner eigenen Sprecherposition zu beharren. Aber gerade dadurch, daß ich mit anderen Texten arbeite und dann immer wieder collagiere – im Theater mehr als in der Prosa natürlich, weil das Theater ja an sich ein direkteres Sprechen ist als Prosatexte –, gibt es die Wirklichkeit nicht für mich, es gibt nur verschiedene Sprachmöglichkeiten.

HEINRICHS: Das Reale ist nur eine Konstruktion, die aufscheint im Sprechen, im Erinnern, im Assoziieren. Was Sie eben mit Robert Walser ins Spiel gebracht haben, diese Selbstvergessenheit, diese Ichlosigkeit und damit eine andere Gegenstandsbezogenheit, finden wir auch extrem radikalisiert bei Georges Bataille, der ja auch für Sie, vor allem für Ihren Roman »Lust«, so wichtig war. Bataille spricht vom Vergehen des Gegenstandes und von der Auflösung des diskursiv Wirklichen.

Ich habe mich gefragt, ob der Wunsch, der hinter Ihrem Buch »Lust« steht, nämlich so etwas wie einen Gegenentwurf zu Bataille zu versuchen, ob dieser Wunsch, den Sie ja dann, in der Realisierung, für gescheitert ansahen, überhaupt angemessen war. Bei Bataille sind das Schreiben und der Wunsch, diese Ebene der Sexualität literarisch zu erreichen, gebunden an eine tiefe Religiosität, an die Idee der Verausgabung, an das Prinzip der Überschreitung, an seine starke Bindung an Gruppierungen, die aktiv und symbolisch mit Ritualen und Opferungen arbeiteten. Kann man zu dieser quasi archaischen Ebene einen Gegenentwurf auf der Ebene des weiblichen Schreibens finden? Oder war das von vornherein eine zu kurz gefaßte Idee?

JELINEK: Das muß ich wirklich aufklären, weil damals so oft kolportiert worden ist, daß ich von einem Scheitern dieses Gegenentwurfs zu Bataille gesprochen hätte. Ich wollte mich damit ja nicht an Bataille messen und so etwas wie er zustande bringen. Vielmehr möchte ich aus weiblicher Sicht etwas wie Bataille – ohne mich an ihm zu messen, das würde ich gar nicht wagen – versuchen. Und ich habe nicht gesagt, ich wäre individuell daran gescheitert. Das glaube ich nicht. Ich bin nur gescheitert an dem, was ich wollte.

Das ist aber eine komplizierte Geschichte, weil es eben kein individuelles Scheitern war, sondern weil ich glaube, daß die Frau – und ich rede jetzt nur von der literarischen Pornographie, die ja immer auch eine Gesellschaftspornographie ist, wenn man von dieser Art ausgeht, und ich rede nicht von kommerziell pornographischer Literatur –, daß die Frau scheitern muß, weil sie immer das Objekt ist in der pornographischen Literatur und niemals das Subjekt. Deswegen ist ja auch die einzige geglückte literarische Pornographie von einer Frau, »L'Histoire d'O«, die folgerichtig diesen Objektcharakter der Frau annimmt und fortschreibt und damit endet, daß eine Frau einen Mann bittet, sterben zu dürfen, und der Mann es ihr gewährt. Daß es sozusagen das Äußerste an Selbstverleugnung ist, den eigenen Tod nicht als Selbstmord herbeizuführen, sondern darum zu bitten.

Mein Scheitern war kein individuelles, sondern eines, dem eine Frau immer unterliegt, wenn sie sich zum Subjekt, zum Schauenden macht. Ich habe in der »Klavierspielerin« auch schon etwas getan, was eine phallische Überschreitung ist, nämlich die Frau als diejenige zu zeigen, die schaut, und nicht als diejenige, die angeschaut wird. Aber wenn wir von Bataille reden und seiner, ich würde sogar zugespitzt sagen, Selbstvergeudung, dann steht die Verschwendung einer Fülle, die man hat und die er sehr oft auf die Frau projiziert – in »Blau des Himmels« zum Beispiel –, meist in Verbindung mit Alkohol und Drogen. Diese Selbstentäußerung setzt eine Souveränität voraus, die die Frau gar nicht erreichen kann. Denn wo nichts ist, kann auch nichts vergeudet werden. Es kann nur vergeudet werden, wo das Subjekt sich konstituiert hat. Die Frau muß in ihrer Lust, selbst wenn sie Handelnde wird und sich zum Subjekt ihrer Lust macht, einen unglaublich komplizierten Vorgang absolvieren, indem sie sich als Subjekt zum Objekt macht, also als Begehrende zu einem zu Begehrenden. Sonst funktioniert es nicht.

Ich finde Freud sehr fragwürdig, wenn er die größere Sublimationsleistung beim Mann sieht, der sein Primärobjekt ja eigentlich behalten kann. Er kann sein Leben lang seine Mutter vögeln, während die intellektuelle Leistung des Mädchens, das das Primärobjekt aufgeben und auf ein vollkommen andersgeartetes Wesen übertragen muß, eine größere Abstraktionsleistung, auch eine größere Sublimationsleistung darstellt. Ich würde Freud nicht nur korrigieren, sondern sagen, daß das Gegenteil von dem, was er sagt, wahr ist.

Denn es ist nicht so, daß die Frau nicht sublimieren muß und auch nicht kann, weil sie kein starkes Über-Ich ausbildet. Ich finde, das Über-Ich der Frau muß viel stärker sein als das der Männer.

HEINRICHS: Aber ist es wirklich so, daß in der pornographischen Literatur das Begehren der Frau nicht vorkommt, daß, wie Sie einmal zugespitzt sagten, das Begehren der Frau geradezu das Begehren des Mannes auslöscht? Es gibt ja die schöne Formulierung von Jacques Lacan: »das Begehren ist das Begehren des Anderen«, und dieses *des* ist ein doppelter Genitiv, der Andere begehrt mich, und ich begehre ihn. Meine Erfahrung ist eher so, daß der Mann angewiesen ist auf das Begehren der Frau und daß die Literaten, die davon ein Bewußtsein haben, das auch zur Sprache bringen.

JELINEK: Ja, aber das Andere ist immer die Frau, nicht der Mann. Insofern ist das schief, weil der Mann das Subjekt ist, an dem sich alles mißt, und die Frau ist das Andere, und daher begehrt immer nur der Eine das Andere. Ich glaube schon, daß die Männer sich dessen bewußt sind, daß auch die Frau begehrt. Aber wenn die Frau begehrt, kann sie nur Zeichen setzen, daß sie begehrt und begehrt zu werden wünscht. Das ist eine nicht nur biologische Konstante. Aber diese Zeichen sind vielleicht auch die Schrift, vielleicht wenn die Frau Kunstwerke produziert oder wenn sie spricht, was ja auch schon eine phallische Anmaßung ist; vielleicht tut sie das deshalb, weil sie nur Zeichen setzen darf. Kurze Zeit kann das funktionieren, das liegt im Wesen der Sexualität, sie kann nur Zeichen des Begehrens setzen. Aber sie muß sich begehren lassen.

HEINRICHS: Ich glaube, daß auch der Mann nur Zeichen des Begehrens setzt im Sinne des Signifikanten, das ist ja das Zeichen. Aber machen Sie einen Unterschied zwischen dem Pornographischen und dem Obszönen, und ist das Obszöne für Sie noch gebunden an Emotionalität, an Zärtlichkeit, oder ist das für Sie etwas, was sich auf der literarischen Ebene davon ablöst?

JELINEK: Man müßte jetzt definieren, wie Sie unterscheiden zwischen dem Pornographischen und dem Obszönen.

HEINRICHS: Unterscheiden Sie dazwischen?

JELINEK: Das hab' ich mich noch nicht gefragt, ehrlich gesagt. Aber auf jeden Fall sehe ich das Pornographische und das Obszöne an gesellschaftliche Gegebenheiten gebunden, wie ja auch die de Sadeschen Pornographien ein gigantischer Gesellschaftsentwurf sind. Man kann Gesellschaftsentwürfe ohne Obszönität gar nicht liefern, weil ja ununterbrochen Körper andere Körper verbrauchen. Gerade in dieser ungeheuren Massierung wie bei de Sade und in Verbindung mit Macht; die einen sind also lebende Tische und Bänke und werden zu Möbelstücken, und die anderen sind diejenigen, die sich diese Körper im riesigen Ausmaß aneignen. So ist Pornographie, wenn sie literarisch glückt, immer nur ein Gesellschaftsentwurf, und letztlich ist Pornographie nur möglich in der Definition eines Hegelschen Herr-Knecht-Verhältnisses. Es sind immer die einen Körper, die die anderen Körper verbrauchen. Sexualität ist ohne die Machtfrage überhaupt nicht zu sehen. Alles, was scheinbar unschuldig ist in der obszönen Literatur, stimmt in diesem Augenblick nicht mehr. Das ist die Größe von de Sade, daß er das gewußt hat.

HEINRICHS: Möchten Sie diese Thematik, den Zusammenfall und die Überschneidungen von Sexualität und Macht, von Schönheit und Häßlichkeit, von Lust und Schmerz, nicht manchmal auch in einem anderen Bereich, in einem anderen Medium darstellen, etwa in der Malerei, der Fotografie oder der Musik? Oder ist für Sie die Literatur *das* Medium, um die Sexualität zu thematisieren? Ich habe vor ein paar Tagen eine Ausstellung von Jan Sautek, dem tschechischen Fotografen, in Paris gesehen. Ich habe noch nie eine solch unglaubliche, übergangslose Vermischung von Häßlichkeit und Schönheit wahrgenommen, und ich dachte, man kann das eigentlich nur auf diesen Bildern so zeigen. Wie kann man Häßlichkeit in der Musik zeigen? Ich erinnerte mich einer schönen dichterischen Formulierung: »Auf der Jauchegrube erblühen die schönsten Rosen.« In welchem Bereich kann man das am ehesten zeigen?

JELINEK: Sicher ist mein Bereich die Sprache, weil in ihr alles möglich ist. Anders als die Fotografie kann die Sprache alles und kann auch das Sprechen noch am ehesten diese absolute Souveränität über das Material suggerieren, selbst wenn der Fotograf das Äußerste fotografiert. Das ist doch sehr begrenzt: die Möglichkeiten des Körpers, Lust zu empfinden, und die Möglichkeit der Fotografie, Lust zu zeigen. Natürlich ist der Mann wieder mal viel stärker repräsentiert. Warum? Die Frau müßte man wirklich aufschneiden. Die äußerste Pornographie ist im Grunde, eine Frau aufzuschneiden, da ihr Körper nicht in dem Maße wie der des Mannes repräsentiert. Um Eva Meyer zu zitieren: »Die Säfte der Frau sind nicht repräsentationsfähig.« Es geht bei ihr nach innen, und man sieht nichts mehr. Da ist die Fotografie sehr begrenzt; gegenüber der Sprache kann sich der Körper öffnen und ins Imaginäre ausdehnen. Die Frau spricht auch gleichzeitig um ihr Leben. Meine Figuren sprechen ja unaufhörlich, und wenn sie nicht sprechen, sind sie verschwunden. Das ist eine Logographie oder Logo-Pornographie.

HEINRICHS: Auf den ersten Blick scheint es, als seien Ihre Texte auf der Gegenseite der Poesie angesiedelt. Sie haben die Kolportage erwähnt, und auch Science-fiction und Werbespots spielen bei Ihnen eine Rolle. Dabei habe ich mich gefragt, ob das eigentlich Gegensätze sind. Ich denke an Positionen der literarischen Moderne, denen zufolge die Poesie nie aufbaut, sondern zerstört. Wenn man Poesie so versteht, dann finde ich Ihre Literatur und eine, die ich – verkürzt – poetisch nennen möchte, durchaus nicht so konträr. Das gibt mir auch den Mut, Sie zu fragen, ob für Sie Schreiben, trotz Ihrer Orientierung am Gesprochenen, am endlos Wiederholten und am Zitathaften, nicht auch heißt, die Sprache in ihrer ursprünglichen Form wiederzufinden, in dem Sinne, in dem man bei Hölderlin von einer Wiedereinsetzung der Wörter in ihre ursprüngliche Bedeutung gesprochen hat. Hat der Schriftsteller, gleichgültig, wie er arbeitet, nicht stets den Wunsch, zu einer Ebene vorzudringen, die der Sprache zugrunde liegt?

JELINEK: Bei mir entsteht das ja nur in der Differenz, in der Differenz zu dem, was Heidegger »Gerede« nennt, also zur Werbung. Früher waren es Heftchen-Romane, Kriminalromane, Zeitungsartikel. Ich benutze diese Ebene als Flugzeugträger und dringe von dort in ein anderes Sprechen, das nun meines ist, vor, aber ohne diesen Alltagssprachenmüll und diese Alltagssprachenfetzen zu leugnen. Ich scheue die Trivialität auch nicht, weil ich sie als Grenzposten brauche, um mich davon zu entfernen, während ein Autor wie

Handke zum Beispiel in seinen frühen Arbeiten die Trivialität gescheut hat, auch programmatisch gescheut hat. Ich arbeite mit Trivialität.

HEINRICHS: Und die Art und Weise, wie Sie mit diesen Trivialitäten und den Zitaten arbeiten, die Art der Verbindung, der Montage, entsteht die beim Schreiben selbst, oder ergibt sie sich aus der methodischen Erfahrung?

JELINEK: Die Erfahrung ist natürlich größer geworden. Von diesen Zitaten stoße ich mich ab wie von einem Trampolin. Aber zuerst bin ich eher wie ein Raubvogel, um diese Zitate zu finden, ähnlich wie die Sätze, die Unica Zürn finden mußte, um ihre wunderbaren und unvergleichlichen Anagramme zu schreiben, und wo es auch drauf ankommt, daß man einen Satz findet, der einen weiterführt. Es gibt aber durchaus Autorinnen und Autoren, die anders, doch mit ähnlichen Verfahren arbeiten, zum Beispiel Mayröcker und auch Ingeborg Bachmann. Jemand hat gesagt: Irgendein Satz, und wäre es eine Strumpfwerbung auf einem Plakat, läßt sie wie von einem Trampolin in die Luft fliegen und eröffnet neue Räume. Der Text geht da wirklich von der Lautlichkeit und von der völligen Absurdität aus. Wenn man so einen Satz sieht, dann weiß man, der ist es, den muß man aufschreiben, und der führt einen dann ganz woandershin.

HEINRICHS: Da Sie Ingeborg Bachmann erwähnen: Bei ihr gibt es noch eine Utopie des Weiblichen. Sie spricht von der »Poesie des weiblichen Geschlechts« und findet sehr schöne und pathetische Worte für das Weibliche. Können Sie sich in eine solche Vorstellung einfühlen? Wissen Sie, was sie damit meint, oder ist das für Sie etwas Vergangenes?

Jelinek: Es ist natürlich eine andere Generation. Aber sie hat zu einer Zeit, da es noch kaum eine Frauenbewegung gab, sehr radikale Texte geschrieben. Ich bin eine der wenigen, die ihre Prosa interessanter finden als die Lyrik. Gerade sie beschreibt dieses Verfahren: Wenn sie »Damenmode« irgendwo liest, liest sie sofort »Damenmorde«. Dieser Assoziationszwang, diese Subversion, die ja immer nur der Unterlegene und nicht der Sieger praktiziert. Der Sieger diktiert die Sprache, und der Unterlegene kann sie nur annehmen oder für sich verändern. Und gerade sie hat in dem Pathos der Liebenden immer gewußt, daß es so nicht ist. Indem sie die Poesie des Weiblichen beschwört, erzählt sie gleichzeitig Geschichten, wie ein kleiner Bub ihr begegnet und sagt: »Du, ich zeig dir was.« Und sie schaut hin, und er haut ihr eine runter. Diese entsetzliche Erfahrung von Demütigungen machen Männer auch, aber sie verarbeiten sie nicht so wie Frauen, weil sie all ihre Demütigungen als Individuen erleiden, während die Frauen sie immer als Gruppe erleiden. Es ist nie eine, die geohrfeigt wird, sondern es werden immer alle geohrfeigt.

Heinrichs: Was das Werk Ingeborg Bachmanns betrifft, so sehe ich das anders, aber das hängt vielleicht damit zusammen, womit man literarisch aufgewachsen ist. Bei mir waren es zuerst die – vollkommeneren – Gedichte.

Jelinek: Ich habe auch zuerst die Gedichte gelesen. Aber mich interessiert das Vollkommene weniger als das, wo ich den Riß spüre. Sie hat ja in »Malina« diesen Riß buchstäblich dargestellt, den Riß, der sich in der Wand auftut und in den das Subjekt hineingeht, weil es keinen Ort hat, wo es sexuelles Subjekt und sprechendes Subjekt zugleich sein kann. Bei einem Mann ist das ja nicht die Frage, er kann beides, aber die Frau muß sich, wenn sie spricht, ein männliches Ich zulegen. Das hat keine vor ihr in dieser Weise formuliert, und das ist nicht unbedingt meine Literatur oder die Literatur, die ich liebe, aber es ist die Literatur, die ich für diese Zeit sehr interessant finde, weil sie Dinge formuliert, die vorher nicht formuliert waren. Und diese phallische Anmaßung des Sprechens finde ich davor nicht in der deutschsprachigen Literatur. Das ist zwar indirekt auch bei Haushofer schon beschrieben, die ja eine Hausfrauenexistenz geführt hat, was ihr auch sicher nicht gut bekommen ist. Denken Sie an Ingeborg Bachmanns berühmtes Interview, wo sie sagt: »Es gibt keine guten Liebhaber, oder haben Sie je gehört, daß es welche gibt? Es gibt sie nicht.« Das war damals schon eine unerhörte Überschreitung, so etwas öffentlich zu sagen. Das finde ich schon sehr mutig.

HEINRICHS: Sie haben jetzt den komplizierten Zusammenhang zwischen Schreiben und Leben thematisiert. Ich habe mich damit zuletzt in dem Gespräch mit Nathalie Sarraute herumschlagen müssen, weil sie mir ganz abrupt gesagt hat: »Ich habe keine Biographie.« Ich sehe das heute so, daß eher das Werk das Leben bestimmt, daß es eine Rückwirkung auf das Leben hat und sich das Leben am Ende wie ein Text liest. Wie bestimmt sich für Sie das Verhältnis zwischen Leben, Welterfahrung, Lebenserfahrung und Schreiben, Text und Literatur?

JELINEK: Ich reagiere immer sehr unwillig auf solche Aussagen, weil mir diese Fetischisierung des künstlerischen Prozesses überhaupt nicht liegt. Man hat ja nicht die Wahl, aber wenn ich die Wahl hätte, leben zu können, würde ich leben. Also wer nicht leben kann, muß schreiben. Ich glaube, daß viele Schriftsteller diese fundamentale Lebensunfähigkeit haben. Nabokov nicht, Nabokov hatte eine unglaublich souveräne Sprecherposition und hat sich aufgrund dieser glücklichen und reichen und mit Einbildungsgütern gesegneten Kindheit die Souveränität, beides zu haben, bewahren können. Vielleicht auch noch Thomas Mann. Der Fetischisierungsprozeß ist bei mir nicht die Kunst. Für mich ist das Leben der Fetisch, etwas, das ich mir wunderbar vorstelle und das ich gerne verstehen und beherrschen würde, was ich aus vielen verschiedenen, sehr persönlichen Gründen nicht gelernt habe. Ich habe Geige spielen gelernt, andere haben es nicht gelernt. Ich habe Geige, aber nicht leben gelernt. Für mich ist die Kunst eine Vermeidungshaltung. Das ist der eigentliche Fetischisierungsprozeß, das Einfügen des Unbelebten in das Leben und gleichzeitig, gerade dadurch, das Zurückdrängen des Lebens. Das ist sicher meine Wahrheit des Schreibens. Ich könnte nicht sagen, daß mir das gefällt, sosehr es mir auch oft Spaß macht, meine Witze, meine faulen Witze zu reißen, meine Kalauer vorzubringen oder mich von irgendeinem Wort ganz woandershin tragen zu lassen. Es ist schon sehr lustbesetzt. Dann denke ich mir wieder, es wäre eigentlich noch schöner, wenn man leben könnte. Man will, ganz trivial gesagt, immer das andere. Man will gerade das können, was man nicht kann. Eine häßliche Intellektuelle will vielleicht ganz schön sein, und eine schöne Frau möchte, ganz trivial gesprochen, ein Doktorat haben oder lieber Gehirnchirurgin sein. Man will immer das, was man eben nicht kann.

HEINRICHS: Das habe ich auch oft gedacht, gerade in den letzten Jahren während der Beschäftigung mit Bataille. Dieses kraftvolle Schreiben und Denken: welch einen hohen Preis hat es gehabt! Am Ende war Bataille völlig ausgelaugt und erschöpft, von einer maßlosen Müdigkeit. Ich habe mich immer gefragt, wie ist das anders zu machen, wie kann man ein kraftvolles Werk schreiben und doch ein kraftvoller Mensch bleiben? Irgendwie geht das offensichtlich nicht, Ausnahmen waren vielleicht Henry Miller und Blaise Cendrars.

JELINEK: Nein, das geht nicht oft, das hat sicher damit zu tun, wie man seine Kindheit gelebt hat, also bei Sartre diese kleinbürgerliche Enge mit der Mutter, furchtbare Versagungen. Ein ganz anderer Autor, Werner Schwab, der auch jemand ist, der eine Kunstsprache entwickelt hat, auch das verzweifelt herbeigerufene Positive eines Peter Handke, das kommt aus einer entsetzlichen, leidvollen Kindheitsenge und Unterdrückung. Ich fürchte fast, dieses Klischee stimmt, daß das Sprechen die Waffe der Armen ist, weil man dafür nichts anderes braucht, und daß das aus einem fürchterlichen Mangel und einem extremen Gefühl der Verzweiflung kommt. Die Souveränen, die beides können – das ist natürlich auch eine eigene Literatur, eine absolut souveräne Literatur, in der sich nichts reibt, in der kein Neid ist. Bei Nabokov ist es ja keine verzweifelte Beschwörung einer Kindheit, sondern ein sehr souveränes Schöpfen aus ihr. Mysteriöserweise sieht man auch nichts von der Wut auf das Verlorene oder auf die, die es genommen haben.

HEINRICHS: Wir sind von der Fülle des Lebens und dem Reichtum der Zeichen, der Symbole und Lebensbezüge weitgehend abgeschnitten. Schreiben und Literatur sind in den westlichen Kulturen stark an die Vorstellung des Scheiterns gebunden. Vielleicht sind wir auch besessen von dieser

Erfahrung des Scheiterns. Welche Rolle spielt das bei Ihnen, in Ihrem Werk und in Ihrem Schreiben?

JELINEK: Vielleicht sind das christliche Vorstellungen, daß man sich ständig für etwas bestrafen müßte, was man schon einmal erlitten hat, und jetzt muß man es immer wieder erleiden. Es gibt aber in der jüngsten Generation von Schriftstellern natürlich auch solche, die einfach Spaß haben wollen, die also mit einer mozartschen Leichtigkeit, wie ein Franzobel zum Beispiel, gleich einem Mistkäfer, der seine Rolle vor sich hinträgt, einfach die Dinge spielerisch behandeln; oder auch die Beschwörung des Positiven bei einem Rainald Goetz ist ja nicht annähernd so verquält wie bei Handke. Er beschwört zwar auch das Positive und das Nicht-altern-Können, aber dies wird mit einer absoluten, souveränen Heiterkeit vorgetragen. Oder dann die Enzyklopädisten wie Mayröcker, die in riesigen Sprachhalden leben, die sie selber buchstäblich überwachsen, und sie selbst werden immer kleiner, während die Sprachhalden immer größer werden. Sie gebieten über die ganze Welt aus Sprache und leben zwischen Papierstößen. Es gibt einfach alle Varianten. Literatur ist nicht ein so direkter Vorgang wie Malerei; man kann seine libidinösen Energien nicht direkt irgendwohin werfen; aber Literatur ist auch nicht so abstrakt wie Musik, die ja ein entsetzlicher Abstraktionsvorgang ist. Das Notieren des Einfalls in der Musik ist ein so abstrahierender und auch retardierender Vorgang, ehe man endlich notiert hat, was dann so klingen soll, und es klingt dann sowieso anders, daß es kein Wunder ist, daß die Komponisten alle an Herzinfarkt oder Hirnschlag sterben, daß sie sich buchstäblich innerlich zerreißen, es platzen ihnen die Adern. Der klassische Komponistentod ist der Herzinfarkt, auch übrigens bei

Schauspielern. Das sind Leute, die sich selbst zerreißen, während Schriftsteller doch oft sehr alt werden, weil sie das Maß der Sprache beherrschen.

HEINRICHS: Die Direktheit des Malers, wir kennen sie in ihren Extremformen bei Francis Bacon oder bei Katsuro Shiraga, einem japanischen Aktionskünstler, der sich an Seile hängt und mit den Füßen unglaubliche Mengen von Farbe auf dem Boden zerreibt; oder auch in der Musik. Busoni hat gesagt, »die Musik muß aus meinem Körper über die Arme in die Hände in das Klavier direkt eindringen«. Ist das Schreiben nicht auch körpersprachlich? Erinnern Sie sich noch an die heftige Diskussion um Guyotats Offenbarung, daß er mit der rechten Hand schreibe und mit der linken Hand onaniere? Er wurde geächtet, aber auch verteidigt. Manche sagten, so ist Schreiben.

JELINEK: Absolut. Dem muß ich wirklich zustimmen. Ich brauche keine Hand dafür, bei mir geht es sogar, ohne daß ich die Hand zu Hilfe nehme, weil ich beide Hände zum Schreiben brauche, ich schreibe Zehnfinger-Blind. Aber ich kann beim Schreiben sexuelle Erregung mühelos herstellen, noch müheloser als beim Lesen von Pornographie. Wenn man es selbst erzeugt, reißt es einen ja aus dem eigenen Körper heraus, und man kann sich dabei freisprechen von allem. Es ist die vollkommene Freiheit, wenigstens bei mir. Bei anderen ist es sicher ein zerquälterer und konstruktiverer und auch konstruierenderer Akt als bei mir. Wenn ich sage, ich fühle mich als Triebtäterin, dann ist es schon eine sehr, sehr körperliche Sache, das Schreiben, und insofern gleich kathartisch, weil man es auch gleichzeitig wieder loswerden kann. Was das Komponieren angeht, so idyllisch, wie

Busoni das sagt, ist es ganz bestimmt nicht, da die Musik ja die äußerste Abstraktion ist in den Künsten. Nachdem ich das auch gemacht habe, habe ich festgestellt, daß das Komponieren nicht meine Kunst ist. Ein so entäußernder Vorgang wie das Schreiben ist das Komponieren nicht, da bin ich sicher.

HEINRICHS: Ich möchte noch einen Begriff ins Gespräch bringen, der scheinbar auf der Gegenseite des Exzessiven liegt, den Begriff oder, richtiger, den Moment des Schweigens. Schweigen ist ja nicht die Abwesenheit von Schreiben und Zeichensetzen, sondern sein Bestandteil, in der Musik exemplarisch bei Morton Feldman oder John Cage. Kennen Sie die Erfahrung, daß Schweigen ein Bestandteil des Textes ist, nicht nur etwas, was im Raum ist, sondern auch im Text selbst? Und daß das Schweigen in Verbindung mit dem Scheitern auch die Tür zu einem anderen Buch oder dessen Variation öffnet? Also Scheitern und Schweigen als Möglichkeiten, andere Seiten im Dickicht der Zeichen zu entdecken, wo sich etwas neu weiterentwickelt?

JELINEK: Ich bin keine Autorin des Schweigens. Ich bin im Schreiben, im Gegensatz zum Leben, wo ich ziemlich wenig rede, völlig uferlos und kann auch beim Vorgang des Schreibens keine Pausen ertragen, selbst wenn ich irgendwelche unsinnigen Dinge hinschreibe. Es ist so wie bei jemandem, der beim Sprechen nicht weiterweiß und Zwischenlaute macht, weil ihm die Worte fehlen. Bei mir ist es irgendwie so, als ob es ums Leben ginge, aber es ist etwas, das nicht aufhören darf. Wenn es droht aufzuhören, muß ich irgendwie weitermachen, das streiche ich dann später wieder weg. Aber es muß ununterbrochen geschrieben werden, es darf nicht aufhören. Und das verstärkt sich, je älter ich werde, seltsamerweise. Ich bin keine Schreiberin von Pausen. Auch das ist ein Akt der Souveränität, mal zu schweigen oder seinen Bühnenfiguren ein Schweigen zu gönnen. Was hat ein Kritiker mal in bezug auf mich geschrieben? »Sturzartiges Sprechen wie bei einer Sturzgeburt«, da ist schon was dran. Es hat was Schwallartiges, wie Wasser, das ununterbrochen ausgekippt wird. Es ist für einen schweigsamen Menschen ein seltsames Phänomen, das ich mir selbst nicht ganz erklären kann.

HEINRICHS: Das Schweigsame im gelebten Leben und das Schwallartige im konstruierten Reden der Kunstfiguren – das sind ja zwei Stilisierungen, komplex ineinander verwoben. Eine Stilisierung des Schweigens und der Pausen ist zum Beispiel Nathalie Sarrautes unablässiges Setzen von drei Pünktchen, geradezu wahnhaft. Gibt es so etwas bei Ihnen auch?

JELINEK: Nein, bei mir kommt in solchen Situationen immer ein blöder Witz, und dann geht es irgendwie weiter. Weil Sie Nathalie Sarraute ansprechen: Der Nouveau roman ist ja eine dieser reduktionistischen Techniken. Oder nehmen Sie Beckett oder in der jüngsten Literatur Sarah Kane, die ihre Sprache so weit reduziert, daß es zum Teil durchaus komisch ist. Auch wenn die Dinge, die man auf der Bühne sieht, sehr oft schrecklich sind, ist ihr Reduktionismus von anderer Art als der von Beckett, der ja ein unglaublich souveräner ist und auch einer, den er völlig in der Hand hat, während man merkt, daß diese junge Frau sich da wirklich in die Waagschale wirft und sich mit Messern aufschneidet. Wenn man bis zum Skelett geschnitten hat, kommt man irgendwann nicht mehr weiter. Und so stolpert man am Theater auch dar-

über, daß dieses Vögeln, Zungenrausschneiden, Augenaus-
drücken, Kehledurchschneiden, Schwanz ab und einem anderen annähen, daß das eben doch Theater ist. Es ist letztlich
eine symbolische Ebene. Es ist Kunst, und es ist nicht Leben.
Daß man das nicht verkraftet, kann ich mir schon vorstellen.

HEINRICHS: Oder denken Sie an Bataille! Was der als Opferungen, Ritualisierungen und Überschreitungen, als Exzeß
und Taumel vorführt, findet immer in der Schrift statt, auf der
Symbolebene. Wenn man behauptet, er habe in Geheimge-
sellschaften Opferungen vornehmen wollen, hat man etwas
mißverstanden; es war nicht auf der gelebten Ebene wichtig,
es war immer Literatur.

JELINEK: Auch wenn er Fotos sammelt von Chinesen, die bei
lebendigem Leib aufgeschnitten und gehäutet werden, war es
immer Text, Schrift. Ich glaube, daß diese junge Schriftstellerin, von der ich eben sprach, diese Ebene verlassen hat,
diese saugende Leere gesehen hat, wenn man hundertmal
sagt, ich liebe dich, liebt man noch immer nicht, oder wenn
man hundertmal gesagt bekommt, bist du mein Freund, du
bist mein Freund, ist er nicht der Freund. Dieser Grat zwischen Sprache, die ja auch Kommunikationsmittel ist, und
Wirklichkeit ist tatsächlich sehr schmal. Bei dem einen hält
diese Ebene, auch wenn der Körper dabei geschwächt wird
oder sich innerlich auflöst. Auch Brecht hat sich letztlich innerlich aufgelöst. Dieser Herztod Brechts verweist auf eine
äußerste Überanstrengung, nicht nur beim Schreiben, sondern auch durch die Gesellschaft, in der er gelebt hat, und
dann durch diesen Theaterbetrieb und viele andere Dinge. Es
ist Schreiben. Es geht um Schrift, es geht um die Ebene des
Symbolischen. Ein Intellektueller wie Bataille hat das natür-

lich auch immer gewußt, in jeder Sekunde. Es gab eben welche, die es nicht immer gewußt haben.

HEINRICHS: Wenn man sieht, wie wenige Schriftsteller dieser Wahrheit wirklich standhalten und deren konstruktives Potential freizulegen vermögen, erkennt man die darin beschlossene Schwierigkeit, eine Schwierigkeit, die man doch von Buch zu Buch neu bewältigen muß. Trägt ein Buch schon seine Existenzberechtigung in sich, während es geschrieben wird? Ist seine Existenz bereits antizipiert und die Berechtigung eingeschlossen? Will, ja muß jedes begonnene Buch allein deswegen schon beendet werden?

JELINEK: Ich habe bis jetzt jedes Buch beendet. Aber ich habe immer das Gefühl, daß sich die Bücher selber schreiben und daß nicht ich es bin, die das schreibt. Ich setze mich hin und weiß nur sehr vage, was ich an diesem Tag schreiben werde. Und dann wird es manchmal auch etwas ganz anderes. Es ist nicht *das* Es, das schreibt, aber *ein* Es ist es auf alle Fälle. Ich habe nicht das Gefühl, daß ich das Geschriebene wie ein Pferd zwischen die Schenkel nehme und irgendwo hinlenken kann. Es würde mich furchtbar langweilen, wenn es so wäre. Für mich ist das Schreiben auch etwas, das mich aus dem Tag herausreißt, und das könnte es nicht, wenn ich ihm meinen Willen aufzwingen würde. Es hat auch etwas Visionäres, weil es emotionale Ebenen enthüllt, die mir sonst verschlossen sind.

HEINRICHS: Manchmal kommt es einem vor, als gäbe es beim Schreiben extrem schwierige, ja unlösbare Momente und Konstellationen, die vielleicht nur durch Tricks zu umgehen sind. Und nicht nur in literarischen Texten, sondern auch in Werken der Theorie. Es gibt immer eine schwierige und nicht zu umgehende Stelle in dem Augenblick, da man eine Theorie entwickelt, einen Gesichtspunkt herausgestellt und zugespitzt hat, an dem man unter allen Umständen festhalten, den man durchhalten möchte. Wie ist das für Sie, muß man diesen »Fehler« im Buch belassen, damit es, pathetisch gesagt, ein »wahres Buch« bleibt?

JELINEK: Ein lebendiges auf alle Fälle. Bei mir sind das oft Schlüsse, die manchmal sehr abrupt kommen. Beim theoretischen Schreiben stellt sich dieses Problem ganz anders. Aber zum Glück bin ich kein theoretischer Kopf und schreibe so auch nur sehr selten. Wenn ich an eine derartige Stelle komme, dann tritt sofort dieses Phänomen ein, daß ich hier nicht innehalte und überlege, wie es weitergeht, sondern unmittelbar mit etwas anderem beginne und einen Haken schlage wie ein Hase. Das führt mich dann wieder an eine andere Stelle. Ich kann solche Knoten, die nicht auflösbar sind, nicht bestehen lassen und nicht ertragen. Ich weiche aus. Ich bin eine große Ausweicherin. Ich habe eine gewisse Grazie darin, solche Dinge sofort zu umgehen und woanders weiterzumachen. Nur keine Pausen entstehen lassen.

HEINRICHS: Lassen Sie andere an diesem Schreibprozeß teilhaben, oder ist das ein Prozeß, der sich vollkommen autonom bis zum Schluß durchhält?

JELINEK: Wenn ich Essays schreibe, was ich nicht oft tue, habe ich schon ein Korrektiv, weil ich mir da nicht trauen kann und nicht sehr logisch denke. Es kann durchaus passieren, daß ich auf einer Seite zwei sich vollkommen widersprechende Dinge behaupte oder das Gegenteil von dem sage, was ich eigentlich sagen möchte. Da brauche ich ein Korrektiv. Ich brauche es auch beim literarischen Schreiben, aber erst am Schluß. Beim literarischen Schreiben lasse ich niemanden teilnehmen, aber manchmal, wenn ich zum Beispiel etwas über Gewässerschutz oder über das Veredeln von Obstbäumen erfahren will, wenn Sachfragen auftauchen, dann suche ich mir Helferlein, die mir das aus den unerschöpflichen Weiten des Internets herankarren.

HEINRICHS: Ich möchte in diesem Zusammenhang noch einmal etwas aufgreifen, was von uns schon angesprochen wurde: Empfinden Sie das Schreiben eher als Zwang oder als eine Freiheit? Marguerite Duras sagt sehr pointiert, es gebe einen Schreibwahn in einem selbst, einen Schreib-Wahnsinn, aber deswegen sei man noch nicht wahnsinnig, im Gegenteil, das Schreiben sei das Unbekannte, und zwar das Unbekannte von einem selbst. Ist das für Sie auch so?

JELINEK: Das kann ich auf erstaunliche Weise unterschreiben. Ich bin sehr überrascht, daß Duras das sagt, weil ihr Schreiben auf mich immer einen anderen Eindruck machte, einen viel beherrschteren, viel geplanteren und souveräneren. Deswegen erstaunt es mich, daß es ihr letztlich auf seltsame Weise ähnlich geht wie mir. Ich würde nicht sagen Wahnsinn, eher verrückt, verrückt in einer anderen Dimension. Sprache ist etwas, das scheinbar jeder beherrscht, und jeder, der lesen und sprechen kann, kann auch schreiben. Das ist meine Überzeugung. Aber wieso die einen aus ihren Schuhen heraustreten und neben diesen Sprechströmen – überall Talk-Shows, Diskussionen, Fernsehnachrichten, die sich in dieser unaufhörlichen Breite dahinwälzen – auch sprechen und gehen, aber daneben, auch neben den Schuhen, wie man bei uns sagt. Das ist ein Phänomen, wie jemand auf diese Idee kommen kann. Das vermag letztlich niemand aufzulösen.

HEINRICHS: Betrachten wir dieses Phänomen des Schreibens und der Sprache auch in bezug auf die Übersetzbarkeit. Sie sind ja stark involviert in die Übersetzung Ihrer Arbeiten ins Französische und Holländische, auch in die Schwierigkeiten, die dabei entstehen. Angesichts Ihres Interesses für das Rhythmische, das Sie immer wieder betont haben, liegt es nahe, auf eine pointierte Formulierung von Georges-Arthur Goldschmidt hinzuweisen, in der er den Unterschied zwischen dem Französischen und dem Deutschen herausstellt. Das Deutsche, sagt er, sei eine Sprache, die stark von Hebung und Senkung, von der Arbeit des Brustkorbs geprägt und an ein Sich-Weiten des Brustkorbs gebunden sei. Die deutsche Sprache wisse alles vom Unbewußten, und sie habe es Freud gleichsam vorgesagt. Sie gründe auf der Stimme, auf dem Hin und Her im Raum, einem rhythmischen Spiel der Sprache. Vielleicht ist das ein Hinweis auf eine Schwierigkeit des Übersetzens; neben anderen Schwierigkeiten, die etwa dadurch entstehen, daß in Ihrem Text die Zitate nicht gekennzeichnet sind, was man in einer Kultur, die nicht so vertraut ist mit der westlichen Literatur, schwer vermitteln kann. Haben Sie auch die Erfahrung gemacht, daß sich eine Literatur letztlich nicht oder nur mit ganz großen Einbußen übersetzen läßt?

JELINEK: Meine Literatur ist fast unübersetzbar. Es gibt sicher Dinge, die man nicht übersetzen kann, vor allem in meinem wichtigsten Roman »Die Kinder der Toten«, der ja sowieso nicht übersetzt wird.

HEINRICHS: Aber wurde er nicht ins Holländische übersetzt?

JELINEK: Ja, das ist richtig. Ich hatte mir naiverweise die Illusion gemacht, daß das Holländische dem Deutschen ähnlich sei. Inzwischen weiß ich, daß das überhaupt nicht der Fall ist. Es war ein kindlicher Glaube, den ich leider verlieren mußte. Aber die Übersetzerin hat unglaublich daran gearbeitet. Ich finde es auch sehr wichtig zu übersetzen, und ich kooperiere gerne mit Übersetzern. Wenn einer so mit Lautlichkeit arbeitet und mit Sprachspielen und Wortspielen wie ich, dann ist es fast unmöglich, seine Texte zu übersetzen. Insofern bin ich ein provinzielles Phänomen, weil man mich nicht aus dem deutschen Sprachraum woandershin transportieren kann. So wie ich meinen Körper nicht irgendwohin transportieren kann, kann man auch meine Sprache nirgends hintransportieren. Meine Sprache und ich, wir sitzen am Abend vor dem Fernseher, weil wir nicht wegkönnen. Da versteht uns niemand mehr.

HEINRICHS: Aber ist es da nicht erstaunlich, daß Übersetzen manchmal doch gerade da, wo es unmöglich scheint, funktioniert? Nehmen Sie Nathalie Sarraute, deren Texte, Romane und Hörspiele ja eigentlich ganz gebunden sind an die französische Konversation. Es sind im Grunde Konversationsstücke. Erstaunlicherweise sind ihre Hörspiele sehr gut übersetzbar. Bei den Romanen funktioniert das nur dann, wenn der Übersetzer eine adäquate deutsche Sprachebene findet, die nicht unbedingt identisch ist mit der sprachlichen Ebene des Originals.

JELINEK: Aber die muß man finden. Das ist genau die Kunst des Übersetzers, daß er dann wieder neben jemandem steht, der ohnehin schon neben sich geht, und er noch einmal daneben hergeht und dann das nachdichtet. Es gibt Tausende Beispiele für Übersetzungsprobleme. Jetzt habe ich gerade auf englisch einen Text gelesen, bei dem in der Übersetzung aus dem Hebräischen elementare Fehler gemacht wurden. Man kann die Redewendung, die aus dem Jiddischen kommt und vollkommen skurril ist, überhaupt nicht mehr verstehen. Es passieren so unglaubliche Dinge beim Übersetzen. Natürlich läßt sich eine konventionellere Sprache leichter übersetzen, andere, so wie meine, nur sehr schwer. Man muß sich dann damit abfinden, daß es einen nur in *einer* Sprache gibt. Diese Erkenntnis, daß es mich nur auf Deutsch gibt, habe ich in den letzten Jahren gewinnen müssen.

HEINRICHS: Oder Sie müßten wie Milan Kundera die Sprache wechseln. Seit Kundera französisch schreibt, ist er einfacher zu übersetzen.

JELINEK: Er hat sehr spät damit begonnen, sehr, sehr spät, weil seine Übersetzerin gestorben ist. Es ist das Schicksal des Emigranten, daß seine Literatur immer mehr auf das Übersetzen, auf das er ja angewiesen ist, hin geschrieben wird, und er beginnt, seine Texte zu vereinfachen. Er fängt schon an, als Übersetzer zu denken. Das möchte ich nicht. Das geht mit der Schreibweise von Kundera, aber das ginge mit meiner Schreibweise nicht. Was mir wichtig ist, würde verschwinden, es würde nichts mehr übrigbleiben, denn was bei mir gesagt wird, *ist* die Sprache. Es wird nicht etwas mit Sprache gesagt, sondern das ist es schon. That's the real thing. Was gesagt wird und wie es gesagt wird, fällt in eins zusammen. Sobald das eine wegfällt, fällt auch das andere nach. Im Hinblick auf Übersetzbarkeit schreiben, das würde ich nicht. Ich kann es aber verstehen, und wenn ich Emigrant wäre, wenn ich also meinen Wohnort aus politischen oder sonstigen Gründen verlassen müßte, dann wäre das etwas anderes, da wäre ja keine Freiwilligkeit damit verbunden. Es würde zu meinem Lebensschicksal gehören, und dann würde ich, wie viele andere, in einer anderen Sprache oder in zwei anderen Sprachen – Beckett in zwei Sprachen, das ist sehr ungewöhnlich – schreiben. Dann würde ich das als Teil meines Schicksals auf mich nehmen. Aber wenn keine Notwendigkeit dazu besteht, würde ich das nicht tun, nur damit man mich auch in Spanien und Südamerika und in England und Amerika lesen könnte. Dafür würde ich es nicht tun.

HEINRICHS: Wenn man noch einen Schritt weiter, vom Autor und Übersetzer zum Autor und Leser geht: Wie würden Sie dieses Verhältnis bestimmen? Manche Schriftsteller sehen ja den Leser auf ihrer Seite. Sie wissen aber auch, wie anders ihr eigener Umgang mit Sprache ist, das literarische Bearbeiten des vorgefundenen Sprechens. Wie anders schließlich die Erwartungen des Lesers an das Werk sind im Vergleich zu dem, was der Autor selbst von seinem Werk erwartet. Der Leser ist fixiert auf Konstanz, auf Kontinuität im Werk. Der Autor aber ist immer mit dem beschäftigt, was er gerade macht oder was er machen will. Für den Autor ist das, was geschehen ist, lange vorbei, wenn es der Leser liest. Genauso ist es doch beim Modemacher. Wenn die Mode auf dem Laufsteg vorgeführt wird, ist er längst ganz woanders. Wie ist das für Sie, geht das zusammen, Autor und Leser?

JELINEK: Ich beschäftige mich nicht mit dem Leser. Wenn das Buch erscheint, lese ich manchmal noch ein bißchen drin, weil man ja wie ein Handwerker auch einen gewissen Stolz auf das Werkstück hat, ganz egal, wie es geworden ist. Jetzt liegt es einmal da. Aber es beschäftigt mich nicht mehr, es ist absolut vergangen. Später schaue ich nie wieder in meine Bücher hinein. Das habe ich noch nie gemacht. Es ist einfach eine Sache, die vergangen ist. Ich würde schon sagen, daß es einen inneren Faden gibt, daß ich letztlich immer dasselbe fortschreibe. Das ist bei manchen Autoren offensichtlicher als bei mir, bei Thomas Bernhard zum Beispiel, der immer wieder dasselbe Buch schreibt und bei dem es auch nicht darauf ankommt, was er sagt, sondern wie es gesagt ist. Das variiert sehr stark bei den verschiedenen Autoren. Bei mir gibt es schon einen Orgelpunkt, der unten liegt und durch die Texte geht. Manches Buch ist mehr eine Etüde für etwas, das kommt, eine Vorbereitung, wo man Dinge ausprobiert; das hat dann etwas Fragmentarisches und Unfertiges an sich. Dann kommt das, was man sich als richtige Methode erarbeitet hat. Und wenn das fertig und ausgeführt ist, dann interessiert es einen nicht mehr. Danach probiert man etwas anderes aus. Aber es ist bei mir sprachlich sicher eine Konstante da, auch diese ständige ironische Gebrochenheit oder dieser Eingriff eines Wir, von dem nie genau gesagt wird, wer das jetzt ist, der dieses Wir sagt. Wie beim Kreuzworträtsellösen, wo man den Standpunkt einer Wir-Position oder einer Ich-Position jedesmal neu bestimmen muß. Das sind so Scherze, die man mit den Lesern treibt, um sie bei Laune zu halten.

HEINRICHS: Zum Schluß eine Frage, die mich immer beschäftigt hat und die auch ein bißchen pathetisch daherkommt. Eichendorff sprach davon, daß jedem Menschen in tiefster Seele eine »eigentümliche Grundmelodie« mitgegeben sei, die er sein Leben lang äußerlich zu gestalten versuche.

Ist das für Sie eine Möglichkeit, sich selbst und Ihr Schreiben so zu sehen?

JELINEK: Ja, ja, ganz sicher. Das ist diese Grundmelodie, aus der man auch nicht aussteigen kann wie aus einem Fahrzeug oder aus einem Kleidungsstück. Das sehe ich schon. Wenn ich sage, *es* schreibt mich, dann ist das diese sprachliche Grundgestimmtheit, aus der man nicht herauskommt. Man kann Dinge variieren oder verändern, aber die eigene Sprache ist etwas, das man von Anfang an hat. Bei mir weiß ich auch ziemlich genau, woher sie kommt. Ich spreche nicht die Mutter-, sondern die Vatersprache. Das kommt aus dieser Freude an der Ironie und am In-Frage-Stellen. Auch die Freude am Ulk, am Unsinn und am Absurden kommt aus der Familie des Vaters und nicht aus der der Mutter, die ziemlich sprachlos war, dafür aber mathematisch begabt. Die Geschichte meiner Familie, und auch die Verfolgung dieses jüdischen Teils meiner Familie, hat möglicherweise zu dem sehr starken Wunsch geführt, daß das, was in so vielfältigem oder starkem Ausmaß vernichtet worden ist, bleiben soll, nämlich das Wort, um das das Judentum kreist, das geschriebene Wort. Das ist jetzt kein Programm von mir, das mir dauernd so pathetisch bewußt wäre: Ich muß da etwas retten, was zerstört worden ist und das es nicht mehr gibt. Aber ich sehe sehr deutlich, daß ich diese Art von ironisch spitzelnder Brechung und das Gleich-wieder-Zerstören dessen, was man als Pathos aufbaut und gleich wieder fallen läßt, dieser Begriff der Chuzpe, das ist so etwas, das Schwache, das das Pathos oder das Starke zu Fall bringen kann. Der Begriff wird ja, wie Ruth Klüger sagt, in der deutschen Sprache heute noch negativ gebraucht, er ist aber gar nicht negativ gemeint, sondern bedeutet, daß ein Schwacher mit Witz und Ironie einen Starken ausheben kann. Mir ist schon sehr bewußt, woher diese Freude am Witz und an der auf die Spitze getriebenen Ironie bei mir kommt. Da ist auch gleichzeitig so ein großer leerer Raum dahinter, der einmal voll war und den es jetzt nicht mehr gibt. Ich will nun nicht singen »Die Keule heben und das ewige Denkmal unserer Schande neu beschwören«, aber sicher spielt das bei meinem Schreiben eine Rolle, weil ich sehr genau weiß, woher das kommt, und weil ich auch sehr genau weiß, warum ich so wenig verstanden werde mit dem, was ich mache. Dieser Raum kann nicht mehr angefüllt werden.

HEINRICHS: Gibt es in diesem Raum eine Erfahrung, ein Erlebnis, das für Sie besonders prägend ist? Ich denke etwa an einen Text von Laure, die einmal die Situation beschrieb, wie sie sich als kleines Mädchen vor dem Spiegel ihrer Mutter im Schlafzimmer zum ersten Mal sah, wie sie sich dabei auflöste und wieder zusammensetzte. Dieser Spiegel bestand aus drei Teilen. Sie konnte die drei Teile gegeneinander verschieben und hatte so ihren eigenen Körper zerlegt und wieder zusammengesetzt. Sehr ähnlich wie bei Hans Bellmer oder Unica Zürn gibt es diese Zerstückelungsphantasien und auch die Möglichkeit, sich wieder zusammenzusetzen. Hier kann der Wunsch entstehen, dem im Schreiben zu begegnen, vielleicht sogar für das Dramatische eine Lebensform zu finden. Gibt es so etwas auch bei Ihnen?

JELINEK: Abgesehen davon, daß ich mich im wahrsten Sinne des Wortes oft zerstückelt habe, weil ich mich immer mit Rasierklingen geschnitten habe, was man bei jungen Mädchen in der Pubertät öfter findet, war es bei mir einfach dieser Wunsch oder die lebensrettende Strategie, mich einer drükkenden mütterlichen Autorität zu entziehen. Sie war sprachlos, auch wenn sie getobt und geschrien hat. Aber sie tat es in einer sehr depravierten Weise, nicht semantisch transportiert. Die Macht braucht keine Worte, denn die Macht kann sprachlos sein und sich trotzdem artikulieren. Auch wenn Hitlers Reden eloquent waren und er rhetorische Fähigkeiten besaß, so ist es doch weniger der Inhalt seiner Reden als seine vom Inhalt unabhängigen rhetorischen Fähigkeiten, die die Fähigkeiten eines geschickten Schauspielers waren. Wenn diese Möglichkeiten berühmt waren, dann, weil die Macht letztlich keine Sprache braucht, weil die Macht schweigend durch ihre bloße Anwesenheit ausgeübt werden kann. Die Sprache ist immer die einzige Waffe der Machtlosen. Ich glaube, daß mir die Sprache das Leben gerettet hat gegen eine drückende und auch geistig verwirrte mütterliche Autorität. Es gab einen Vater, der mich nicht gerettet hat vor dieser Mutter, aber er hat mir wenigstens die Sprache gegeben, so daß ich subversiv, mit Sprache, in einer Weise unten durchtauchte, wo mir die Autorität nicht folgen konnte. Deswegen habe ich immer um mein Leben gesprochen und es letztlich behalten, wenn es denn etwas ist, was behalten werden sollte. Das kann ich nicht entscheiden.

FRIEDERIKE MAYRÖCKER
wurde 1924 in Wien geboren, wo sie auch heute noch als freie
Schriftstellerin lebt. Sie erhielt zahlreiche Literaturpreise.
Hauptwerke unter anderem: *Magische Blätter* (Bde. 1–5, Suhrkamp
1983–1999), *brütt oder Die seufzenden Gärten* (Suhrkamp 1998), *Gesammelte Gedichte* 1939–2003 (Suhrkamp 2004), *Und ich schüttelte einen Liebling* (Suhrkamp 2005).

FRIEDERIKE MAYRÖCKER

Der Leser soll sich von den Worten
überschwemmen lassen

Friedérike Mayröcker :

gegabelte Blitze, Dylan Thomas. Deine Augen, sagte
G.H. damals, gleichen Marina Vlady´s Augen, ´s war alles
assoziativ weil ich den Namen Vlady auf einem Plakat
buchstabierte : Film abrollte hinter der Stirn alles so
durchsichtig, Sakrament! meine
Klamotten schmauchten als ich da hockte im Café, hatten
Tabakgeruch angenommen. Lapp Hunde Lapp Hand ebenso meine
Haut Fetzen hingen herab wer hatte sie mir geschlitzt herunter-
gefetzt, rings von Bäumen umschlungen Vergil schaurige
Schatten, ach Lebens Finsternisse, wachte auf mit den Worten
Tuchgesellschaft am Hochzeitstag usw., gekrümmte Reise und Ide
Hintze schrieb, dein Geheimnis deine Quelle dein
Beben, das schrieb er, flog auf mich zu als ich das Lokal
verliesz just in der Flügeltür. Und träumte : die   (engl.)
Spatzen sind auf dem Wasser gestanden : den Funken der
Engel entschwebt, usw., von Nachtschmetterlingen um-
flort, man tut gar nichts man ist einfach allein.

1.1.05

Friederike Mayröcker :

ach grüner Flor in den Bäumen wenn je durch Straszen flitzend
im Auto, an lila Fliederbüschen vorüber LILAC, die gelbe und rote
Birne wie ich sie verzehre mit dem Duft mit dem Geschmack auf
der Zunge (wie damals in D.). Edith sagt, die Temperatur ist so
zwischen schwazem Mantel und hellem Blouson, nämlich wie Schlehen
Wiesenschaumkraut und Löwenzahn hingestreut über die Erde, strewn,
Primavera. HERZ SOLLTE ROT SEIN, beschwörender Morgen. Die blaue
gläserne Kuppel Himmel im Fenster, die Erscheinung von Ästchen inmitten von Lorbeer Dunkel, dasz mir das Herz springen
wollte Zittern der Hand über dem Papier, mit meinen lila
Veilchen Gedanken, Erdbeeren auf dem Müll, ich habe 1
biszchen vergessen. Wie Sokrates schreibt EJ mit beiden
Händen, ach Rosen-, Reisen-. Garten- und Schreib Freuden, wer je
an Frauen Buschen .. wer je im Garten im zarten
Schatten Werk und Bereich ..   1 Traum

                                        24.4.05

Offensichtlich sind viele Menschen mit Friederike Mayröcker sehr vertraut oder wünschen es sich doch zumindest. Denn immer, wenn die Rede auf sie kommt, spricht jemand von »Fritzi«.

Diese Verniedlichung steht in krassem Widerspruch zu der Verschlossenheit, der Scheu und Existentialität, die sie ausstrahlt. Aber vielleicht wählen gerade deswegen viele Freunde die kindliche Anrede, im Glauben, so den gefühlten Graben zu ihr überwinden und eine unbeschwerte Nähe zu ihr herstellen zu können. Und es gibt tatsächlich ja auch in ihrem Wesen eine besondere Affinität zu den »kindlichen Paradiesen«.

Friederike Mayröcker spricht leise. Deswegen sitze ich bei unserem Gespräch ganz nahe neben ihr, so nahe, daß ich sie fast berühre.

Der andere, äußerliche Grund ist die Tatsache, daß für uns und das Aufnahmegerät in der Tat nur ein winziger Raum zur Verfügung steht. Ich wußte – alle, die »Fritzi« kannten, hatten davon erzählt, und es gibt eine Reihe von Fotos ihrer Wohnung –, daß sie zwischen Stapeln von Büchern und Manuskripten lebt, daß sie selbst ihr Bett jeden Abend aufwendig davon frei räumen muß und daß zwischen all den Buchstabenbergen noch andere Materialien (Kleider, volle oder leere Medikamentenpackungen etc.) lagern und somit die Sache nicht einfacher machen.

»Ich habe uns für unser Gespräch Platz geschaffen«, mit diesen Worten hatte Friederike Mayröcker auf die Ecke eines Tisches gezeigt und währenddessen noch versucht, die Manuskripte von zwei Stühlen auf den Tisch und das Bett zu verteilen, während ich das Aufnahmegerät aufstellte. Ich kann ohne Einschränkung sagen: Wir kamen uns sehr nahe.

Bedachtsam wählte sie ihre Worte. Niemals zügig sprechend, gleichbleibend in Ton, Timbre und Melodie. So musikalisch wie auch ihre geschriebenen Sätze.

Es ist schon über zwanzig Jahre her, als wir – zusammen mit Ernst Jandl – eine Lesung in Wien hatten. Trotzdem erinnert sie sich noch genau an den Abend. Die Freundlichkeit, Höflichkeit und Noblesse in ihrem Wesen, wie auch bei Ernst Jandl, erschienen mir damals schon bewunderungswürdig und ehrenwert.

HANS-JÜRGEN HEINRICHS: Friederike Mayröcker, sind Sie eine Schriftstellerin, die jeden Tag schreibt und dies zu festgesetzten Zeiten tut, die gleichsam in ihr Arbeitszimmer geht, oder folgen Sie eher unregelmäßig und spontan Ihren Impulsen?

FRIEDERIKE MAYRÖCKER: Beides. Ich versuche, möglichst regelmäßig zu schreiben, laß aber dem Spontanen den Vorrang. Wenn ich merke, daß ich an einem Tag aus irgendwelchen Gründen nicht schreibfähig bin, dann laß ich das und mache lieber einen Spaziergang oder lese etwas. Ich muß schon das innere Bereitsein spüren. Ich bemühe mich darum. Früher ist es sehr gut gelungen, in den letzten Jahren verschiebt sich das eher auf das spontane Schreiben, auf spontane Gelegenheiten. Ich kann nicht mehr so regelmäßig schreiben wie früher, obwohl ich an meinem Buch *brütt oder Die seufzenden Gärten* zwei Jahre lang jeden Tag gearbeitet habe. Das liegt aber jetzt auch schon wieder einige Jahre zurück.

HEINRICHS: Erleben Sie sich beim Schreiben eher als einen Schöpfer des Werkes oder eher als ein Medium, als einen Durchgangsort, durch den die Schrift hindurchgeht – das *Es* spricht – und Sie eigentlich nur daran partizipieren?

MAYRÖCKER: Ich habe immer wieder das Gefühl, daß ich nicht allein an diesem Schreiben beteiligt bin, sondern daß eine Kraft durch mich hindurch wirkt. Andererseits aber erlebe ich mich dann auch als wirklicher Kreator des Schreibens. Da kommen zwei Sachen zusammen: dieses sich als »Medium« Fühlen, und dann aber, wenn man etwas gepackt hat, wenn die Erstschrift da ist und man ungefähr weiß, wohin es gehen könnte, dann kommt diese Schubkraft des Selberarbeitens, das Gefühl, jetzt kann ich aus eigener Kraft etwas machen. Es ist nicht eins allein.

HEINRICHS: Wie sind Sie zum Schreiben gekommen? Gibt es so etwas wie einen zeitlich festlegbaren Punkt, an dem Sie wußten, Sie werden von jetzt an schreiben?

MAYRÖCKER: Da muß ich ein bißchen ausholen. Das geht auf mein siebtes Lebensjahr zurück. Ich habe meine Kinder-Sommer in Deinzendorf, einem niederösterreichischen Dorf, verbracht, in einem Haus, das von meinem Großvater väterlicherseits meinen Eltern vererbt wurde. Ungefähr im siebten Jahr spürte ich eine gewisse Wehmut. Ich besaß eine kleine Mundharmonika und ging mit ihr am Nachmittag zum Ziehbrunnen – das hat es damals noch in diesem kleinen Dorf gegeben. Ich habe mich dort hingesetzt und auf dieser kleinen Mundharmonika gespielt. Und da war ein ganz ähnliches Gefühl in mir, wie es jetzt ist und wie es die ganzen Jahrzehnte hindurch war, ehe ich anfangen konnte zu schreiben.

Das ist ein gewisses Wehgefühl, etwas fast Schmerzliches, das gibt dann die innere Bereitschaft zum Arbeiten. Das habe ich als sieben- oder achtjähriges Kind auf dem Land zum ersten Mal gespürt. Nur habe ich damals noch nicht gewußt, was daraus werden kann. Viel, viel später, mit fünfzehn Jahren, habe ich meine ersten Prosatexte in ein kleines Buch geschrieben, in ein sogenanntes – wie es damals in Österreich hieß – Stammbuch. Inzwischen ist das wohl völlig aus der Mode gekommen. In dieses Buch sollten Freunde, Lehrer und Leute, die man verehrte, ein paar Worte zur Erinnerung hineinschreiben. Ich hatte nicht sehr viel drin stehen, also habe ich es auf die Rückseite gedreht und angefangen, mit der Hand meine ersten Prosatexte zu schreiben. Das erste waren nicht Gedichte, sondern Prosa-texte, kurze Prosatexte. Das waren die ersten Schritte. Erst später sind die Gedichte hinzugekommen. Von da an habe ich mir gewünscht, Dichter zu werden. Es hat noch eine lange Zeit gedauert, bis ich mir ganz bewußt war, daß das mein eigentlicher Lebensinhalt ist.

HEINRICHS: Haben Sie diese ersten Schreibversuche und das spätere Schreiben als etwas Genußvolles, als etwas Freies empfunden oder eher als einen Zwang. Also diese Freude, plötzlich ein Wort funkelnd und glänzend zu sehen, einen neuen Rhythmus entstehen zu sehen, oder geschah das mehr unter einem Schreibzwang?

MAYRÖCKER: Es ist sicher immer ein Schreibzwang gewesen, aber ein sehr seliger Schreibzwang. Am Anfang steht ja das Gefühl, man hat noch nie etwas geschrieben. Man kann nicht mehr schreiben, es geht nicht mehr. Dann kommt die-ser Schub, dieser Zwang, daß man versucht, ins Leere hin-ein zu schreiben. Mir geht es immer so, daß ich auch bei großangelegten Büchern am Anfang überhaupt nicht weiß, wohin es gehen wird, sondern einfach nur dieses große, fast schmerzliche Verlangen empfinde, anzufangen zu arbeiten und draufloszuschreiben, immer mit der Maschine gleich los-zuschreiben.

HEINRICHS: Das, was Sie sagen, entspricht sehr weitgehend dem, was Marguerite Duras in ihrem Buch *Écrire (Schreiben)* sagt: »Es gibt einen Schreib-Wahn in einem selbst, einen Schreib-Wahnsinn, aber deswegen ist man nicht wahnsinnig, im Gegenteil, das Schreiben ist das Unbekannte. Bevor man schreibt, weiß man nichts von dem, was man schreiben wird, und zwar in aller Klarheit. Es ist das Unbekannte von einem selbst, vom eigenen Kopf, vom eigenen Körper.« Ist das so für Sie?

MAYRÖCKER: Das stimmt ganz genau. Darum habe ich dieses Buch damals so genossen, weil es wirklich ganz genau das war, was ich auch immer empfinde.

HEINRICHS: Würde man überhaupt mit dem Schreiben anfangen, wenn man den weiteren Verlauf und das Ergebnis schon kennen würde?

MAYRÖCKER: Nein, dann wäre es schon getan. Es ist ein unglaubliches Erlebnis, es ist eine Neugierde, es ist eine Sucht. Man will dorthin, wo man noch nicht weiß, wo es ist. Es ist wirklich eine Sucht.

HEINRICHS: Wenn man am Anfang eines neuen Buches ist, was treibt einen an? Ist es der Versuch, einen bestimmten Ton zu finden, vielleicht auch so etwas wie einen Farbton, eine bestimmte Art zu atmen, einen Rhythmus zu finden? Was steht am Anfang?

MAYRÖCKER: Am Anfang steht meistens etwas Erlebnishaftes. Es war so bei *brütt*, daß ich auch da wieder nicht gewußt habe, wohin es gehen wird, und mit etwas begann, was ich dann völlig gelöscht habe. Ich habe wieder ganz anders begonnen und viele Seiten geschrieben, die ich als null und nichtig erkennen mußte. Dann fing ich neu an, und da ist es dann besser gegangen. Es ist sicher etwas Erlebnishaftes dabeigewesen.

HEINRICHS: Könnten Sie noch etwas genauer beschreiben, wie das Erlebnishafte zur Literatur wird? Das ist ein Punkt, über den ich auch lange mit Nathalie Sarraute gesprochen habe. Sie hat mich zurückgewiesen und gesagt, sie habe keine Biographie und alles sei eine Fiktion. Dennoch sind wir im Verlauf des Gesprächs darauf zurückgekommen und haben natürlich festgestellt, daß, selbst wenn das Erlebnishafte nicht auf solch banale Weise in die Literatur eingeht, wie das oft von außen suggeriert wird, die Literatur nicht denkbar ist ohne den Bezug auf das Erleben. In welcher Form ist das Erleben in Ihren Werken gegenwärtig und noch erkennbar?

MAYRÖCKER: Ich bestehe auf meiner Biographielosigkeit. Das ist ein Wort, das ich vor einigen Jahren für mich geprägt habe. Meine langen Prosabücher sind alle in der Ich-Form geschrieben. Das kann unter Umständen irreführend sein für Leser, die nicht geübt darin sind, daß Dichter mit der Ich-Form nicht unbedingt sich selbst meinen. Ich werde immer wieder, auch bei Lesungen, gefragt, ob das stichhaltig ist für meine Biographie. Ich muß dann erklären, daß die Dinge, die in den Büchern vorkommen und nach Autobiographie aussehen, nicht wirklich der Biographie des Autors entsprechen. Natürlich schöpft man aus dem eigenen Erleben. Aber man darf nicht in den Fehler verfallen – wie es immer noch manche Leser und Hörer tun –, daß man alles, was in der Ich-Form erscheint, als autobiographisches Schreiben ansieht. Ich habe sehr viele Quellen, aus denen ich schöpfe. Daher muß ich nicht unbedingt die Autobiographie vor mir, vor meinem inneren Auge haben.

HEINRICHS: Wenn man von einer Bewegung vom Leben zum Werk hin spricht, müßte man auch die Bewegung vom Werk zum Leben, das, was man auch den Rückstoß des Werkes auf das Leben genannt hat, hinzunehmen. Michel Leiris formuliert das einmal sehr schön: »Das Werk vervielfältigt das Leben. Es gibt dem Leben eine größere Vielfalt an Stimmen und an Lebensmöglichkeiten.« Und auch Roland Barthes hat das in dieser Weise des öfteren formuliert, diese Möglichkeit, das Leben als Text zu lesen. Es ist nicht eine einseitige Beeinflussung, sondern eine wechselseitige Resonanz. Beides als *ein* Text, der sich in wechselseitigem Bezug schreibt.

MAYRÖCKER: Das ist genau das, was ich auch empfinde. Das, was ich geschrieben habe, ist gleichzeitig auch wirklich mein Leben. Rückwirkend gehört dann alles zusammen und ergibt das Ganze. Dieser Komplex des Geschriebenen und des Lebens und Gelebthabens, das ist *eine* Sache geworden.

HEINRICHS: Ihr Begriff der Biographielosigkeit erinnert mich – in unserem Gespräch wie auch in dem, das ich mit Elfriede Jelinek führte – an eine Formulierung von Philippe Sollers, der Beckett einmal den »Autor eines außerordentlichen Nicht-Ich« genannt hat. Die Art, in der in diesem Nicht-Ich das biographische Ich vorhanden ist und auf den Prozeß des Schreibens wirkt, ist um vieles komplexer, als es Poetologien im Umkreis des Realismus und der Abbild-Theorien darstellen. In diesem Zusammenhang finde ich vor allem Überlegungen interessant, wie der Autor das Erlebte, sobald es ihm aus dem Text selbst entgegenkommt, auffaßt. Wie er zum Beispiel die Erfahrung machen kann, daß der »realistisch« beschriebene Schrecken, etwa in der extremen Situation im Konzentrationslager, übertrieben, konstruiert und unglaubwürdig erscheint (wie es Aharon Appelfeld in Philip Roth' *Shoptalk* sagt) oder wie der Autor, in diesem Fall Danilo Kiš, eine erzählte Kindheitsgeschichte verfremdet, aus Angst, man würde sie ihm nicht abnehmen. Sie sei noch voller Schmerz und erfahrenem Leid gewesen. Kennen Sie das auch?

MAYRÖCKER: Ja, ja, immer wieder. Je weiter man arbeitet und je älter man wird, desto »rücksichtsloser« gegen sich selbst wird man und nimmt auch Dinge her, die äußerst peinlich sind in der eigenen Erinnerung und unter Umständen auch, wenn man sie im Schreiben rekonstruiert.

HEINRICHS: Sie notieren ja einmal, Sie seien immer schon »Schreckling« gewesen, alles sei bei Ihnen zum »Schrek-kenswort«, zum »Schreckensgedanken« geworden. Selbst die Tat - wenn sie denn auf den Schrecken folgte - sei nichts als eine »Geste des Schreckens« gewesen. Eine Art Magie und Zauberei (Sie sprechen ja auch einmal von »Lineamenten, Federstrichen zu zaubern«) hat Sie, so hat man das wohl zu verstehen, aus dem Schreckensbann befreit. Ihr Leben spitzte sich gleichsam auf die »Bleistiftspitze« zu. Gibt es, so möchte ich Sie fragen, in Ihrer Entwicklung eine Art Initialerlebnis für die Existenz als Schriftsteller? Und wie haben sich der Ihnen eigene Ton und die dazugehörige innere Freiheit entwickelt? Ich möchte an eine Formulierung von Maurice Blanchot erinnern: »Schreiben heißt, die Sprache unter das Walten der Faszination zu stellen.« Und Gilles Deleuze: »Im Akt des Schreibens liegt der Versuch, das Leben aus dem zu befreien, was es einkerkert.« Wie haben Sie zur eigenen Sprache gefunden?

MAYRÖCKER: Wenn man zu schreiben anfängt, kommt man nicht ohne »Lieblingsdichter« aus, von denen man sich dann im Laufe der Zeit entfernen kann. Manchmal allerdings gerät man in die Spur eines solchen Vorbildes. Ich denke vor allem an Beckett.

HEINRICHS: Die Spur, von der Sie sprechen, kann ja auch mit dem eigenen Grundton übereinstimmen. Dem Schriftsteller gelingt in glücklichen Momenten die Entfaltung dessen, was doch jedem Menschen innewohnt: eine ihm eigene Grundmelodie. Vielleicht könnte man die Grundmelodie in Ihren Texten annäherungsweise so beschreiben: Leichtfüßig werden die Sphären des Engelhaften, des Seelischen und Poetischen und des in allen dreien wirkenden Atems miteinander verbunden.

MAYRÖCKER: Dieser Gedanke, daß jeder Mensch ein Kreator ist, gefällt mir. Gleichzeitig kann ich meine Skepsis nicht verbergen. Es gibt auch Horchende und Lesende, die sich an das von anderen Geschaffene nur anschließen.

HEINRICHS: Empfinden Sie sich im Schreiben – wir haben die Frage schon angesprochen – mehr als Medium oder mehr als Kreator? Ist es dieses Übermächtige der Töne, der Worte, der Sprache, dem man sich in einer Art Teilhabe zuwendet? Wie erfahren Sie sich in diesem Prozeß des Schreibens?

MAYRÖCKER: Es ist eine Art Taumel. Man kann sich innerhalb dieses Schreibtaumels nicht selbst beobachten. Ich will es auch nicht, weil ich dann aus dem Takt käme. Es ist wie beim Laufen: wenn man aufpaßt, wie man geht, kommt man ins Stolpern. Das ist auch der Grund, warum ich so wenige Betrachtungen über das eigene Schreiben angestellt habe. Wenn ich mal irgendeinen Preis bekomme, dann muß ich darauf zurückkommen. Ich habe Angst, das so genau zu beobachten. Es verschlingt mich.

Dieses Schreiben ist etwas so Ungeheures, daß es mich verschlingt; es gibt dann nichts anderes mehr als das. Man achtet nicht mehr auf die eigene Gesundheit, auf sich selbst und auf den liebsten Menschen. Das vergißt man womöglich doch in dieser Schreibwut oder Schreibgier oder Schreib-Wahn, wie Duras es genannt hat. Es ist ein Schreib-Wahn, auch ein Wahnsinn.

HEINRICHS: Sie nennen sich ja auch einmal einen »Assoziationskünstler« und sprechen von einem »poetischen Wahnsinn«. »Am Gram eines Engels wird sich unsere Poesie entzünden« (Gogol) ist sicher dafür ein besonders prägnantes Beispiel.

MAYRÖCKER: Der Schreibwahn allein genügt nicht, das ist lediglich die Voraussetzung. Dann kommt das Aushalten bei der Schreibmaschine, die Härte gegen sich selbst, daß man nicht nachgibt und noch einmal die ganze Sache hernimmt und wieder und wieder korrigiert und nie das Gefühl hat, daß es jetzt richtig ist, bis zu einem gewissen Punkt, wo man weiß, so, jetzt ist dieser Punkt erreicht, jetzt ist die Sache ganz, jetzt stimmt die Sache.

Jetzt ist es ein künstliches Lebewesen, das gehen und stehen und atmen kann, ein Objekt der Kunst. Aber da gibt es oft so viele Umwege. Nicht immer – bei kleineren Sachen, bei Gedichten, die entstehen oft in Sekunden. Aber bei einer langen Prosa-Arbeit wie den jüngsten Büchern von mir, da habe ich zwei bis drei Jahre verbissen gearbeitet. Jeden Vormittag schon zeitig in der Frühe habe ich angefangen, immer mit dem Gefühl, ich darf nicht lockerlassen. Ich habe

mich darin verbissen – wie ein wildes Tier. Ich hatte diese Gefühle: ich darf nicht mehr loslassen, jetzt habe ich es, dieses
Stück rohes Fleisch.

GERHARD ROTH

wurde 1942 in Graz geboren. Er lebt als freier Schriftsteller in Wien und der Südsteiermark. Er erhielt große Literaturpreise, u.a. den Alfred-Döblin-Preis und den Literaturpreis der Stadt Wien.

Hauptwerke unter anderem: *Die Archive des Schweigens* (Siebenbändige Taschenbuchausgabe, S. Fischer 1992), *Der See* (S. Fischer 1995), *Der Berg* (S. Fischer 2000), *Das Labyrinth* (S. Fischer 2005).

GERHARD ROTH

Archive des Schweigens,
der Angst, der Bilder und
der Sprache

In die Stadt

Über die Göstinger Au in die Kirchengasse. Ich lief diese
Strecke immerwieder, wenn ich verzweifelt war. Zuerst hinunter zur
Wiener Straße, von der man Schreckliches erzählte; Verkehrsunfälle
mit Toten, Überfälle, Einbrüche, Diebstähle ereigneten sich dort,
sodaß es verboten, die Wiener Straße allein zu betreten. Ich
lief unter der Eisenbahnbrücke zum "Bachwirt". Dort sah ich
einmal eine Schlägerei zwischen einem Polizisten und einem
betrunkenen Gast gehen. Der Betrunkene war vor den Lokal
auf den Polizeibeamten eingestürmt und hatte versucht,
ihn mit Faustschlägen zu verletzen. Er hatte langes Haar, das
bei den Schlägen aufflog und, als er getroffen wurde, in
die Luft stand, als sei er an der Reihe gesprungen,
und stürzte ab. Da weder es das Gleichgewicht, tau-
melte und [...] linken. Ich überquerte die Wiener-
Straße eilte — immer barfuß mit schwarzenden Sohlen — die
breite Straße zur geheimnisvollen Farbenfabrik. Zarte bläu-
liche. Ich liebte diese Fabrik und das sie Farben bedeckte,
faszinierte mich. Was ging hinter den Mauern vor sich?
In den Vorgärten, an denen ich vorbeilief, bellten die
Hunde, manche begleiteten mich kläffend hinter dem
Zaun. Ich erreichte die Brücke über den Mühlgang. Dort
hielt ich an und grub — in das Wasser schauend — das
Gefühl, daß die Brücke sich bewegte und eigentlich eine
Falle sei. Die Hinterseite der Farbfabrik war unheimlich.
Der Mühlgang wurde dort breiter und verschwand schließ-
lich in einem [...] unterirdischen Kanal. Ich hatte
immerwieder davon gehört, daß Ertrunkene sich in den Rohre
verfingen und geborgen wurden. Einmal, als davon die Rede
war, daß eine tote Frau an Land gezogen worden sei, lief
ich vor Neugierde getrieben, dorthin. Eine Ansammlung von
Menschen stand herum, ein Leichenwagen, Feuerwehr- und
Polizeifahrzeuge, Uniformierte. Ich kam langsam näher.
In meiner Erinnerung bleibt das Bild [...] stehen und ich

... es gleichsam überspringen. Im Gras vor blühende
Hollerbüschen lag ein Körper, der in eine warme Regenmantel ge-
hüllt war. Wieder bleibt das Bild stehen. Ich versuchte mit
klopfenden Herzen näher zu kommen, ob ich wurde von einem
Polizisten angesprochen, was ich hier zu suchen hätte und
ohne eine Antwort machte ich kehrt und lief nach Hause.
Später, da wir schon aus Gösting weggezogen waren, ermordete
hinter den Hollerbüschen ein Obdachlose ein kleines Mädchen.
Er überredete es auf die Straße, mit ihm mitzukommen, ver-
fing sich an ihm und erwürgte es und warf es in die Mühlgang, wo das Opfer sich in Reste. Ich sah die Fotografie
der Zeitung: Der Mörder, ungepflegt im abgerissenen Pullover vor
dem Wagen und hielt eine Puppe in der Hände, an der er de-
monstrierte, was er mit seinem Opfer gemacht hatte. Die Hinterseite
der Tatfotos ich sah es wie ein Gemälde De Chiricos. Ziegelmauern,
der Schornstein, ein Platz, den ich durch das Fabriktor sah —
menschenleer. Es verstille. Ich beeilte mich, die Fabrik
hinter mir zu lassen gelangte zu einem schmalen Weg, der
von Pappeln umsäumt zu Gösting Ausfahrte. Er ist
in meiner Erinnerung ringt zu eine ghostige Straße auf der ich ein
selber vorkomme. Schwere Regenwolken hängen vom Himmel,
Lichtspiele, Schatten flossen über das geröstete Gras auf den
sandig-schöttrige Boden. Auf der gegenüberliegenden Seite des
von hohen Büschen umwachsene Wursche. Die Mur, der Fluß,
in dem mein Schicksal steckte, Sie war nahezu aus-
getrocknet, daß nur die Schotterbänke sah, über die man bis
zur Flußmitte balancieren konnte — dann wieder, noch starken
Regenfällen, kam sie dunkel und unheimlich daher, um-
schwemmte die Büsche und begreif sich über die Ufer. Grund
vor sie ich soger umkehrte, so hoch stand das Wasser.
Die Flur diente dem regionalen Militär als Exerzierplatz. Von
Weitem konnte ich Soldaten erkennen, Kommandos hören, sie
im Laufschritt in kleinen Formationen wie elektrisierte Raupen
sich über die weite Fläche bewegen sehen. Ich blieb fasziniert
stehen. Jeps war am Flußufer Obdachlos, wo ich stunden
Besuchen, denen man nicht mehr näher durfte. Wie ich
pro Wochen sehe, es ereignete sich jedoch nie etwas. Es war wie
eine lautlose Bedrohung. Etwas ging in der Stille und Bewegungs-
losigkeit vor sich, etwas, das über unser oder Schicksal entschied.

Das Gespräch findet in der Steiermark statt.

Großflächig gesehen liegt das auf meiner Route, dem Weg von Wien nach Triest; genauer betrachtet liegt der Ort, in dem Gerhard Roth zeitweise lebt, im Abseits der Städteverbindungen. Die Regionalbahn, die mich in seine Nähe bringt, macht mich vertraut mit der Mentalität, die in seinen Büchern eine große Rolle spielt.

Er ist ungemein freundlich, ja herzlich in seinen Worten und Gesten – und dabei immer sehr ernst. Sähe ich nur sein Gesicht und hörte nicht seine Worte, wüßte ich nicht, ob er sich auf das Gespräch freut oder nicht.

Dieses ernste Gesicht lerne ich schließlich schätzen: auf jede kleine Nuance ist Verlaß, sie ist immer zutiefst in seinen Gefühlsregungen begründet und gibt nie etwas vor, was so nicht gemeint war.

Selbst sein Angebot, zuerst einmal, wenn mir danach sei, eine Runde zu schwimmen, erhält auf diese Weise eine besondere Bedeutung.

Er ist, sobald wir uns an den Tisch setzen, ausschließlich in der Situation, nur mit dem beschäftigt, was wir uns vorgenommen haben. Überspitzt gesagt: wir sind das Gespräch.

Wir haben uns in einen in sich völlig abgeschlossenen, kleinen Raum zurückgezogen, den wir erst viele Stunden später, nachdem wir Fragen und Antworten ausgetauscht haben, verlassen.

Dann essen und trinken wir zusammen.

Am nächsten Tag nehme ich noch einmal die Regionalbahn, ehe ich mich wieder anschließe an die großen Städteverbindungen, in diesem Fall nach Triest.

Jahre später – sein Roman Das Labyrinth *ist erschienen – führen wir ein zweites Gespräch.*

HANS-JÜRGEN HEINRICHS: Gerhard Roth, unser Gespräch findet bei Ihnen in der Steiermark auf dem Land statt. In Ihrem Band *Im tiefen Österreich* heißt es: »Auf dem Land sieht man manches deutlicher, das Leben und das Sterben, die Sieger und die Verlierer, die Gemeinheit und Güte der Menschen.« Ist das ein Ausgangspunkt Ihres Schreibens, und welche Rolle spielt dieser Gesichtspunkt in der Gesamtkonstruktion Ihrer Bücher?

GERHARD ROTH: Das war mehr eine *Entdeckung* von mir. Denn ich bin in einer Stadt, in Graz, aufgewachsen und habe im nachhinein das Gefühl, daß ich dort vom Leben – in Anführungszeichen – nicht sehr viel mitbekommen habe. Das Leben war für mich das, was sich auf engstem Raum abgespielt hat, die Familie, die Brüder, die Großeltern und die Eltern, deren Leben (und später Sterben) und Kranksein und Fröhlichsein, deren politische Ansichten. Man könnte jetzt sagen, das ist genug, daraus hat Marcel Proust einen wunderbaren Romanzyklus gemacht. Aber ich habe eher den Eindruck – ich bin 1942 geboren und nach dem Krieg herangewachsen –, daß ich unter einer Glasglocke lebte.

Damals wurde viel verschwiegen, das heißt überhaupt weniger über die Außenwelt gesprochen – aber ich hatte eine große Neugierde auf das, was rundherum passierte. Davon sind immer nur Fragmente in diese Glassturz-Welt hineingekommen – vor allem durch den Beruf meines Vaters, der Arzt war. Da habe ich beim Abendessen gehört, wer gerade welche Krankheit hat, und wer gestorben ist, welche dramatischen Umstände es sonst noch gegeben hat und welche Tragödien sich abgespielt haben. Jedenfalls war es vor allem ein sekundäres Leben, das ich gelebt habe, ein Leben aus zweiter Hand, obwohl ich meinen Vater ein paarmal auf Visiten begleitet habe.

77

Später bin ich sehr viel gereist. Ich hatte jedoch häufig das Gefühl, daß ich eigentlich nicht wirklich dort war, wo ich mich gerade aufhielt, und das erlebte, was ich wollte – daß ich also nicht das erfuhr, was ich glaubte, als Schriftsteller wissen zu müssen.

HEINRICHS: Anfangs schrieben Sie ja eine artifizielle Literatur, die sich nur aus der Sprache heraus entwickelt hat, nach heutigem Verständnis eine experimentelle Literatur.

ROTH: Für mich war es aber keine experimentelle Literatur, weil ich nicht mit dem Vorsatz herangegangen bin, eine experimentelle Literatur um der experimentellen Literatur willen zu schreiben. Mein Vorsatz war immer, aus mir selbst zu schöpfen und mich auszudrücken und *das* auszudrücken, was mir wichtig ist.

Ich erinnere mich, daß ich mit meinen ersten literarischen Arbeiten *nicht* verstanden werden wollte. Das waren Arbeiten, die sich dem Verständnis verweigert haben. Man kann natürlich fragen: »Warum hast du das dann geschrieben?« Ich glaube, um öffentlich nicht verstanden zu werden. Vielleicht kann man das so formulieren. Die Erfahrungen auf dem Land, die ich dann gemacht habe, als ich mit 35 Jahren in die Süd-Steiermark gegangen bin, um hier ein größeres Romanprojekt zu beginnen, waren für mich elementar und auch als Schriftsteller sehr wichtig, weil sie mir die Substanz gegeben haben, nach der ich lange gesucht habe.

HEINRICHS: Dieses von Ihnen eben angesprochene Nicht-verstanden-werden-Wollen ist zugleich auch ein Zugang zu Grenzerfahrungen, wie sie in der sogenannten Schizophrenie, also in Zuständen einer Identitätsauflösung vorkommen, und dies spielt ja auch in Ihren Büchern eine große Rolle. Darauf werden wir noch zurückkommen.

Vielleicht ist ein Begriff wie *Archäologie* ein erster guter Anhaltspunkt, um das zu umschreiben, was Sie tun, diese verschiedenen Schichten der Wirklichkeit, der Erinnerung aufzuspüren. In diesem Sinne sagen Sie ja auch einmal in Ihrem Band *Im tiefen Österreich*: »Einer Geschichte nachzugehen heißt, einen Scherben zu finden, nach weiteren Bruchstücken zu graben, neue zu finden und zu hoffen, daß sie zusammenpassen. Von Anfang an arbeite ich wie ein Archäologe.« Der Schriftsteller als Archäologe, wäre das ein erster möglicher Begriff, um Ihre Arbeit zu verstehen?

ROTH: Jeder Schriftsteller muß die Methode finden, die es ihm erlaubt, sein Werk zu schaffen. Meine Methode lag damals im Aufspüren von Geschichten nach Bemerkungen und Aussagen, die ich zufällig hörte, und Bildern, wie zum Beispiel alten Fotografien, die mir in die Hände kamen. Ich ging dem Ganzen nach, wie ein Untersuchungsrichter.

Diese Arbeitsmethode hat sich damals auf dem Land herauskristallisiert, weil ich ja über einen Landstrich schreiben wollte und nicht über einen einzelnen Menschen, über eine einzelne Persönlichkeit, sondern über eine Mentalität. Es war in den ersten Jahren Mentalitätsforschung, die ich auf dem Land betrieben habe. Zuallererst mußte ich mich aber selbst untersuchen. Das war vielleicht das Anstrengendste überhaupt, diese dauernde Aufmerksamkeit den eigenen Aussagen, den eigenen Verhaltensweisen gegenüber; das war so anstrengend, daß ich oft nach nur ein paar Notizen aufgehört habe nachzudenken und mich hingelegt habe.

HEINRICHS: Sind Sie sich auf die Schliche gekommen?

ROTH: Nein, aber ich habe über meine beobachteten Reaktionen einen Zugang gefunden zu dem Ganzen. Man könnte sagen, das war so, als ob man eine Leiter findet, mit der man in einen Keller hinuntersteigt. Und dann habe ich sozusagen in der Kälte und im Dunkeln begonnen, die Menschen zu analysieren. Ich habe versucht, sie zu verstehen, ihre Verformungen durch die Geschichte, durch die Natur, durch das Zusammenleben.

In einem Haus in der Stadt wohnt man abgeschlossen und weiß oft nichts von den Personen, die im selben Stockwerk leben. Auf dem Land aber ist das anders. Wenn man einmal einen Tram herauszieht aus einem Gebäude, rumpelt das ganze Haus rasch in sich zusammen, und man sieht dann alles, was hinter den Mauern verborgen ist: die Inneneinrichtung und das Leben der Bewohner. Das ist für einen Schriftsteller sehr komfortabel.

Man bedient sich dieser Methode aber nicht aus Gründen des Voyeurismus, obwohl das auch immer eine Rolle spielt. Das Wesentliche ist jedoch, daß man seine eigenen Ängste entdeckt, seine Schwächen, Geheimnisse und Sehnsüchte.

HEINRICHS: Sie haben sich eben einen Mentalitätsforscher genannt. Das erinnert mich an etwas, was der Schriftsteller und Übersetzer Georges-Arthur Goldschmidt einmal sagte, daß in keinem anderen Bereich die Mentalitäten einer Kultur so deutlich zum Ausdruck gebracht werden können wie in der Literatur. Erwächst daraus der Literatur auch eine ganz spezifische ethische, kulturelle Bedeutung zur Darstellung einer Kultur, wie es vielleicht die dafür zuständigen Wissenschaften auf diese Weise gar nicht leisten können?

ROTH: Das ist möglich. Allerdings sieht man in der Literatur auch das, was in einer Kultur *fehlt*. Die Literatur beschreibt also nicht nur mit großer Intensität das Vorhandene, sondern auch die offenen Stellen, die Leerstellen. An ihnen kann man ebenso viel erkennen wie am Beschriebenen.

Beispielsweise in der österreichischen Literatur. Eine Literatur, die lange Zeit eine unpolitische gewesen ist – sieht man von Karl Anton Postl ab, der als Charles Sealsfield das Buch *Austria as it is* geschrieben hat. Das war ein sehr kritisches Buch in der Zeit des Absolutismus. Es machte die Rückkehr von Sealsfield aus Amerika nach Österreich unmöglich. Seine Bücher wurden gleichsam wie Verbrecher gejagt, in die Nationalbibliothek gebracht und dort verbrannt. Die österreichische Kunst war lange eine musikalische, während sich die Literatur erst in diesem Jahrhundert richtig entwickelt hat; denn die Habsburg-Monarchie und der damit verbundene Katholizismus duldeten keine kritischen Stücke oder Schriften.

Grillparzer hat seine letzten drei Dramen in der Schreibtischlade quasi in eigener Vorzensur zurückbehalten. Man kann also die österreichische Kultur, aus dem, was fehlt – zum Beispiel aus dem Fehlen von Verlagen und unabhängigen Zeitungen und aus dem langen Fehlen von sozialkritischen und politischen Aspekten in der Literatur –, begreifen und daraus wieder auf das Land und seine Mentalität Rückschlüsse ziehen.

HEINRICHS: Sie haben jetzt schon die politische und die geschichtliche Dimension angesprochen. Haben Sie den Eindruck, daß das Politische und das Gesellschaftliche in die Sprache der Literatur immer eingeschrieben ist, auch wenn der Autor nicht im spezifischen Sinne politische Gegenstände thematisiert, wie es ja bei Ihnen sehr stark der Fall ist, vor allem, was die nationalsozialistische Vergangenheit betrifft?

ROTH: Jedem, der sich mit Literatur beschäftigt, ist das klar – trotzdem steht es nicht im Widerspruch zu meiner Aussage. Ich lehne auch apolitische Standpunkte, was die Literatur betrifft, nicht ab. Man kann einem Autor keine Anweisung geben, wie er seine Literatur schreiben soll. In Österreich ist der Gegensatz zwischen angeblich politischen und angeblich unpolitischen Schriftstellern besonders groß. Die einen unterstellen den anderen gerne, keine wirklichen Künstler zu sein – und umgekehrt. Das halte ich für eine ziemlich einfältige Formel, denn ein Schriftsteller kann sich von keiner vorgefassten Meinung leiten lassen, sondern muß selbst wissen, worüber er schreiben kann. Er hat oft keine andere Wahl, als das zu schreiben, was er schreibt.

Ich glaube nicht, daß es nur gute unpolitische Bücher oder nur gute politische Bücher gibt. Außerdem bin ich davon überzeugt, daß man nicht nur von der Persönlichkeit und dem Leben eines Schriftstellers auf sein Werk schließen kann, sondern daß dieses Werk im gesamten Corpus mit anderen Schriftstellern und der geistigen Entwicklung eines Landes zu sehen ist.

HEINRICHS: Sie haben vom Geschenk der Inspiration gesprochen. Haben Sie beim Schreiben den Eindruck, daß Sie mehr der Schöpfer, der Kreator des Werkes sind oder mehr eine Art Medium, ein Durchgangsort, durch den etwas hindurchgeht, was sich zusammensetzt aus Erinnerungen, aus Assoziationen, aus Bewußtseinsströmen, etwa auch in dem Sinne, wie Claude Lévi-Strauss einmal gesagt hat: »Ich bin das Tor, durch das die Mythen hindurchgehen«?

ROTH: Ich bin, glaube ich, abwechselnd Schöpfer und Medium. Beim Roman ist für mich ein gewisses Planungsstadium Voraussetzung. Aber es kommt dann meistens nicht exakt das heraus, was ich geplant habe. Ich brauche zwar die Planung, aber beim Schreiben widerspreche ich ihr. Bevor ich meinen Roman *Landläufiger Tod* schrieb, habe ich achtzehn Notizbücher vollgeschrieben und fast zehntausend Photographien gemacht. Zweieinhalb Jahre habe ich in der Südsteiermark recherchiert. Ich bin von Bauernhof zu Bauernhof gewandert und hatte dann am Schluß eine Welt im Kopf. Nach dem ersten Kapitel habe ich aber weder ein Notizbuch noch eine der Photographien angeschaut. Nur ab und zu einen Blick in die Notizen geworfen, weil ich gewisse Landschaftsbeschreibungen gebraucht habe, gewisse Studien, ein Gewitter oder irgend etwas, die ich mir einmal genau aufgeschrieben hatte. Ich habe später erst gemerkt, daß ich durch den Vorgang des Photographierens und Notierens so genau in der Beobachtung geworden war, daß ich alles beim Schreiben deutlich vor mir gesehen habe und daß mich das »Zusammenbauen« auch gestört hätte. Ich widerspreche mir sozusagen als Schreibender in meinem Selbstbewußtsein als Recherchierender und Planender.

HEINRICHS: Sind Sie ein Schriftsteller, der regelmäßig arbeitet, der jeden Tag schreibt, zu festgesetzten Zeiten sich auch in ein Arbeitszimmer begibt, so als ginge er in ein Büro, oder folgen Sie ganz unregelmäßig und spontan Ihren Impulsen?

ROTH: Ich habe Thomas Mann immer sehr für seine Disziplin und auch für das umfangreiche Werk bewundert: für *Dr. Faustus*, den *Zauberberg* und *Joseph und seine Brüder*, und ich habe selbst versucht, diszipliniert zu sein. Ich bin aber draufgekommen, daß ich mich nicht streng reglementieren darf, weil ich mich sonst zu sehr erschöpfe. Ich muß mir Zeit geben.

Ein Zeitrahmen ist für mich aber notwendig, wenn ich schreibe, da ich sonst psychische Probleme bekomme. Ich zerfalle sozusagen, ich löse mich auf, wenn ich mir nicht selbst eine Zeitvorgabe stelle, die ich aber nicht zwingend einhalten muß. Ich kann an verschiedenen Orten schreiben, ich brauche keinen bestimmten Platz, keine bestimmte Uhrzeit. Allerdings vergeht kaum ein Tag, an dem ich nicht meiner Arbeit nachgehe.

HEINRICHS: Ich denke, so wie ein Pianist jeden Tag Fingerübungen macht, muß auch ein Schriftsteller jeden Tag arbeiten.

Sie stellen Ihrem Band *Der See* unter anderem ein Motto von August Strindberg voraus: »Und um die Richtigkeit seiner Beobachtungen zu verifizieren, benutzte er sich selbst als psychologisches Präparat, schnitt sich bei lebendigem Leibe auf, experimentierte mit sich.« Kann man das auch auf Ihre eigene Arbeit beziehen? Ich erinnere mich an eine Aussage von Michel Leiris, der einmal sagte, man müsse die Subjektivität auf die Spitze treiben, bis sie umschlage in Objektivität. Und der Psychoanalytiker und Ethnologe Paul Parin: »Wir haben versucht, unsere Irrtümer auf die Spitze zu treiben, sie zuzuspitzen, bis sie gleichsam umschlagen in die Möglichkeit der Erkennbarkeit.« Ist das Ich, das erkennende, das wahrnehmende Ich, ist diese Beobachterposition etwas, was selbst Ort des Experiments ist, was sich selbst diesen Wahrnehmungsprozessen, diesen morphologischen Prozessen zur Verfügung stellen muß, so wie es auch etwa bei Henri Michaux ist, wo es kein festes Ich mehr gibt? Das Ich ist so weitgehend in diesen Prozeß der Wahrnehmungen, der Resonanzen involviert, daß gar keine Aufteilung mehr zwischen Subjekt und Objekt möglich ist. Würden Sie auch so weit gehen?

ROTH: Das kommt meinem Verständnis sehr entgegen. Ich habe zuerst immer das Gefühl, daß ich aus meiner persönlichen Welt schöpfen muß, und dann kommt als zweites eine Unzufriedenheit dazu, daß ich bisher noch nicht weit genug gegangen bin. Ich bin allerdings kein typisch intellektueller, sondern auch ein von der Imagination her bestimmter Schriftsteller. Ich will einen bestimmten Weltausschnitt darstellen, und es geht mir dabei zunächst nicht um eine neue Ausdrucksmöglichkeit. Ich erfinde sie gleichsam aus der Not heraus, also weil ich selbst diese neue Methode brauche, um etwas Bestimmtes auszudrücken. Ich versuche auch, vorher in aktionistischer Weise zu durchleben, was ich in den Büchern beschreiben will (wobei ich natürlich das meiste schon erlebt habe, bevor ich noch an ein Buch denke).

Aber die Spur zu finden, der ich nachgehe, das gehört zu meinem Selbstverständnis.

HEINRICHS: Sie verstehen sich nicht nur als intellektuellen Schriftsteller. So lese ich Ihr Werk auch, entgegen vieler Beurteilungen, die Sie als einen kühlen Rationalisten oder als einen mit medizinischem Vokabular und Methoden arbeitenden Autor beschreiben. Ich glaube, da liegt ein Mißverständnis vor, was nicht nur Sie betrifft, sondern auch etwa Schriftsteller wie Henri Michaux, Hubert Fichte oder auch Danilo Kiš. Ich glaube, es wäre sinnvoll, hier einen anderen Begriff einzuführen: Literatur als Recherche, als Forschungsarbeit. In diesem Sinne könnte man Ihre Arbeit, auch die Art und Weise, wie Sie Gerichtsprotokolle oder Forschungen über Schizophrenie oder über medizinische oder geschichtliche Arbeiten in die Literatur einbringen, besser begreifen. Es geht nicht um eine intellektuelle Aufarbeitung, sondern um eine literarische Darstellung. Wären Sie damit einverstanden, die wissenschaftliche Seite in Ihrem Werk als Recherche zu beschreiben?

ROTH: Ich sehe eine gewisse Verwandtschaft mit dem russischen Filmer Tarkowskij, den ich sehr schätze und dessen poetische Arbeit ich sehr gut kenne. Tarkowskij hat sich selbst immer als einen tief religiösen, konservativen Menschen bezeichnet, der dem Experiment feindlich gegenübersteht – das tue ich nicht –, der im Grunde genommen für vieles, was er in seinen theoretischen Werken schreibt, als Reaktionär bezeichnet werden könnte. Sein filmisches und literarisches Werk allerdings ist dagegen von einer geradezu experimentellen Offenheit. Es hat nichts Reaktionäres an sich, es ist die Manifestation eines freien Geistes, der alle Möglichkeiten in Betracht zieht, um sich auszudrücken. Ich empfinde also eine gewisse Verwandtschaft mit ihm: vom Werk, nicht von der Kunstauffassung her.

HEINRICHS: Und wie verhält sich Ihr wissenschaftliches und planerisch-strukturierendes Interesse zum künstlerischen Arbeitsprozeß?

ROTH: Ich glaube nicht, daß man in der Kunst Planungsprozesse erfolgreich mit Kunstwerken abschließen kann, ohne daß der Künstler über den Intellektuellen triumphiert. Das ist mein Credo. Mir ist es egal, ob das eine Forschung ist, oder ob man das als Experiment bezeichnen würde; das Künstlerische muß stärker sein als das Politische, stärker als das Experimentelle, stärker als jeder Vorsatz.

Das Künstlerische sucht sich seinen Weg wie eine Flüssigkeit im Staub, mäandert aus, vertrocknet an irgendeinem Platz, findet die Spur wieder, die Möglichkeit, sich weiterzuentwickeln. Das verstehe ich unter Künstlertum, auch die Bereitschaft, sich selbst und seine Prinzipien aufzugeben für die Arbeit. Die Arbeit ist wichtiger als die eigene Position oder man selbst. Meiner Selbstdefinition kann ich durchaus im nächsten Werk widersprechen, oder ich kann auch gleichförmig immer dieselbe Bahn wählen, wenn es *meine* Bahn ist.

HEINRICHS: Wir haben schon kurz die Wahrnehmung und Sinnlichkeit als Aspekte der künstlerischen, der literarischen Arbeit angesprochen, die Möglichkeiten und Freiheiten, die in der Wahrnehmung stecken, auch die Einschränkungen und Verzerrungen, die Grenzzustände, die der Wahrnehmung zugänglich oder nicht zugänglich sind. Welche Rolle spielt bei Ihnen die Aufmerksamkeit auf die Angst, von der Sie oft sprechen, Ihr Erleben der Kindheit als einer stark von Angst geprägten Zeit? Ist Ihre Wahrnehmung der Welt auch im literarischen Werk noch eine von der biographisch fixierten Angst bestimmte, oder haben Sie das Gefühl, Sie lösen sich von dieser Angst, Sie bearbeiten sie beim Schreiben?

ROTH: Es ist, genauer gesagt, meine Erinnerung an die Angst. Die Angst selbst erfährt man ja anders. Ich habe oft den Eindruck, in der Angst sieht man nichts mehr und hört immer weniger. Aber die Erinnerung an Zustände, in denen man Angst hatte, verbindet sich bei mir dann mit Beobachtungen von Einzelheiten, die mir damals, als ich sie gesehen habe, nicht wichtig gewesen sind: ein Tropfen, der über ein Fenster rinnt, ein Sprung in einer Mauer, die Hautfalten meiner Fingergelenke. Die Bilder, die ich in mir wachrufe, sind für mich gleichzeitig Beweise dafür, daß ich nicht nur phantasiert habe. Über die Erinnerung an diese Bilder kann ich plötzlich ein anderes Weltbild erkennen, das sich aus den Wahrnehmungssplittern zusammensetzt.

Genauer gesagt: In der Summe dieser Einzelheiten ist für mich ein sonst übersehenes Weltbild enthalten. Hinter Ihnen, wie Sie gerade am Tisch sitzen, ist im Moment ein Elektrostecker in der Wand sichtbar. Ich kann mir vorstellen, daß sich, wenn ich jetzt verhört würde, meine ganze Konzentration plötzlich auf diesen Elektrostecker richten würde und daß dieser Elektrostecker ein intensives Bild in meinem Kopf erzeugt. Später wird er für mich vielleicht der Inbegriff von Qual – und in einem Zustand der Erinnerung ist dieses Bild plötzlich vergrößert da und wird mir bewußt oder fließt sogar in einen Text ein. Beim Schreiben kann ich eine Summe von solchen absurden oder intensiven Wahrnehmungen hintereinanderschalten oder sie miteinander kombinieren – die Wahrnehmungen kommen jedenfalls aus der Erinnerung an bestimmte Situationen oder Extremsituationen.

HEINRICHS: Können diese Extremsituationen an einen Punkt gelangen, zum Beispiel in der Todesangst oder in Wahnzuständen, wo das nicht mehr so funktioniert, wo der Raum immer enger wird, daß das, was Sie jetzt als ein Weiterwerden in der Erinnerung beschrieben haben, so, ab einem bestimmten Punkt, nicht mehr funktioniert?

ROTH: Merkwürdigerweise kommen diese Dinge dann zum Beispiel unter Alkoholeinfluß wieder heraus. Ich bin nie so traumatisiert gewesen, daß mein Kopf mit eisigem Schweigen auf Erinnerungsversuche reagiert hätte. Irgend etwas, nennen wir es nach Sigmund Freud »Es«, arbeitet weiter. Beispielsweise gelingt es mir, nach einem Gespräch den Verlauf noch zwei oder drei Stunden – wenn ich mich sehr anstrenge bis zu zwei Tagen später – fast wortgetreu zu rekonstruieren. Genauso und in einem noch viel größeren Ausmaß steht mir ein Bildreservoir zur Verfügung, das ich nicht bewußt angesammelt habe, sondern das sich in mir angesammelt hat und nach außen drängt. Je länger ich an einem Text schreibe, desto mehr bin ich vom Bild beeinflußt. Ich komme sozusagen eher in eine Bilder-Zentrifuge hinein als in einen Sprach-Dominoeffekt, bei dem einzelne Wörter andere auslösen.

HEINRICHS: Sind diese Bilder nicht aber doch auch an Rhythmen und insofern doch wieder an die Sprache gebunden? Erleben Sie die Bilder rein visuell oder sind sie nicht doch sprachlich vernetzt, ohne daß sie als Wörter erscheinen?

ROTH: Sie sind sprachlich vernetzt, ohne daß sie als Wörter erscheinen, ja, aber sie sind nicht an Rhythmen gebunden. Wenn es rhythmisch wäre, würde das auch automatisch in der Sprache rhythmisch sein. So muß ich aber die Innenbilder, die ich vor mir habe, sprachlich erst umformen, das heißt, in einen Stil transferieren.

HEINRICHS: Sind diesen Bildern Personen eingeschrieben, gehören zu diesen Bildern auch Personen, oder sind sie personenlos?

ROTH: Meistens personenlos, aber mitunter sind auch Personen eingeschrieben.

HEINRICHS: Wie ist dieser Bogen von dem zu schlagen, was wir jetzt mit dem weiten Raum der Angst und der Angstfelder (extremer Todesangst und der Todesphantasien) bezeichnet haben, zu dem, was man Krankheit nennen könnte? Warum sprechen Sie vom Willen zur Krankheit, was bedeutet das für Sie?

ROTH: Es gibt einen schönen Ausdruck: der Normopath. Das Normale ist eigentlich pathologisch, im Grunde gibt es die sogenannte Normalität gar nicht. Der Wille zur Krankheit ist ein Bekenntnis zur individuellen Wirklichkeitserfahrung, zur individuellen Denkerfahrung, die ich beschreibe, auch wenn ich möglicherweise nicht verstanden werde. Für mich ist mein eigenes Nichtverstehen gleichwertig mit dem Weltbild, das ich verstehen kann.

HEINRICHS: Erfahren Sie das Schreiben mehr als etwas Freies oder als einen Zwang, einen Schreibwahn, Schreibwahnsinn?

ROTH: Wohl kein Autor ist in der Lage, ein Buch, das er einmal geschrieben hat, noch einmal in derselben Form zu schreiben. Das bestätigt Marguerite Duras' Rede vom Schreibwahn. Ich würde es aber nicht als Wahn bezeichnen, sondern eher als eine Sucht, eine Besessenheit. So wie es auch eine Lese-Sucht gibt und eine Liebes-Sucht, so ist die Schreibbesessenheit etwas, das in einem Autor existentiell vorhanden ist, das er ausleben muß und dem er nicht ausweichen kann. Ich weiß von Freunden, die sehr krank waren oder in Problemen steckten: Wenn sie sich nicht vollständig aufgegeben haben, dann war das Schreiben immer das erste, was sie noch am Leben erhalten hat. Es gibt letztendlich keine anderen Verwendungsmöglichkeiten für Menschen, die sich mit dem Schreiben befassen, als das Schreiben selbst. Ich denke zum Beispiel an Kafka. Er war immer Schriftsteller – selbst im Büro der Unfallversicherung. Daß ein Mensch ein erfolgreicher Manager war und dann Schriftsteller wurde, da kenne ich eigentlich niemanden.

HEINRICHS: In der Therapie gibt es das, aber in der Literatur offensichtlich nicht. Wäre das Schreiben der Mühe wert, wenn man das Ergebnis vorher wüßte? Das Geschriebene komme, sagt Duras, wie der Wind, es sei nackt, es sei Tinte: »Es ist das Geschriebene, und es geht vorüber, wie nichts anderes im Leben vorübergeht, nichts weiter, außer das Leben.«

ROTH: Beim Lyriker stimmt es wahrscheinlich. Anders die Arbeitsweise von Romanciers wie Heimito von Doderer. Er hat bekanntlich Flußdiagramme mit verschiedenen Farben gezeichnet. Tolstoi hat bei *Krieg und Frieden* monatelange Studien an den Originalschauplätzen (auch den Schlachtfeldern) betrieben. Er hat sich sogar exakte Pläne von Örtlichkeiten aufgezeichnet ... Truman Capote ist acht Jahre lang bei der Niederschrift von *Kaltblütig* einem Mord nachgegangen. Ich will sagen, es ist sehr poetisch, was Duras schreibt. Es trifft auf sie selbst und auf eine bestimmte Art von Literatur zu, aber selbstverständlich besteht ein Roman auch aus einem Aufbau, aus Architektur und sei es eine dekonstruktivistische. Das Skelett kommt nicht mit dem Wind, es entsteht aus einem Denkprozeß. Obwohl es mir gefällt, was Marguerite Duras geschrieben hat, glaube ich, daß das eher für kurze literarische Konzentrate gilt.

HEINRICHS: ... und vielleicht für das Filmische auch.

ROTH: Der Film hat eine gewisse Ähnlichkeit mit Prosa. Im allgemeinen glaube ich aber, daß in der Prosa eigene Gesetze herrschen. Selbst ein so »chaotischer« Roman wie *V* von Thomas Pynchon hat eine unglaubliche Architektur. Da kann man wahrscheinlich nicht behaupten, sie sei ihm sozusagen zugeflogen. Aber für die Lyrik oder für gewisse konzentrierte Texte stimmt es vermutlich.

HEINRICHS: Duras meint, in jedem Buch gebe es eine schwierige, eine nicht zu umgehende Stelle, und der Schriftsteller müsse sich entschließen, diesen Fehler im Buch zu belassen, damit es ein wahres Buch bleibe. Haben Sie diese Erfahrung auch gemacht?

ROTH: Ich glaube, sie beschreibt indirekt den Kampf zwischen dem Lektor und dem Autor. Daß dem Autor etwas besonders wichtig ist und der Lektor eine andere Meinung vertritt. Wenn der Autor das Gefühl hat, daß es sich um eine Identitätsfrage des Textes handelt, dann muß er natürlich auf seinem Standpunkt beharren. Ich glaube aber nicht, daß der Autor über sein eigenes Werk allwissend ist und dem Lektor sozusagen nur die negative Karte hinspielen kann – als demjenigen, der es für die Öffentlichkeit frisiert. Der Lektor kann auch eine große Hilfe sein. Wir wissen zum Beispiel von Thomas Woolfe, daß er überhaupt nicht in der Lage war, ein Buch allein fertigzustellen; das waren alles Konvolute, die in Koffern aufbewahrt waren, und ein sehr kluger Lektor hat ihm geholfen, daraus Geschichten und Romane zu machen. Oder Raymond Carver: Da spielte der Lektor bekanntlich ebenfalls eine extrem große Rolle.

HEINRICHS: Ich möchte versuchen, an dieser Stelle den Bogen von dem, was wir jetzt besprochen haben, zu Ihrem neuesten Roman *Das Labyrinth* zu schlagen. Dazu greife ich auf einige Äußerungen von Ihnen zurück, die mir einen Zugang zu dem *Labyrinth* zu ermöglichen scheinen: der Schriftsteller als Archäologe, Untersuchungsrichter und Mentalitätenerforscher, aber auch als Selbsterforscher, ich würde sagen als Selbstethnograph – so, als ob man in einen Keller hinabsteige, um die eigenen Schwächen, Geheimnisse, Sehnsüchte und Ängste (genauer: Erinnerungen an die Angst) aufzudecken.

Zugleich aber, bei aller Bedeutung der Forschungsarbeit, der Recherche, die eindeutige Vorrangstellung des künstlerischen Prozesses, der sich seinen eigenen Weg sucht. Der Künstler triumphiert über den Intellektuellen und über den planenden Geist, dessen Ordnungssysteme geradezu zum Widerspruch auffordern. Ich erinnere mich, wie stark mich die Aussage des Psychoanalytikers Fritz Morgenthaler beeindruckte, daß die Technik und die Deutungsmuster während des therapeutischen Settings erst einmal für den Analytiker wichtig sind, daß *er* sich sicher fühlt. So schafft sich auch der Schriftsteller Ordnungen und Rahmenbedingungen, um, wie Sie es einmal ausdrücken, nicht zu zerfallen.

Auf dieser Grundlage experimentiert man mit sich, mit diesem ominösen *Ich*, vervielfacht es im Schreiben, gibt ihm verschiedene Gestalten und Namen und ordnet ihm verschiedene Weltausschnitte und Bild-Welten zu. Ist das nicht eine erste Zugangsmöglichkeit auch zu Ihrem neuen Roman, ein Schlüssel oder besser vielleicht: eine Plattform, von der aus man sich perspektivisch dem codierten Geschehen nähern kann?

ROTH: Ich plane sehr genau, das heißt aber nicht, daß ich schon im voraus weiß, wie sich der Schreibprozeß entwickeln wird. Der Schöpfungsprozeß ist abwechselnd ein Zerstörungsvorgang und ein Zustand visionärer Eingebung. Ich gehe sozusagen der Magnetspur der Inspiration nach – ich vergesse und entdecke dabei mich selbst, ich ignoriere meine planende Vernunft und finde sie paradoxerweise dadurch. Jean-Paul Sartre hat in *Was ist Literatur* darüber ausführlich berichtet...

Beim Roman *Der Berg* wurde ich nach einem Unfall zwei Monate lang mit Morphium behandelt und konnte in den schmerzfreien Phasen sogar schreiben. Aber als ich nach dreiwöchigem Entzug und anschließender Beendigung des Romans das Manuskript durchlas, bemerkte ich, daß es – bildlich gesprochen – einen Sprung hatte. Ich konnte genau feststellen, an welcher Stelle ich mit der Einnahme des Präparates begonnen und wo ich wieder aufgehört hatte. Es war sehr mühsam, den Einfluß der Droge aus der Sprache, dem Erzähltempo, ja der ganzen Erzählweise zu tilgen, aber es war notwendig, denn der Roman mäanderte über 100 Seiten plötzlich in Nebenhandlungen und verzweigte sich in Adern mit Detailbeobachtungen und zersplitterte geradezu – um plötzlich wieder die anfängliche Erzählweise anzunehmen.

Ich hatte während der Morphiumphase unbedingt weiterarbeiten wollen, weil mir das Schreiben Halt gab. Ich kürzte das Buch schließlich um 150 Seiten, um es in einen Rhythmus zu bringen, denn auf vieles, das ich unter Drogeneinfluß geschrieben hatte, wollte ich nicht verzichten. Es erscheint mir nachträglich sogar als Bereicherung. Dem Buch haftete jetzt etwas Mystisches an, das ich ursprünglich nicht beabsichtigt hatte. Der ganze Zauber des Berges Athos war in vielen Details da, als hätte ich alles durch gefärbtes

Glas gesehen. Das war ein extremer Einfluß von außen, der den Schöpfungsprozeß irritiert hatte, aber die Deformation brachte unbewußte Eindrücke zum Vorschein. Ich würde diese Arbeitsweise allerdings nicht mit Absicht anwenden, sie ist tendenziell selbstmörderisch.

HEINRICHS: Überspitzt formuliert und etwas waghalsig könnte man sagen: Den Unfall und die Morphium-Gaben hat sich Ihr Unbewußtes herangezogen, um sich auf eine bestimmte Weise ausdrücken zu können. Da das, was zum Vorschein gebracht werden sollte, mit einer selbstmörderischen Tendenz verknüpft und also existentiell extrem bedrohlich war, hätten Sie es nie freiwillig, ohne äußeren Zwang, ausprobiert.

So nahm der Schöpfungsvorgang einen ganz eigenen Verlauf, der rational nicht voraussehbar und planbar war. Die Droge hat Sie unausweichlich an den *anderen Schauplatz* (das Territorium des Unbewußten) versetzt, in ein letztlich uneinnehmbares Terrain, von dem uns alle konstruktive und alle zerstörerische Kraft zuwächst.

Es ist das Terrain des Wahnsinns, des irren Gelächters, des Antriebs zu Mord und Totschlag, zu Folter und Selbstfolter, es ist die Quelle religiöser und erotischer Ekstase, Trauer, Angst, Depression, Perversion, benachbart dem göttlichen Licht und der mystischen Erfahrung. Sie selbst sprechen vom Mystischen, das dem Roman *Der Berg* plötzlich anhaftete, und ich erinnere an die besonders eindringliche Bemerkung Georges Batailles in bezug auf eine Photographie von 1905 (die das Martyrium eines zum Tode verurteilten Chinesen zeigt, dazu verurteilt, in hundert Stücke zerschnitten zu werden, mit Opium vollgepumpt, um die Qualen zu verlängern), eine Photographie, die offenbart, wie sich das äußerste Grauen der

Haltung von Mystikern in Ekstase, der Entrückung göttlicher Heimsuchung, annähert, ja, sogar mit ihr identisch zu werden scheint.

Dies erlaubt mir auch, den Bogen zu Ihrem Roman *Das Labyrinth* zu schlagen, in dem auf exemplarische Weise das Wahnhafte und das sogenannte Wirkliche eine letztlich unauflösbare Einheit bilden.

Wie weitgehend standen Ihnen zu Beginn der Arbeit an diesem Roman die Figuren (die diese Grenzüberschreitungen darstellen und repräsentieren) vor Augen? Übertragen Sie mehr eine vorab gefaßte Idee sukzessiv auf die Figuren, oder geht die Bewegung mehr von den vorab konturierten Figuren auf die Ausgestaltung der Idee über? Im Grunde führen uns die literarischen Figuren ja nur konzentrierter vor Augen, was in jedem von uns ständig geschieht, oder wie es Freud formulierte: die Grenze zwischen den normal und krankhaft benannten Seelenzuständen werde wahrscheinlich von jedem mehrmals im Laufe des Tages überschritten.

ROTH: In der Nacht auf den 28. November 1992 – einen Freitag – geriet die Wiener Hofburg in Brand. Ich hörte erst am nächsten Morgen im Radio von dem Ereignis. Am darauffolgenden Samstag wurde ich vom Chefredakteur der Wiener »Presse« in Zusammenhang mit dem Hofburgbrand als »wahrer Brandstifter« (wegen meiner österreichkritischen Essays) bezeichnet, und zwar in einem Leitartikel auf der Titelseite. Diese Denunziation hat mich sehr irritiert, auch weil sie offenbar niemanden störte außer mich.

Ich begann mich daraufhin für Brandstifter und den Themenkreis der Pyromanie zu interessieren. Nachdem ich die pathologische Seite studiert hatte, entstand allmählich die Vorstellung von einem pyromanischen Rächer, der die Geschichte verbrennen will, die, wie Novalis sagt, »selbst ein Prozeß des Verbrennens ist«.

Pollanzy, der Psychiater, stand fast gleichzeitig als Gegenfigur fest. Das Vorbild dafür war der einäugige Riese Polyphem aus der Odyssee, der mehrere Gefangene in seiner Höhle verschlang, bevor Odysseus ihm die Augen ausstach.

Die Mannschaft des Odysseus entsprach in meiner Vorstellung den Patienten in der Irrenanstalt, deren Ego sich Pollanzy sozusagen einverleibt hatte. Damit hatte ich im Brandstifter und Psychiater ein Paar, dessen Rollen ich vertauschen konnte.

Der Hofburgbrand war jedenfalls das auslösende Ereignis gewesen. Ich ging mit einem vagen Konzept und der Absicht ans Schreiben, daß die Figuren bewegliche Elemente sein sollten, die ich nach Wunsch austauschen konnte.

HEINRICHS: Im Akt des Schreibens liege der Versuch, bemerkte Gilles Deleuze einmal, das Leben aus dem zu befreien, was es einkerkert. Erleben Sie das Schreiben so, und wenn ja, dann müßte dies doch in bezug auf die handelnden Figuren, etwa in *Das Labyrinth*, heißen, daß Sie sich durch deren Erfindung ein Stück weit befreien von den Begrenzungen und Einengungen, dem Wahnhaften und Angstvollen, unter dem diese Figuren leiden und mit dem sie identisch, ausweglos identisch, sind.

ROTH: Vielleicht will ich von dem, was mir mein Leben einkerkert, nicht gänzlich befreit werden, weil ich das Negative brauche, um schöpferisch zu sein.

HEINRICHS: Die Figuren Ihres Romans umkreisen *das Andere der Vernunft* und das teilweise pathologisch zugespitzte

Grandiose, das Größen-Selbst in seinen wundersamen bizarren Ausgestaltungen. Wie weitgehend sind der Psychiater und sein ehemaliger Patient Ausgestaltungen *einer* Person, eines Personen-Verbunds? Sie sind doch mehr als nur ein »Paar«, das durch vielfältige Neigungen und Interessen sehr eng miteinander verknüpft ist.

Der Wunsch des Psychiaters, von der Erforschung des pyromanischen Drangs und der (davon unabhängigen) Kopfverletzung seines »Partners« für seine Forschung zu profitieren, sowie dessen Absicht, den Psychiater zu instrumentalisieren, schaffen ein ganz eigenes »Nahverhältnis«. Seine äußerste Zuspitzung findet es während einer dramatischen Begegnung in Spanien, wohin beide auf unterschiedlichen Wegen gereist sind.

ROTH: Pollanzy und Stourzh sind auch ein Paar der gegenseitigen Beobachtung. Die totale Aufmerksamkeit, die sie einander schenken, hat etwas von einem Gehirnforscher, der mit seinem eigenen Gehirn das menschliche Gehirn erforscht. Außerdem kommt die ironische Komponente der vertauschten Identitäten hinzu, als ob das Gehirn des Gehirnforschers diesen paralysiert, sobald er glaubt, Eigenschaften des menschlichen Gehirns enträtselt zu haben.

Durch die beiden Zyklen *Die Archive des Schweigens* und *Orkus* zieht sich ein weiteres Paar: Lindner und Jenner, der geisteskranke Künstler und der Anwalt, ein Mörder. Beide sehen, was hinter dem Paravent ist, der vor der sogenannten Wirklichkeit steht. Lindner bemalt den Paravent mit dem, was er dahinter sieht – um es aufzudecken. Jenner gelingt es aber, daß man in Lindner nur den Kulissenmaler eines wahnhaft erfaßten Daseins sieht. Lindners »Wahn« und Kunst stellen so für Jenner auf zynische Weise eine Befreiung dar.

HEINRICHS: Mehrere Erzählebenen sowie die detaillierte Einführung einer derart schillernden Figur wie Fernando Pessoa (dessen ganzes Werk auf einem Spiel mit authentischen und erfundenen Personen beruht) durchkreuzen auf grundlegende Art und Weise jede eindeutige Zuordnung von Handlungssträngen zu den Personen und verwischen die Grenzen zwischen dem Realen und dem Imaginären, der Wirklichkeit und dem Wahnhaften. Ihre äußerst detailbesessene, scheinbar ganz am Wirklichen orientierte Beschreibungs»wut« führt den Leser auf die falsche Fährte, als spiele sich alles so im Außen ab. Sehe ich es richtig, daß in Wirklichkeit die Personen Abschattungen und Perspektivierungen, Gestalten und Formen einer Über-Figur sind?

ROTH: Ja, dahinter steht der Wunsch, aus mir selbst eine erfundene Figur zu machen. Ich möchte mich als literarische Gestalt, die nicht an das Autobiographische gebunden ist, neu erschaffen. Das heißt, ich möchte mit mir so verfahren, wie ich es als Schriftsteller will, und nicht, wie es mir mein Leben diktiert.

HEINRICHS: Neben diesem spielerischen Umgang mit den Figuren gibt es aber auch eine stark politische Ebene. Wie entwickeln Sie die politische Dimension, zum Beispiel in diesem letzten Roman? Bereits auf der zweiten Seite wird der Nationalsozialismus über den Pflegegehilfen Philipp Stourzh thematisiert. Er wirft seinen Eltern vor, daß ihr Briefmarkengeschäft dem jüdischen Eigentümer vom Großvater geraubt worden sei. Was Sie dann in wenigen Sätzen ausführen (mündend in der Lüge des Großvaters, es habe sich bei den vermeintlich wertvollen Stücken um Fälschungen gehandelt, die er verbrannte), wird von Ihnen ganz in den Dienst der psychologischen Konturierung von Philipp Stourzh und seiner pyromanischen Leidenschaft gestellt. Also: wie vermitteln sich beim Schreiben des Romans die Psychologie der Personen und deren politische Vergangenheit?

ROTH: Ich versuche das sowenig als möglich zu tun, da es genügt, die verbrannten Reste eines Briefes vor Augen zu haben, mit wenigen, erhalten gebliebenen Zeilen, die alles besagen.

HEINRICHS: Wie groß war die Gefahr, die Figur Philipp Stourzh zu einem psychiatrischen Objekt der Betrachtung und den Leser somit zum Voyeur zu machen?

Und geht seine individuelle Psychologie nicht zu vollkommen auf in dem Umfeld aus der klassischen Literatur zu den Geisteskranken und der zitierten Kunstgeschichte, exemplarisch Giuseppe Arcimboldos Bild »Ignis«: ein brennender Kopf, der, zusammen mit dem Oberkörper aus diversen Gegenständen, als Inbild Philipp Stourzhs pyromanischem Zwang erscheint?

ROTH: Es ist, wie leicht erkennbar, ein Buch, das die Psychiatrie flieht. Es benutzt nicht den Duktus, die Sprache der Psychiatrie, weil diese bekanntlich verschlissen ist. Es bedient sich logischerweise auch nicht der Sicht der Psychiatrie. Dort, wo sie zum Vorschein kommen könnte, ist sie durch die gebrochenen Erzählfiguren ironisiert.

Die Auseinandersetzung spielt sich statt dessen auf einer zumindest hypothetisch gleichwertigen Ebene ab – im Bereich der Kunst, dort, wo – wie Freud sagt – die Grenze von normalem und anormalem Bewußtsein fließend ist. Damit will ich weder die Geisteskrankheiten romantisieren noch die

Kunst mit dem Unterbewußtsein gleichsetzen. Vielmehr geht es um eine Annäherung aus einer Perspektive, die von der l'Art brut her bekannt ist: Von Morgenthaler, Prinzhorn, Dubuffet, Navratil und anderen. Zuletzt ist der Psychiater – nach dem Einbruch in seine Wohnung, die sich in der Hofburg befindet – selbst identitätslos und, nach dem Messerattentat von Stourzh, blind.

HEINRICHS: Auch das Reden über Brände und der gleichzeitige Ausbruch eines Brandes – ist das vielleicht zu dicht gewoben? Oder soll das, was geschieht, stets als Materialisierung dominierender Ideen erscheinen? Anders gesagt: das Thema pyromanischer Leidenschaft findet nur verschiedene Akteure und Sprecher? Synchronizität, Beschwörungen, Vorausahnungen: sind das sozusagen die geheimen, subversiven »Drahtzieher« der Handlung? Für die Macht des Subversiven und Unterirdischen spricht ja auch des Psychiaters Faszination für Querverbindungen, geheime Gänge, Archive und entlegenste Räume in den Gebäuden, z.B. der Nationalbibliothek.

ROTH: Die Vorgeschichte, der Prolog zum Brand ist eine Krankengeschichte, die üblicherweise erst nachträglich – in Untersuchungshaft – für eine Gerichtsverhandlung erstellt wird. Ich habe das psychiatrische Gutachten aber vorgezogen. Daraus entwickelt sich eine eigene Erzähldynamik: Wir wissen im voraus, was kommen wird. Oder? – Der Faszination des Psychiaters für das Labyrinth der Hofburg entspricht sein Nachdenken über das Gehirn. Er hat die Hofburg, wie er behauptet, sogar als mnemotechnische Hilfskonstruktion herangezogen, und natürlich ist er fasziniert vom Subversiven, Geheimen, Verborgenen. Später wird das ganz deutlich, als er von seiner Sehnsucht nach dem Wahnsinn spricht. Aber ist das nicht nur eine Unterstellung von Stourzh? Oder demaskiere ich damit en passant den Schriftsteller?

HEINRICHS: Ich greife noch einmal Ihre Engführung der verschiedenen individuellen und überindividuellen Ebenen auf. Je weiter ich bei der Lektüre in diese labyrinthische Welt eindrang, desto stärker empfand ich mich als Teil, ja, als Mitspieler in diesem System, in dem alles mit allem zusammenhängt, alles Zeichen und Symbol ist. Was auch immer ins Blickfeld der Figuren gerät, ist zeichenhaft und verweist aufschlußreich auf anderes.

Die tendenziell wahnhaften Verwicklungen erhalten noch durch die ausführlichen Anmerkungen den Charakter einer wissenschaftlichen, lückenlosen Aufklärung aller psychologischen und politischen Wirklichkeitsaspekte. Ja, es entsteht der Eindruck, Wirklichkeit sei tatsächlich vollkommen darstellbar. Ich las in dieser Hinsicht Ihren Roman sehr ähnlich wie Jorge Luis Borges' und Fernando Pessoas Bücher, wo das Wirkliche und das Imaginäre nicht mehr voneinander trennbar sind und Figuren nur als imaginierte derart »realistisch« wirken können.

Hat sich Ihr Schreiben gleichsam autonom dahin entwickelt, empfanden Sie dieses Universum aus »Erfundenem« und »Realem« als unausweichlich und sich selbst gleichsam nur als Autor, der hinzutritt und aufschreibt? Hat es Sie manchmal gestört, daß es irgendwie keine Lücken in diesem narrativen Universum gibt: der Patient, der Psychiater und der Schriftsteller als Personifizierungen einer Idee; die Literatur der Geisteskranken und die Kunstgeschichte in engster Verbindung zur Geisteswelt der handelnden Figuren; die Überdeterminiertheit der Orte (exemplarisch die Nationalbibliothek als kostbarer Erinnerungsraum); die Identifizierungen mit Kafka und Pessoa, ja Philipp Stourzh sogar als eine Inkarnation oder als Heteronym Pessoas?

ROTH: Ich bewundere Borges ebenso wie Pessoa. Pessoa ist für mich existentiell wichtiger, Borges hingegen literarisch. Ich denke im Alltag häufiger an Pessoa, an seine Heteronyme und besonders an das *Buch der Unruhe* – während Borges für mich ein literarischer Magier ist. Pessoa dekonstruiert Wahrnehmung und Wirklichkeit, er dekonstruiert Gefühle und Gedanken, um sie neu zusammenzusetzen oder als Fragmente stehen zu lassen. Borges hingegen tanzt ohne Netz auf einem Seil, das gar nicht vorhanden ist. Beide haben ihr Leben mit und in der Literatur verbracht. Die Literatur ist das wahre, das wirkliche Leben. Es ist daher naheliegend, daß das Imaginäre und das Wirkliche nicht voneinander trennbar sind. Im übrigen kann man im narrativen Universum, sehr grob ausgedrückt, auch die Darstellung eines Phänomens sehen, das die Psychiatrie mit dem Begriff Paranoia bezeichnet.

HEINRICHS: Lassen Sie uns das bisher Besprochene etwas deutlicher noch auf der Ebene des Stils und der Komposition Ihres Romans weiterführen: Philipp Stourzhs Umkehrung der Normalität – normal ist, wer sich als Viele sieht; krankhaft, wer nur eine einzige Person sein will – findet die Sympathie des Psychiaters, sofern er die Wahnsinnigen um den Wahn und die ver-rückte Wahrnehmung der Welt beneidet, die sie vielleicht das Universum besser begreifen läßt. Auch die Vorstellung, daß sich Philipp Stourzh als »Schöpfer des Brandes«, ja, als »Dombaumeister des Feuers« sieht, erweckt seine Bewunderung. Er ist bereit, jedes Detail als Baustein eines Puzzles zu nehmen, das er in seinem Kopf zusammensetzt, auch auf die Gefahr hin, ein »Theoriegebäude« zu verfertigen, das ihn möglichweise entscheidende Tatsachen übersehen läßt. Die Unterschiede zwischen Philipp Stourzh und dem Psychiater erscheinen mehr und mehr als peripher: beide tragen die Idee des Feuers und des Genusses an brennenden Objekten in sich, teilen also ein besonderes Triebschicksal und dessen Verknüpfung mit dem Religiösen, dem göttlichen Schweigen und dem Wahnhaften. Stourzhs Haß auf Pollanzy könnte als Selbsthaß verstanden werden.

Auf der Ebene der literarischen Konzeption und Komposition wird diese Komplexität dadurch adäquat eingelöst, daß das »Ich« des Prologs Heinrich Pollanzy ist und das des Epilogs Philipp Stourzh. Im Epilog spricht er als der Verfasser dieser Berichte. Es sei für ihn ein leichtes gewesen, sich in den Psychiater zu versetzen. Die Aufsplitterung jeder Figur in mehrere Figuren und die Verknüpfung der Erzählebenen zieht mit Notwendigkeit eine Formenvielfalt und ein Experimentieren mit Prosa- und Essayformen, Tagebucheintragungen, Briefen und Exkursen, Dialogen, Vor- und Nachworten, Prolog und Epilog nach sich. Könnte man sagen, daß der Roman, etwas verallgemeinert, aus zwei großen Blöcken besteht: die Bücher 1–3 bilden eine großangelegte Exposition, die folgenden Bücher sind die Einlösung der Figuren als Heteronyme *einer* Figur, richtiger: *einer* Idee, der Idee des Wahnsinns? Der Wahnsinn als die Gegenseite einer scheinnormalen Welt, die aber in Wirklichkeit eine Welt der Kriege, der Vernichtungen, der Zerstörung und Täuschungen ist.

ROTH: Das ist eine Deutung, der ich nicht zu widersprechen wage.

HEINRICHS: Oder noch anders gefragt: Ist es vielleicht so, daß es Dokumente, Schriften, Zeugnisse, Tagebucheintragungen gibt? Der Schriftsteller ist mit ihnen beschäftigt, deutet sie und erweitert sie. Er ordnet sie Figuren zu und rekonstruiert das Geschehen: die Brandstiftungen, den Übergriff auf den Psychiater, die Ähnlichkeiten mit dem Täter Philipp Stourzh. Der Schriftsteller ist der Begründer des geführten Wahn-Diskurses, der von ihm auf Personen, richtiger: auf Partial-Ichs (Pollanzy, Stourzh, Lindner, die Logopädin Astrid, Neumann) aufgeteilt wird.

Oder noch anders gefragt: Spielt sich vielleicht das ganze Geschehen im Kopf des Prado-Besuchers ab, während er »Las Meninas« und »an den Wänden ringsum die Narren« anschaut: ein Panoptikum von Königen, Geisteskranken und Künstlern?

ROTH: Sie sind Pollanzy – ich bin Stourzh und umgekehrt. Ich danke Ihnen.

HEINRICHS: Glauben Sie, daß ein literarischer Text eine größere Überzeugungskraft als ein theoretischer Text hat, um die Geschichte der Menschheit und der menschlichen Normalität als eine des Grauens und der Gewalttätigkeit zu decouvrieren? Und sind im Roman *Das Labyrinth* die Kapitel ab dem *Vierten Buch* (überschrieben »Der Wahnsinn«) nicht große theoretische Abhandlungen in der erlebenden Ich-Erzählform, geradezu enzyklopädische Einführungen in den Wahnsinn und in die geistige Welt von Cervantes und Pessoa – mit einer Besessenheit dargestellt, die die Figuren des Romans und den Autor zu Komplizen eines geistig und ästhetisch geradezu vollkommen entwickelten Wahn-Sinns (Wahns und Sinns) macht?

Roth: Ich habe meinen Roman nicht deswegen als Roman geschrieben, weil ich mir davon eine größere Überzeugungskraft versprach als von einem theoretischen Text. Ich habe, wie Sie sagen, ein narratives Universum entworfen, in dem ich als erfundene Figur existieren kann, vielleicht so, wie ein Architekt ein Gebäude entwirft, ohne darauf Rücksicht zu nehmen, ob es realisierbar ist oder nicht.

Heinrichs: Das »Ich«, das zu Anfang des Romans spricht, trägt den Namen Heinrich Pollanzy, Psychiater. Aber im Epilog des Ersten Buchs bekennt Philipp Stourzh, daß er – im Geiste seines Psychiaters – die Berichte verfaßt habe. Schließlich endet das Zweite Buch mit einem »Editorischen Nachwort« des Psychiaters, der angibt, Franz Lindner habe die Manuskripte geschrieben, allerdings später verbrannt.

Pollanzy entschließt sich letztlich, die drei Manuskripte dem Schriftsteller, der an einer Monographie über Lindner arbeitet, zur Verfügung zu stellen, in der Hoffnung, daß er die Angelegenheit aufklärt. Schließlich verbindet er seine Studienreise nach Spanien (auf den Spuren Don Quijotes und Cervantes') mit dem Besuch eines psychiatrischen Kongresses in Toledo, wo Pollanzy auch über Stourzh referieren wird.

Ist es Ihre Absicht, daß in einem derart auf die Spitze getriebenen Rollen-Verwirrspiel die Personen am Ende auf eine ganz spezifische Weise *real* wirken, viel mehr als im sogenannten Realismus?

Roth: Ich ging von einer ganz anderen Vorstellung aus – nämlich der, wie Geschichte konstruiert wird. (Ich meine das nicht abwertend.) Wie sie sozusagen collagiert, erzählt, recherchiert, erfunden wird. Es geht dabei bekanntlich um Quellen, Dokumente, Fakten, Berichte, Fälschungen, Montagen, Übertragungsfehler, Codices, Weglassungen, Hinzufügungen. Das, was wir Geschichte nennen, ist natürlich ein Amalgam davon. (Auch bei einer Biographie handelt es sich um eine Mischung aus Fakten, Fiktion, Leerstellen, mythologischen Verklärungen und übernommenen Werturteilen.) Hinzu kommen noch Zeugen, die wie die Figuren im Film *Rashomon* über ein Verbrechen, das sie zufällig beobachten, einander völlig widersprechende Aussagen machen. Ich gehe aber einen Schritt weiter als der Film *Rashomon* und stelle die Verfasser selbst als Urheber in Frage.

Die tradierte Geschichtsschreibung war für mich eine Anregung, in Figuren Ergänzendes, Widersprechendes, Fantasiertes, Verleumdendes oder Erhöhendes zu manifestieren. Von diesen Elementen sind die Figuren und ihre wechselnden Identitäten gespeist und vielleicht wirken sie gerade deshalb so real.

HEINRICHS: Der Schriftsteller bekennt – oder wird ihm das Bekenntnis von Pollanzy oder wem in den Mund gelegt? –, daß der schrecklichste Wahnsinn in der Geschichte der Menschheit selbst beschlossen liegt, da nichts so reich an Grauen und Gewalttätigkeit sei und die vermeintliche Normalität übertreffe, in deren Namen Kriege, Vernichtungen und Zerstörungen aller Art geführt werden. Im Namen des Schriftstellers breiten Sie geradezu enzyklopädisches Material über die Kunstgeschichte und die Literatur, exemplarisch Fernando Pessoas Poetologie (Maske, Person, Niemand, Heteronyme), aus. Der weitere Handlungsverlauf wird nun aus der Sicht des Schriftstellers vorgetragen. Oder müßte man sagen: Die weiteren Textpassagen sind unterschrieben von »Der Schriftsteller«?

ROTH: Dieser Punkt drückt eine Überzeugung von mir aus. Die essentielle Zusammenfassung meiner Gedanken ist jedoch bewußt generalisierend vorgetragen, um auch dem Schriftsteller eine wahnsinnige Attitüde zu verleihen. Ich mache mich über seine »Wahnwohnung« ein wenig lustig und vor allem über seine Wahnbesessenheit. Er hat eine fixe Vorstellung von der Welt, die wahrscheinlich *so* auch nicht haltbar ist.

HEINRICHS: Gibt die in einer Anmerkung formulierte Poetologie – Literatur solle etwas schaffen, das eine Identifikation mit den Menschen des Landes ausdrückt, etwas, in dem sie sich wiedererkennen können – Ihre eigene Position wieder, und wenn ja, was heißt dies, auf Ihren Roman und deren Hauptfiguren bezogen?

ROTH: Das ist Ironie. Das Nationendenken, die Identifikation über Nationalitäten und Nationalkulturen haben in der Praxis deprimierende Ergebnisse zur Folge gehabt. Obwohl beispielsweise Cervantes' *Don Quijote* wirklich ein »spanisches« Buch ist und vielleicht so etwas wie eine »spanische Identität« stiftet, ist das Buch doch so allgemein menschlich geschrieben, daß es zugleich ein Weltbuch ist.

HEINRICHS: Ihr Roman ist eine Forschungsreise in die Welt des Wahns, wobei Sie selbst noch weit über das hinausgehen, was man in der Ethnologie »teilnehmende Beobachtung« nennt, so ein Zwitterwesen zwischen Distanz und Nähe – letztlich siegt dann doch immer die Distanz. Das sehe ich bei Ihnen anders.

Das Risiko, das Sie eingehen, ist größer, Sie setzen sich stärker der Fremdheit und Andersheit aus, tauchen tief ein in diese andere Wahrnehmung von Welt. Dabei ist der Grad zwischen sogenannter Normalität und sogenanntem Wahn ja äußerst schmal und fragil, und das, was wir Wahrheit nennen, verteilt sich über die ganze Breite beider Lebens- und Seinsformen. Der Unterschied zwischen einem sogenannten Wahnsinnigen und einem sogenannten Normalen, der in diese andere Welt eintaucht, besteht ja erst einmal nur darin, daß zum Beispiel Sie in diesem Fall hin- und herpendeln können, sich der Überflutung anderer Bilder aussetzen – und wieder zurückkehren.

Nimmt man die markante Formel, mit der Jacques Lacan Freuds therapeutische Maxime »Wo Es war, soll Ich werden« umkehrte und als Ziel formulierte: »Wo Ich [also Ratio und Kontrolle] war, soll Es werden« [soll ich in meinem ureigenen Sein ankommen], dann ist doch damit auch die Bewegung ausgedrückt, die Sie in Ihrem Roman – mit Ihnen als Autor und dem Schriftsteller als literarischer Figur – vorführen. Erfinden und erfahren Sie sich auf diese Weise auf eine viel komplexere und, wenn ich das so sagen kann, feinstofflichere Weise, als Ihnen das ohne das Schreiben möglich wäre?

ROTH: Mir fallen zu dieser Frage autobiographische Details ein. Es gab in meiner Familie und in der Nachbarschaft Fälle von Geisteskrankheit und Nervenleiden. Ich sah schon in früher Kindheit epileptische Anfälle, Facialistics und schizophrene Schübe. Ich besuchte damals auch einen Verwandten, der lebenslang in einem Irrenhaus hospitalisiert war. Neben dem Erschrecken über das Ungewohnte verspürte ich auch Neugierde, was in den Köpfen der Kranken vor sich ging.

Sehr früh las ich in der Bibliothek meines Vaters, die nur

aus medizinischen Fachbüchern bestand – er war Arzt –, ein Kompendium der Psychiatrie und hatte den Eindruck, daß alles, was da gedruckt war, auf mich selbst zutraf. Dann in den siebziger Jahren kam mir Jean-Paul Sartres Erzählband *Die Mauer* in die Hände, der eine starke Wirkung auf mich ausübte, besonders »Herostrat«, »Die Kindheit eines Chefs« und »Das Zimmer«. In der letzten Geschichte läßt sich eine Frau auf den Wahn ihres Mannes ein. Sie wechselt die Seiten, sie pendelt zwischen Wahnsinn und Normalität hin und her.

Als ich dann vor mehr als 25 Jahren in die Anstalt Gugging fuhr, um den schizophrenen Dichter Ernst Herbeck zu besuchen, von dem damals erste Gedichte unter dem Pseudonym *Alexander* veröffentlicht wurden, lernte ich den Psychiater Leo Navratil kennen, der mir die Möglichkeit gab, mit seinen Patienten weiter Kontakt aufzunehmen.

Ich habe seither nie aufgehört, nach Gugging zu fahren. Dadurch habe ich viel über den sogenannten Wahn und über mich selbst erfahren.

Ich denke, daß es – nun muß ich doch Begriffe der Psychiatrie verwenden – zwischen dem Bewußtsein und dem Unterbewußtsein, bildlich gesprochen, eine durchlässige »Membran« gibt, durch die ein osmotischer Austausch stattfindet. Bei Kranken ist diese »Membran« gleichsam gerissen und es kommt zu einer Überflutung des Bewußtseins durch das Unbewußte. Diese Überflutung kann auch zu einer Art mechanischer Lähmung des Denkprozesses führen, der sich daraufhin – wie ein Rad um seine Achse – im Kreis dreht. Aber bringt man das Rad mit einer Fläche in Berührung – etwa mit einem Zeichenpapier –, dann fängt das Rad an, sich fortzubewegen.

Ich kann sagen, daß ich mich ein Leben lang mit Geisteskrankheiten und der Kunst der Geisteskranken beschäftigt habe und daß ich sowohl »Ich« als auch »Es« sein möchte. Ich spiele zumeist mit mir selbst Pingpong; besonders wenn ich schreibe. Aber bevor ich so weit kam, mußte ich lernen, das »Ich« loszulassen. Das bringt übrigens Erfahrungen, die man bekanntlich schon als Kind macht.

HEINRICHS: Vielleicht können wir uns in aller Verkürzung das *Unbewußte* als eine Art Bildschirm vorstellen, auf den die inneren Bilder geworfen werden. Im Wahn ist der Bildschirm in gewisser Weise außer Kontrolle geraten, er läßt sich nicht mehr ein- und ausschalten, die Bilder laufen selbsttätig und unterliegen dem, was man Verwerfung genannt hat: sie sind nicht mehr resymbolisierbar, reintegrierbar in das individuelle Symbolsystem.

Das Bewußtsein hat keine Macht über die unbewußten Bilder. Die grandiose Allmacht aus der Kindheit – das Erleben eines glanzvollen Selbstgefühls – wird maßlos überhöht und verselbständigt sich. Das nennen wir Entfremdung von der Realität. Die Subjekt-Objekt-Beziehungen werden dann als gestört bezeichnet, und der Betroffene entwickelt andere Formen von Witz, Humor und, wenn überhaupt, Ironie. Wie weit können wir wirklich von außen in diese Welt eindringen und sie angemessen darstellen? Und würden Sie mir recht geben, wenn ich die dichterische Selbstdarstellung sogenannter Wahnsinniger wie Adolf Wölfli als vollkommen bezeichne?

ROTH: Natürlich ist es möglich, daß ich einer Täuschung unterliege. Aber ich sehe zum Beispiel in der bildnerischen Arbeit meines Freundes Günter Brus eine radikale Anwendung der Vorgangsweise, das »Ich« zu überwinden und in diesem Zustand der »Selbstlosigkeit« Werke zu schaffen, die aber nicht Ergebnisse eines bloßen Automatismus sind. Die finstere Nacht wird sozusagen von Blitzen des Künstlerverstandes erhellt.

Adolf Wölfli hat mich immer in Erstaunen versetzt. Ich will Ihnen nicht auf das Glatteis des Begriffes »Vollkommenheit« folgen, aber ich sehe in seiner Arbeit eine »Divina Commedia« des sogenannten Wahnsinns, den wir in Ermangelung eines anderen Begriffes als solchen zu bezeichnen gewohnt sind.

HEINRICHS: Für die Dominanz des Nahverhältnisses Pollanzy/Stourzh sprechen auch, so möchte ich noch in dieser abschließenden Frage nachtragen, habituelle Ähnlichkeiten: Stourzh war durch einen Kopfschuß verletzt worden, Pollanzy hatte früher ein Auge verloren und wird beim Kongreß in Toledo erneut durch einen Stich ins Auge verletzt, dieses Mal von Stourzh. Er wird auch einmal für Stourzh (»the patient«) gehalten. Sein Ethos als Psychiater hatte Pollanzy so charakterisiert: Je skrupelloser ein Psychiater sei, desto mehr gehe er auf das Lügengewebe der Patienten ein und sei ihnen geradezu dabei behilflich, sich darin einzurichten.

Welches Bild vom Psychiater und vom psychiatrischen Milieu möchten Sie in diesem Roman vermitteln? Würden Sie so weit wie Michel Foucault gehen und im psychiatrischen Krankenhaus einen Ort sehen, an dem die Geisteskrankheit *realisiert* und *beherrscht*, nicht aber erkannt wird, so etwas wie den »Körper des Psychiaters in erweiterter Form«?

ROTH: Der Psychiater ist in meinem Roman keine Klischeefigur. Ich habe ganz bewußt das Kapitel über das Völkerkunde-Museum eingebaut, in dem Pollanzys Vater Direktor war. Und mit ihm geht er auch in die Depots und nächtens in die Ausstellungsräume ... und er notiert später, als er auf dem Weg zum »Haus der Künstler« ist: »Völkerkunde-Museum-Depot – verlorenes Unterbewußtsein«. Pollanzy scheitert aber daran, daß er sich nicht in seinen Patienten versetzen kann, sondern ihn immer aus der Perspektive der Normalität betrachtet. Er weiß das offenbar selbst und sehnt sich (mitunter) sogar nach dem Wahn. Stourzh hingegen kann sich vermeintlich in Pollanzy versetzen und errät oder unterstellt ihm ein inneres Bedürfnis nach dem Wahn. Jedoch erst nach dem Einbruch in Pollanzys Wohnung (bei dem dieser sozusagen seine Identität verliert) und dem Verlust seines Augenlichtes und zuletzt der Geliebten sind beide – Pollanzy und Stourzh – gleichwertig im Sinne von Außenseitern. Michel Foucault war für mich neben Freud, Jung und Ronald D. Laing immer der glaubwürdigste Interpret des Verhältnisses von Normalität und Wahn.

GEORGES-ARTHUR GOLDSCHMIDT
wurde in Hamburg geboren, lebt heute als freier Schriftsteller in
Paris. Er erhielt zahlreiche Preise.
Hauptwerke unter anderem: *Die Absonderung* (Ammann 1991), *Der
bestrafte Narziß* (Ammann 1994), *Als Freud das Meer sah* (Ammann
1999), *Über die Flüsse* (Ammann 2001), *In Gegenwart des abwesenden
Gottes* (Ammann 2003).

GEORGES-ARTHUR GOLDSCHMIDT

Vom rhythmischen Spiel
der Sprache

Georges-Arthur Goldschmidt

Aus einer Erzählung im Entstehen, wieder eine autobiographisch gefärbte, seit über fünf Jahren im Gang und deren Titel noch nicht festliegt

Nach den kleinen niedrigen Häusern kam der weite Dorfplatz mit der Kirche und dem granitenen Bürgermeisteramt die sich gegenüberstanden, da war der Himmel besonders weit, es verliefen da die Wege und Strassen in alle Richtungen der Zukunft. Am Eingang des Platzes stand die alte Stadtfestung mit ihrem runden Turm, der sich auf sich selber aufzustützen schien, breiter unten als oben, der von weitem immer aussah, als sei er jemand, der schon seit Jahrhunderten am Dorfeingang wartete. In einem kleinen vergitterten Kasten befand sich in einer Nische, unter Glas ein Luftdruckmesser mit einer Papierrolle, die sich in zwei Tagen zur Hälfte um sich selber drehte, so daß man sich nach dem Wetter des Vortags erkundigen konnte. Zum ersten mal hatte er nun Zeit sich die Feder anzusehen, die auf die leicht orangefarben quadrierte Papierrolle einen verzitterten Strich durchzog. Er ging an den Läden, am Kino vorbei und auf einmal lag die ganze Bergschaft vor ihm in voller Wucht, jeder Hang über dem vorigen, treppenartig über einander gestürzt, jeder ein wenig hellgrüner als der untere.

Und nun stand er da den Kopf leicht im Nacken, so hoch lag das Internat. Er hatte die Abkürzung genommen deren letzter Teil den Wiesenabhang schnurgerade durchzog bis zur Hochstrasse unter welcher, schluchtartig von ihr getrennt das Internat stand, er war sie vorher so oft gegangen, daß er jede Einzelheit davon in sich hatte. So kletterte er bis zur Straße hinauf schaute zum Balkon ob da jemand hinsteigen würde und ihn beobachten und ging die ganze Front des Heims entlang, man hatte das riesige Welldach neben sich auf gleicher Höhe, wo es zur Talseite hin die ganze Gegend überragte.

Er wollte nicht gleich ins Internat zurück, man würde ihn nicht wegen seiner Verspätung bestrafen, da doch keiner, die Direktorin nicht einmal wußte, daß er wieder da war. Der Bauer hatte kein Telefon und so hatte er den ganzen Morgen für sich, keiner wusste von ihm. Der

Hunger würde ihn dann schon rechtzeitig hineintreiben. Er würde nun nicht mehr so viel zu essen bekommen wie bei Allard, im Internat wurde mit Essen gespart und es würde ihm um die Omeletts, die vielen Bratkartoffeln, den Schinken den er beim Bauer bekommen hatte Leid tun, fast wäre er gerne als Verfolgter noch geblieben. Trotz der den Körper lähmenden Angst, hatte er es bei dem Bauer so gut gehabt und der kalte Schweiß kam ihm beim Gedanken, daß er sich beim Abschied nicht einmal bedankt hatte.

Die Tränen kamen ihm, eine kurze Verzweiflung über ihn selbst, er war also doch ein Undankbarer, ein Böser, es wäre ganz recht gewesen, hätte man ihn mitgenommen. Es war wie ein Heimweh, er fürchtete sich ein wenig vor der Rückkehr ins so vertraute Internat das er doch seit fünf Jahren, die er da verbracht hatte, so gut kannte.

Es war sonderbar die letzten Monate war es ihm völlig aus dem Sinn gekommen, wie er immer wieder bestraft wurde; er hatte sich nicht mehr daran erinnert und auf einmal kam es ihn an, wie eine Erregung, als ob er sich danach sehnte, als ob er dadurch wieder mit sich selbst Bekanntschaft machen würde. Es war kurz bevor er auf den Bauernhof gekommen war, bei leicht bewölktem, hellem Himmel, vielleicht war es wegen des Lateins gewesen er war auch frech gewesen. Er hatte kein Mittagessen bekommen, zur Strafe und am Nachmittag wurde er mit der selbst vorbereiteter Rute gezüchtigt, es war, das wußte er, jedenfalls reichlich verdient. Er hatte sich ins steile Wäldchen unter dem Haus heruntergehangelt und sich selber die Haselgerte gebrochen und acht gegeben, daß sie auch zog . Er war langsam hinaufgegangen ihm war bange gewesen aber in ihm war ein gestaltloses, stummes Bild , eine Nacktheit die in ihm selber stand, zu ihm gehörte, er selber war. Noch nie hatte er alles derart im Auge behalten, jeden Grashalm, jeden Zweig, er war sich in Gedanken nachgegangen, wie er die Tür aufgemacht hatte, die Treppe hinuntergegangen war, durch den Studiersaal, wo die anderen standen und alle den Kopf zu ihm hin wendeten, wie er den großen Herrn gespielt hatte und sie von oben angeschaut hatte obgleich er in sich selber vor Scham erstarrt war und sie hinter der Glastür alles mitbekommen würden, sein feiges Beteuern und Betteln, seine weisse Form dann, das Aufklatschen des Siebenstriemers und sein Geheul.

Ich fahre mit der Metro von »Odéon« nach »Telegraph«.

Zwei Welten.

Ich verlasse das Paris der reichen Geschäftsleute und der Touristen (die, welch ein Wunder, den Mythos des Quartier Latin noch immer nicht zerstören konnten). Beim Aufstieg aus der Metro-Unterwelt umfängt mich sogleich eine ganz andere Art der Getriebigkeit, viel näher am Alltagsleben, am gelebten Leben der Menschen, die hier wohnen, zur Arbeit gehen und einkaufen.

Es ist tatsächlich so, wie mir E. M. Cioran einmal sagte, als ich ihn fragte, ob er manchmal diesen und jenen Schriftsteller-Freund besuche: »Nein, wissen Sie, Paris ist wie eine Ansammlung vieler Dörfer, ich lebe in meinem, ich verlasse den Bezirk so gut wie nie.«

Georges-Arthur Goldschmidt lebt hier in diesem »Dorf«, dem 20sten Arrondissement, und es paßt zu ihm. Nichts Aufgeblasenes und Glitzerndes verstellt den Blick. Das Leben hier scheint sich weitgehend »natürlich« zu entwickeln.

Ich fühle mich zurückversetzt in die Kindheit, wo man auf dem Nachhauseweg von der Schule vor sich hin trödelte. Alles schien gleichermaßen aufregend und fremdartig. Es wunderte mich nicht, daß ich nicht einfach nur ein paar Straßen durchlaufen mußte, um zu Georges-Arthur Goldschmidts Wohnung zu gelangen. Sondern zum Beispiel eine riesige Treppe hinaufsteigen – es hätten auch Flüsse sein können, die es zu überqueren galt, so wie der Titel seiner Autobiographie es nahelegt: La traversée des fleuves.

Vom ersten Augenblick an, da ich ihm gegenübertrete, habe ich das mir untrüglich erscheinende Empfinden, einem Menschen zu begegnen, der mit jedem Wort, das er sagt, das dazu passende Gefühl unmittelbar mit zum Ausdruck bringt; der also in völliger Übereinstimmung von Wort- und Körpersprache lebt.

Die Aufgeregtheit seiner Stimme und seine unausweichliche geistige Präsenz müssen ihren Grund darin haben, daß jeder, tatsächlich jeder Augenblick für ihn zählt, jedes gesagte und jedes nicht gesagte Wort.

Aufrichtigkeit *ist das Wort, das mir heute zuerst einfällt, wenn ich an unsere Begegnung zurückdenke. Das heißt nicht, wie wir es auch in unserem Gespräch thematisieren, daß sich die Lüge nicht in die Wahrheit einschleiche und sie beständig untergrabe oder bedrohe, sondern daß er alle Kraft investiert, um für das einzustehen, was er* ist *und was er* schreibt. *Die Freude, die er, wie er sagt, jeden Morgen angesichts der schlichten Tatsache, am Leben zu sein, verspüre, glaube ich in allem zu spüren, was er zum Ausdruck bringt.*

HANS-JÜRGEN HEINRICHS: »Jeder Schriftsteller muß der Sprache, die er verwendet, auf ihren Umwegen folgen. Sein Ausdruckswille paßt sich dieser Form notwendig an, wie das Wasser sich den Ufern anschmiegt, von dem es umschlossen ist, wie es dem Geringfügigsten ausweicht, das darin eintaucht.«

Stand diese Einsicht, die Sie in Ihrem Buch *Als Freud das Meer sah* formulieren, gleich am Anfang Ihres Schreibens, oder haben Sie sie beim Schreiben gewonnen? Wie sind Sie überhaupt zum Schreiben gekommen?

GEORGES-ARTHUR GOLDSCHMIDT: Ich erinnere mich nicht mehr genau, ich glaube, mit diesem Satz hat es bei mir, hat das Freud-Buch, angefangen. Das Freud-Buch kam durch einen Zufall zustande. Ich war mit Clara Malraux sehr befreundet, der ehemaligen Frau von André Malraux, und sie meinte, wir wären verwandt. Wir sind dann wirklich innige Freunde geworden.

Sie hat mich zu einer Psychoanalytikerin geschickt, der ich schließlich das Buch gewidmet habe. Sie wollte von mir einen Artikel über Zweisprachigkeit, den ich auch geschrieben habe. Und dann hat mich die Gruppe um diese Analytikerin gebeten, bei ihren Treffen teilzunehmen. Und da bin ich natürlich hingegangen, in die herrliche Wohnung auf der Ile de la Cité und habe nichts verstanden – sie übersetzten gerade »Die Verneinung« von Freud –, weil ich Freud nie auf französisch gelesen hatte. Ich verstand das nicht im Original, und ich verstand noch weniger, was das im Französischen überhaupt hieß. Das fand ich so irrsinnig komisch, daß ich plötzlich, nach ein paar Monaten, angefangen habe, darüber zu schreiben.

Einmal zuvor war mir auch schon etwas anderes geschehen: ich hatte bei Presses Universitaire de France, in dieser großen Pariser Buchhandlung, ein Buch von Freud gesehen, das hieß *Malaise dans la civilisation*. Das war vor 30 Jahren. Ich erinnere mich genau: es war auf dem Bahnhof von Uetersen, das ist eine kleine Stadt zwischen Neumünster und Hamburg, da stand ich und wartete auf den Zug, langweilte mich, es war nichts mehr zu sehen, die Nacht fing an. Und da war so eine Zeitungsbude, und in der Auslage sah ich ein Buch von Freud mit dem herrlichen Titel *Vom Unbehagen in der Kultur*. Das habe ich mir sofort gekauft; ich hatte noch nie was von Freud gelesen. Das schönste Deutsch, wunderbar. Als ich nach Paris zurückkam, wollte ich sehen, wie das auf Französisch hieß, habe es aber nicht gefunden. Ich brauchte Jahre, um zu verstehen, daß *Malaise dans la civilisation Unbehagen in der Kultur* war. Das konnte ich einfach nicht zusammenbringen.

Als ich dann mit diesen Psychiatern und Psychoanalytikern zusammenarbeitete, war es genau dasselbe Problem, ich brachte das einfach nicht zusammen. Und was ist das? Woher kommt das, was ist da los, daß ich das nicht zusammenbringen kann? Das Wunderbare ist, daß es eben nicht klappt. Das ganze Interesse an der Psychoanalyse in Frankreich besteht darin, daß das sprachlich nicht durchkommt. Und gerade dabei wird es schön und witzig. Das hat Lacan viel besser verstanden als jeder andere.

HEINRICHS: Wie also sind Sie zum Schreiben gekommen?

GOLDSCHMIDT: Das ist eine alte Geschichte. Da war ich im Internat, achtzehnjährig, und habe mein erstes Gedicht, natürlich auf französisch geschrieben, ein Gedicht über Eiszapfen.

Das war im Winter 1945/46, der besonders kalt war. Da schickte man mich im Internat, wo ich Diener war, zum Milchholen. Ich ging zu einem weit entfernten Bauernhof im Hochgebirge. Da gab es eine Brücke über einer Schlucht mit herrlichen Eiszapfen. Darüber habe ich mein erstes Gedicht geschrieben. So fing das an.

Ich habe das nie sehr ernst genommen. Plötzlich dann kam mir jene Brücke wieder in den Sinn, als ich 1944 eine Milchfrau unter einer alten Steinbrücke, die über die Straße gebaut war, durchfahren sah. Sie fuhr mit einem Pferd und einem Planwagen. Sie fuhr immer an diesem alten Gebäude vorbei. Dieses Bild war plötzlich in mir, und ich konnte es nicht wegbekommen. Monatelang habe ich dieses Bild von der Frau in ihrer Kutsche mit den Milchkannen, die gegeneinanderstießen und wackelten, im Kopf gehabt.

Plötzlich wollte ich das Bild beschreiben, habe es aber bis heute nicht getan. Und um dieses Bild herum entstand dann allmählich meine erste, auf französisch geschriebene Erzählung, die hieß »Un corps déricoire«, »Ein belangloser Leib«. Das war eine Geschichte in der Art – wenn auch viel hektischer, viel verdrossener – von Karl Philipp Moritz, den ich erst später entdeckte und der mein ganzes Wesen umgestülpt hat. Das herrlichste Buch der deutschen Literatur, der *Anton Reiser*. Also meine Figur war wie Anton Reiser ein armer Kauz, der immer lächerlich gemacht wird, ich weiß es selber nicht mehr genau, was da in diesem Buch stand, aber es hat hier ziemlich großes Aufsehen erregt. Und dann kam mein zweites Buch. Dann wieder eine lange Periode der Neuorientierung, in der ich Peter Handke entdeckte. Ich wurde sein französischer Übersetzer. Seine Sprache hat meine Sprache wiederum völlig verändert. Und dann habe ich alle weiteren Erzählungen geschrieben.

HEINRICHS: Ich habe den Eindruck, daß Ihr Interesse an der Psychoanalyse und Ihr eigenes literarisches Schreiben so eng miteinander zusammenhängen, daß Sie aufgrund dieser Tatsache einen geschärften Blick gewonnen haben für Freud als Schriftsteller. Sie notieren einmal, Freuds Entdeckung habe darin bestanden, zu hören, was die Sprache durch den, der sie spricht, ausspricht.

Gilt das auch für den Schriftsteller? Oder worin besteht Ihres Erachtens der Unterschied? Sie verweisen ja auch auf die geistige und sprachliche Verwandtschaft zwischen Freud und Nietzsche und auch zu Goethe, der Begriffe wie Trieb, Zwang oder Entstellung vorweggenommen habe. Die Sprache in ihrem tiefsten Grund zu erkennen sei die Absicht Freuds und der Dichter gewesen. Einmal betonen Sie auch die Nähe zu Hölderlin: bei ihm und Freud der Wunsch, zum ursprünglichen Sinn der Wörter zurückzufinden.

GOLDSCHMIDT: Ja, bei mir ist es aber diese innere, ständige Konfrontation der beiden Sprachen, meiner beiden, ich würde sagen, Muttersprachen. Ich habe zwei Muttersprachen, das Französische und das Deutsche, oder umgekehrt. Das sind wirklich meine körperlichen Lebenssprachen. Ich möchte gerne wissen, in welcher Sprache ich sterben werde, wie Chamisso, der dann nur noch französisch sprach, als er starb. Leider werde ich das eben nicht wissen, das ist ja der Witz an der Sache. Aber das wäre für mich die entscheidende Frage zu wissen, in welcher Sprache ich sterben werde.

Die beiden Sprachen gehören zu meinem inneren Wesen. Ich entscheide mich immer mit Notwendigkeit für die eine oder die andere. Es ist, als hätte für mich die französische Sprache eine besondere Schärfe angenommen, weil sie bei mir auf der deutschen Grundlage fundiert, wenn ich das so sagen darf. Aber ich weiß darüber nicht genau Bescheid. Ich kann das alles nicht richtig theoretisch formulieren. Mir kommen Bilder.

Ich würde Ihre Frage so umgehen und sagen, das Deutsche ist eine grün-blaue Sprache, eine grüne Sprache; das Französische dagegen eine orangene, nach Westen gerichtete. So sehe ich das. Das Französische blickt nach links, würde ich sagen, von rechts aus; das Deutsche von links aus nach rechts, nach Osten. Das sind physische Eindrücke, die ich habe. Genau wie Rimbaud die Buchstaben, die farbigen Buchstaben, sah. Für mich haben die Sprachen Farben. Sie sitzen anders im Körper.

Das ist das physische Gesicht der Sprachen. Die Sprachlichkeit ist für alle Menschen die gleiche, nur kommt das anders raus. Was mich interessiert, ist dieses Anders-Rauskommen. Wie das Kantsche Monogramm in der *Kritik der reinen Vernunft*. Dieses Monogramm: wie es anders dasselbe ist. Wie ist dann für Sie Grün? Nur durch den Test für die Farbenblinden kann man das eruieren. Aber wie Sie das Grün oder das Blau sehen, weiß ich nicht.

Die Sprachen haben Farben, ihre Grammatiken sind völlig anders und trotzdem, es ist absolut das gleiche. Alle Sprachen sagen das gleiche, nur sie ziehen sich anders an, würde ich so sagen. Sie haben andere Kleider an. Oder andere Gesichter, wie Menschen. Sprachen, das hat Rabelais schon lange vor mir gesagt, Sprachen sind Menschen. Ich habe das nicht richtig beantwortet, oder?

HEINRICHS: Doch, Sie haben es in meinem Verständnis richtig beantwortet, ich würde sogar sagen, was Sie als Defizit formulieren – nur Bilder vor sich zu sehen –, ist überhaupt kein Defizit, sondern die Stärke Ihres und nicht nur Ihres Denkens.

Hätten Sie es theoretisch gefaßt, hätten Sie nur wiederholt, was die Philosophie und die anderen Wissenschaften schon darüber gesagt haben. Die Art, in der Sie eben sprachen, hat eine große Tradition. Ich erinnere nur an Saint-Paul-Roûx zu Beginn des 20. Jahrhunderts und der Versuche, Erkenntnisse auf andere Weise zu gewinnen und vielfältiger mit der Sinnlichkeit zu verknüpfen. Übrigens, was Sie in bezug auf die Farben gesagt haben, hat Wittgenstein bezüglich des Schmerzes formuliert: Man kann nie wirklich den Schmerz des anderen empfinden. Und man kann natürlich nicht wissen, wie er die Farbe sieht. Es gab ja auch immer wieder Versuche, das Farbenhören zu belegen. Also ich glaube, daß unsere theoretischen Anstrengungen, wenn sie der Sinnlichkeit nicht genügend Raum geben, immer auch Zeichen unserer Beschränktheit sind und nicht nur Kunde von unserer Fähigkeit geben.

GOLDSCHMIDT: Nicht von unserer Beschränktheit. Sie haben so wunderbar in Ihrem Buch *Die erzählte Welt* von der Heiligkeit gesprochen. Die Heiligkeit besteht darin, daß jeder weiß, daß der andere wie er selber in seinem eigenen Wesen, in seinem eigenen Kopf sitzt, was er aber nicht demonstrieren kann. Wenn man das erfassen könnte, wäre das das Ende der Welt. Das ist keine Unzulänglichkeit, oder welches Wort hatten Sie benutzt?

HEINRICHS: Eine Beschränktheit im Verhältnis zur Totalität des intellektuell-sinnlich Erfaßbaren.

GOLDSCHMIDT: Aber Totalität ist gerade das Entsetzen. Die Beschränktheit ist das Wunderbare. Daß ich nicht in Ihren Kopf hinein kann, ist die Rettung der Welt. Daß jeder unerreichbar vor dem anderen ist. Ich habe vor vielen Jahren ein Buch über Molière geschrieben, das hat mir eine ganze Seite Attacken von einer rechtsradikalen Zeitung eingebracht, da war ich sehr stolz. Molière ist derjenige, der im französischen Theater gezeigt hat, wie jeder in sich selber sitzt, ohne daß der andere ihn erreichen kann. Und das ist das Wunderbare auch der Sprache: entweder du verstehst, oder du verstehst es nicht, ich kann dir aber nicht helfen, und das rettet die Welt.

HEINRICHS: In bezug auf die Sprache gibt es die tiefgründige Formulierung von Jacques Lacan, daß die Sprache ein Instrument der Lüge sei und vom Problem der Wahrheit durchdrungen werde. Ich möchte diese Frage jetzt mit Ihnen weniger auf philosophische und psychoanalytische Weise behandeln, sondern mehr auf der Ebene des Schreibens, des Schreibvorgangs und wie Sie diese Problematik beim Schreiben erfahren, beim Begehen der intimen Landschaft der Sprache, wie Sie so schön in Anlehnung an Joseph von Eichendorff sagen.

GOLDSCHMIDT: Ich glaube, wenn man schreibt, ohne wirklich zu wissen, wie es auf einen zukommt. Das ist eine schöne Frage, die Sie stellen, man weiß eigentlich niemals, ob man lügt oder die Wahrheit sagt. Denn sobald Sie zu einem gewissen Satz, zu einem gewissen Bild ansetzen, was Sie im Kopf haben, kommt was anderes. Mir ist es selten passiert, daß ich genau das schreibe, was mir so vorschwebt. Ich habe eine Idee, oder ein Bild kommt mir und das behalte ich in mir tagelang, und dann, wenn ich das niederschreibe, dann kommt völlig was anderes. Ich habe nie eine Zeile geschrieben, die ich schreiben wollte, es kommt einem immer anders.

Und ich habe nie gewußt, ob es Lüge ist oder Wahrheit, es ist, was da ist.

Ich bin mein eigener Sekretär, ich bin nur verantwortlich für die Formulierung, aber was ich da zu formulieren habe, gehört nicht mir, das kommt mir hinzu. Ich bin aber nur das Durchgangstor zur Sache, aber ich kann nichts dafür. Deshalb kann man auch nicht wissen, ob man lügt oder nicht, wenn man das wüßte, wäre man ein Schmock. Jemand, der weiß, was er schreibt – Wahrheit oder Lüge –, der ist ein Schmock, der ist ein verlogener Schriftsteller, ein schlechter Journalist. Lügt einer mit Absicht, systematisch, dann ist es schon wieder was anderes. Jemand, der lügt, um zu lügen, ist ein Künstler. Aber wenn Sie vor einem Satz stehen und sich fragen, ist das Wahrheit oder Lüge, dann ist es schon zu spät.

HEINRICHS: Ich habe den Eindruck, daß, nachdem ich einmal die Zauberformulierung »Die Sprache spricht« in mich aufgenommen hatte, es mir fortan immer so erschien, daß jeder Künstler spätestens gegen Ende seines Werkes zu dieser Position kommt, daß »Es spricht« und man das Durchgangstor ist und an beidem teilhat, an der Wahrheit und an der Lüge. Es gibt von Claude Lévi-Strauss ja auch die schöne Formulierung (in *Mythologica*), daß er das Tor ist, durch das die Mythen hindurchgehen.

Ich möchte noch eine weitere Perspektive in diesem Zusammenhang in unser Gespräch einbringen, sie betrifft das Schweigen. Wir haben ja schon von der Faszinationskraft der Sprache und des Wortes gesprochen, von dem, was Jacques Lacan die Bedeutungsknoten der Wörter oder was Paul Nizon die Vergegenwärtigungsmacht der Wörter nennt. Gleichzeitig macht doch auch jeder Schriftsteller die Erfahrung, wie sich im Werk selbst, im Prozeß des Schreibens, das Wort, das

Zeichen verweigert und das Schweigen die Oberhand gewinnt. Können Sie Marguerite Duras zustimmen, wenn sie schreibt: »Ein Schriftsteller, das ist etwas Merkwürdiges, das ist ein Widerspruch und ein Unsinn. Schreiben heißt auch, nicht zu sprechen, heißt zu schweigen, heißt lautlos zu schreien. Dennoch schreiben, trotz der Verzweiflung, nein, mit der Verzweiflung. Welcher Verzweiflung, ich weiß ihren Namen nicht. Neben dem zu schreiben, was dem Werk vorausgeht, heißt immer, es zu verpfuschen. Und doch muß man das akzeptieren. Scheitern heißt, zu einem anderen Buch zu kommen, zu einer anderen Möglichkeit desselben Buches.«

GOLDSCHMIDT: Ja, ich bin völlig der Meinung von Marguerite Duras. Nur das mit der Verzweiflung stört mich ein bißchen, aber sonst bin ich total ihrer Meinung, natürlich. Aber dieses Verpfuschen gehört dazu, man kann gar nicht anders. Es ist aber auch kein Zwang, so schlimm ist es nicht. Ich würde sagen, Schreiben gehört irgendwie zu einer Art unnützer Selbstironie, aber so tragisch ist es nicht. Das wirkliche Leben ist tragischer. Ich habe das, unverschämterweise, nie sehr ernst genommen: den Kummer des Schriftstellers. Oder Rilkes Formulierung »wenn du nicht anders kannst«. Ich würde nicht sagen, daß es Pose ist, so unehrlich sind die Leute nicht. Aber es ist nicht wichtig. Wichtig ist das Weinen eines Kindes, der Schmerz, der Tod, eine alte Frau, die auf der Straße stürzt, der alltägliche Schrecken. Aber das Schreiben ist an sich nicht sehr wichtig, glaube ich.

HEINRICHS: Aber wenn ich etwa an Jorge Semprun oder Primo Levi oder Liana Millu denke, bei denen das Schreiben plötzlich eine Überlebensfunktion bekommt und zum existentiell Wichtigsten wird, verschiebt sich doch die Gewichtung. Oder denken Sie an Ruth Klügers Formulierung: Schreiben als Weitergehen. Da wird dem Schreiben eine Dimension zugesprochen, die gar nicht mehr zu trennen ist von dem, was Sie jetzt das Leben nennen.

GOLDSCHMIDT: Natürlich, da haben Sie völlig recht, aber diese Schriftsteller waren alle im KZ. Ich habe ein herrliches Leben gehabt, ich war im Internat, wurde ab und zu von den Deutschen gesucht, sie haben mich nicht gefunden, ich wurde auf Bauernhöfen untergebracht, mir ist eigentlich nichts passiert. Ich habe eine Luxusverfolgung erlebt, wenn ich so sagen darf. Als Zehnjähriger habe ich meine Eltern verloren, aber ich habe eigentlich ziemlich normal überlebt. Und das meine ich damit. Wie soll ich das ausdrücken? Das Leben, das Überleben ist für mich derartig wichtig und heilig, daß ich mich schäme, überhaupt zu schreiben. So würde ich das sagen. Ich schreibe natürlich, wie andere angeln gehen, aber eigentlich schäme ich mich. Ich schäme mich, daß es mich gibt.

Ruth Klüger und Robert Antelme sind fast daran gestorben; ich nicht. Und für mich ist das Schreiben, wie auch vielleicht für Marguerite Duras, eine Beschäftigung gegen die Langeweile, die ich gar nicht kenne, ich habe mich nie auch nur einen Augenblick in meinem Leben gelangweilt.

Meine Dankbarkeit, daß ich jeden Morgen aufstehen kann, ist für mich etwas viel Bedeutenderes als das ganze Schreiben. Verstehen Sie, was ich meine? Für mich ist die Tatsache, daß ich noch da bin, eine derart große Überraschung, und ich schäme mich auch dermaßen und freue mich darüber so sehr, daß ich die Schreibtätigkeit nicht absolut ernst nehmen kann. Das ist unverschämt. Deshalb, diesen Satz von

Marguerite Duras kenne ich. Ich habe sie auch persönlich gekannt und wollte ihr das immer sagen, das mit der Verzweiflung wäre übertrieben, habe mich aber nicht getraut.

HEINRICHS: Es gefällt mir, was Sie sagen, diese Entdramatisierung des Schreibens. Dennoch glaube ich, daß zum Schreiben Pathos und Selbstinszenierung hinzugehören. Ich habe gerade in letzter Zeit bei der Beschäftigung mit Bataille und Nietzsche wieder gemerkt, wie diese Performance und Selbsttheatralisierung zum Schreiben hinzugehören. Einschränkend würde ich sagen, sie gehören zum westlichen Schreiben. Vielleicht haben Sie in Ihrer Position die Grenzen der westlichen Ich-Bezogenheit und Ich-Konzentriertheit bereits transzendiert, das würde auch sehr, wenn ich das so sagen darf, für Sie sprechen.

Ich möchte noch einen anderen pathetischen Begriff ins Spiel bringen, den der Einsamkeit. Fühlen Sie sich beim Schreiben einsam? Können Sie aus Ihrer Erfahrung nachvollziehen, was Duras meint, wenn sie bemerkt: »Die Einsamkeit des Schreibens, das ist die Einsamkeit, ohne die Geschriebenes nicht entsteht oder zerbröckelt. Es bedarf immer einer Trennung von den anderen Leuten. Diese reale Einsamkeit des Körpers wird zu der unverbrüchlichen Einsamkeit des Geschriebenen.« Und sie erwähnt dann noch Raymond Queneau, der ihr sehr früh geraten hat, »tun Sie nichts anderes als das, schreiben Sie«. Hatten Sie auch jemanden, der Ihnen dies riet, oder kam das Schreiben, wie Sie zu Anfang schon sagten, doch aus einem etwas anderen Zusammenhang?

GOLDSCHMIDT: Ja, zuerst einmal, das haben Sie – mit Duras' schöner Formulierung im Hintergrund – wunderbar ausgedrückt. Diese Grenze habe ich wahrscheinlich überschritten, weil ich zugleich Franzose und Deutscher bin. Und zur Frage der Selbstinszenierung, ich stehe Gombrowicz viel näher als Bataille, den ich übrigens nicht gut kenne. Aber Gombrowicz, das ist genau meine Welt, die Welt der Kinderhaftigkeit, des Lächerlichwerdens. Als Jüngling habe ich mich irrsinnig geschämt. Und aus dieser Scham ist das alles entstanden. Im Französischen hat Scham zwei Bedeutungen: »pudeur«, das ist die Scham vor den anderen, und »la honte« ist die Scham, die man empfindet. Das ist für mich ein irrsinnig überwältigendes Gefühl gewesen. Meine Welt ist die von Gombrowicz und von Karl Philipp Moritz. Meine Selbstinszenierung ist wahrscheinlich genau wie die der anderen, aber mit dem Unterschied, daß ich es nicht merke. Ich finde das furchtbar komisch.

Aber nun zur zweiten Frage, auch eine wunderbare Frage. Ich bin mit dem großen Literaturtheoretiker Gérard Genette zur Schule gegangen. Er hat sein Abitur sofort geschafft, ich bin dreimal durchgefallen. Und er hat mir unglaublich imponiert, weil er immer über Literatur sprach. Wir haben damals alle gedichtet, in Frankreich gab es so kleine Provinzschulen. Da waren sämtliche Schüler, Achtzehnjährige, Dichter. Das ist der Anfang.

Dann hat mich jemand mal direkt angesprochen. Ich studierte an der Sorbonne. An französischen Schulen und Universitäten gibt es eine Übung, die heißt *explication de texte*, Texterforschung. Das meint nicht Kommentar, bloß nicht, sondern: Warum hat der Betreffende hier ein Zeitwort, hier einen Punkt gesetzt, warum dieses Wort statt eines anderen? Und er hat mir gesagt, wenn du das nicht kannst, kommst du nie durch. Er hat mir diesen überaus scharfen Umgang mit der Sprache beigebracht. Das war mein Ansatz, mich mit dieser entsetzlichen Sprache herumzuschlagen. Man stellt sich gar nicht vor, wie schwer es ist, auf Französisch zu schreiben. Im Deutschen kann man das einfach runterhauen. Ich habe kiloweise deutsche Gedichte geschrieben und sie alle verbrannt. Ich habe aber nur drei oder vier französische Gedichte versucht und bin damit nie durchgekommen.

Das Französische ist eine absolut unbarmherzige Sprache für Schriftstellerlehrlinge, und das ist das Wunderbare. Mit dieser Sprache nicht fertigzuwerden, sondern zu versuchen, wie das geht, das ist das Ungeheure. Wenn eine Sprache dem Schreiben nicht widersteht, dann ist es uninteressant. Das ist genau wie beim Übersetzen. Das Wunderbare am Übersetzen ist, wenn Sie nicht durchkommen, dann übersetzen Sie wirklich. Wenn Sie einfach über die Leerstelle der Zielsprache zappeln, mit der Fülle der Ausgangssprache, das ist die herrlichste Situation, die ich kenne. Und der Schriftsteller, der zappelt auch völlig über der Leerstelle seiner eigenen Zielsprache und kommt nicht durch. Und wenn er durchkommt, dann ist alles vorbei. Mein Freund, der Dichter Claude-Michel Cluny, hat das mal wunderbar ausgedrückt: »il ne reste que la cendre des mots«, es bleibt nur noch die Asche der Wörter übrig. Und das Schöne ist, die Angst oder das Entsetzen vor der leeren Seite, das ist so voll, so prall. Oder ich nenne das auch den schiefen Zementblock in der Garage, ein Riesenzementblock, der steht schief in der Aluminiumgarage, das ist das Schreiben, Sie wissen nicht, was Sie damit tun sollen.

HEINRICHS: La cendre, die Asche, das ist ein zentrales Wort. Michel Leiris hat einen Gedichtband von sich so betitelt: *Vivantes cendres, innommées* (Lebende Asche, namenlos). Dann haben Ethnologen wie Victor Segalen davon gesprochen, daß sie von den großen autochthonen Kulturen nur noch die Asche des ehemals Grandiosen vorgefunden haben. Und der Psychoanalytiker Fritz Morgenthaler spricht in ähnlicher Metaphorik davon, daß der Analytiker in der Analyse nur noch die Reste dessen vorfindet, was ehemals gelebt wurde. Ja, es bleibt die Asche der Wörter, wie Ihr Freund Cluny sagt. Und doch, ist es nicht ein Rätsel, wie mutig der Dichter im Umgang damit ist, überzeugt, Lebendiges zu schaffen?

Dann mußte ich bei dem, was Sie als Zappeln über der Leerstelle beschreiben, an das denken, was in der Lacanschen Psychoanalyse als manque, als Mangel gedacht wird. Der Mangel ist das Zentralere und Produktivere als die Fülle. Und schließlich Ihr Hinweis auf die Textexplikation. Das hat ja in Frankreich auch in der Psychoanalyse eine zentrale Bedeutung erhalten, in der *wörtlichen* Lektüre Freuds, in der Folge von Jacques Lacan bei Serge Leclaire oder Pontalis oder Hyppolite.

GOLDSCHMIDT: Nur, daß es nicht klappt, weil die alle kein Deutsch können.

HEINRICHS: Am Beispiel von Jean Hyppolites Kommentar zu Freuds Text über die »Verneinung« könnte man das einmal kritisch überprüfen.

Lassen Sie uns aber noch auf die Scham zu sprechen kommen. Sie haben Gombrowicz erwähnt. Man könnte auf ganz exemplarische Weise auch Michel Leiris anführen. Seine Schrift *Mannesalter* aus den 30er Jahren beginnt mit nichts anderem als der Scham, die er in seiner Selbstwahrnehmung, auf sich selbst und seinen Körper bezogen, empfindet. Da beginnt das, was er in der Folge von Rousseau als Bekenntnisliteratur fortschreibt: der Versuch eines bedingungslosen, selbstarchäologischen, introspektiven Schreibens. Und dennoch – und das ist ja das Entscheidende, das wir auch schon angesprochen haben –, daß man dennoch nicht zur Wahrheit vordringt und daß dieser Fokus des eigenen Lebens nur umspielt, aber nicht benannt wird. Das belegt auf geradezu erschütternde Weise Leiris' postum veröffentlichtes Journal.

Ich glaube, diese verschiedenen Aspekte führen sehr genau zu der Problematik des Schreibens überhaupt.

Marguerite Duras betont ihre eigene Erfahrung, daß ein Buch schwer zu führen sei und schon gar nicht auf den Leser hin und daß in jedem Buch eine Stelle bleibe, die nicht geklärt werden könne, und man diese Stelle im Buch selbst belassen müsse. Teilen Sie diese Erfahrung?

GOLDSCHMIDT: Ja, absolut.

Aber ich möchte erst noch auf das zurückkommen, was Sie gesagt haben in bezug auf den Mangel. Der Mangel ist die Wahrheit. Eine Wahrheit, die sich genau formulieren ließe, wäre nichts als Lüge. Das hat Kafka schon lange vor mir gesagt. Der Mangel? Man weiß nicht, was das ist. Und das ist die Wahrheit. Eine Wahrheit, die sich formulieren, umschreiben, ausdrücken ließe, wäre das Ende der Welt.

Aber woran mangelt es? Das weiß ich eben nicht. Nur, man fühlt hinter sich im Rücken diesen eigenartigen Druck, es klappt nicht. Und Lacan hat das natürlich, wie Sie sagten, wunderbar formuliert. Und den Mangel, von dem Marguerite Duras spricht, ob man den belassen kann? Man kann ihn nur belassen, denn man weiß ja gar nicht, wo er ist. Es kommt alles aus diesem Mangel heraus, man kann ihn nicht absichtlich belassen. Wenn man wüßte, wo er ist, dann gäbe es ihn schon nicht mehr. Jemand hat das wunderbar gesagt, wenn man von der Wahrheit weiß, dann ist sie schon nicht mehr die Wahrheit.

Natürlich, es muß der Mangel erhalten bleiben, aber man kann ihn nicht absichtlich erhalten, er bleibt trotz einem selber erhalten. Er ist das Wesen dessen, was man schreibt. Ich habe das einmal »l'entre-deux« genannt, »Zwischenheit«: der sich selber auslassende Teil des Schreibens. Ich habe einen Artikel darüber geschrieben in der leider ephemeren, aber großartigen philosophischen Zeitschrift *Epoque,* in der auch mein Freund, der Philosoph Patrice Loraux, geschrieben hat. Loraux ist für mich eine der wichtigsten Erscheinungen im heutigen französischen Denken. Er redet immer von dem, was man nicht fassen kann, was nicht durchkommt. Wenn es durchkommen würde, wäre es völlig uninteressant. Das, was jeder Form des Ausdrucks widerstrebt und widersteht, das ist es. Was mich interessiert, ist, daß das Zeug immer noch in mir *waltet,* wie dieser Scheiß-Heidegger sagen würde, aber trotzdem ist es da. Ich liebe Max Picard, *Die Welt des Schweigens,* das ist ein wunderbares Buch. Es sitzt einem im Rücken und da ist eben nichts zu machen. Deshalb schreibt man dann ein ganzes Leben lang.

HEINRICHS: Was Sie sagten erinnert mich an meine Charakterisierungen von Bataille und Lacan als verhinderte Buddhisten. Und E. M. Cioran hat etwas sehr Ähnliches auch einmal von sich gesagt. Als ich immer wieder auf bestimmte Fragen insistierte, antwortete er, ja, ich habe es nicht geschafft, Buddhist zu werden. Ich will damit sagen, diese Fragen, die Sie an sich selbst stellen, sind letztlich Fragen einer vielleicht ans Ende gekommenen westlichen Philosophie, eines Denkens, das leergelaufen ist. Vielleicht müßten wir unseren Blickwinkel ändern und diese Fragen auch als

Scheinfragen, als leere Fragen erkennen. Könnte es sein, daß wir noch zu sehr Gefangene eines Denkens sind, das sich verbraucht hat?

GOLDSCHMIDT: Das glaube ich überhaupt nicht. Ich habe gerade wieder die zweite der »Meditationen« von Descartes gelesen. Wir wissen noch gar nichts von uns selber. Im 17. Jahrhundert gab es ein subversives Buch mit dem Titel *Les trois imposteurs* (Die drei Betrüger), in dem man zeigte, daß die drei großen abendländischen Religionen nur als Stützen der Macht fungieren. Genauso wie die heimliche Literatur, Etienne de la Boëtie, Reuchlin, Karl Philipp Moritz und, wenn Sie wollen, »Was ist Aufklärung?« von Kant. Diese heimliche Tendenz in Europa, die niemals richtig zum Ausdruck gekommen ist, die immer wieder versandet.

Ich glaube, wir haben noch gar nicht angefangen zu denken. Ich will nicht wieder die idiotische Formel von diesem alten Nazi aus Todtnauberg nehmen, ich meine das völlig andersherum. Wir haben noch nicht den Menschen erfunden, den Menschen des deutschen Barock, diese Leute um Karl Philipp Moritz, diese ganze Zeit. Das Scheitern der Aufklärung ist eine absolute Katastrophe. Dieses wunderbare Deutsch des 18. Jahrhunderts, das ist nicht wiederaufgenommen worden.

Wir haben noch gar nicht angefangen, den Menschen zu überdenken. Wir haben nur das Es gedacht. Ein gewisser Sigmund Freud, das war ein komischer Österreicher, glaube ich, der hat mal so einen komischen Satz gesagt, »Wo Es war, soll Ich werden«, und das ist der programmreichste Euphemismus der Weltgeschichte.

Wir wissen noch nichts von uns selber. Wenn Sie bedenken, was die französische Klassik – La Bruyère, La Rochefoucauld, Jacques Esprit –, was die alles angebahnt hat, was nie richtig erforscht worden ist, diese sogenannte Psychologie, die immer wieder verworfen worden ist. Wir wissen noch nichts von uns selber. Wir haben noch unglaubliche Perspektiven vor uns, weil wir bisher Sklaven gewesen sind, wie Etienne de la Boëtie es im *Traktat der willentlichen Unterwerfung* wunderbar ausgedrückt hat. Man hat uns ständig aus uns heraus manipuliert. Ganz selten sind die Leute wie Jean-Jacques Rousseau oder, vor ihm, Montaigne oder Descartes, die damit angefangen haben, das zu erforschen. Das ist der Anfang des Denkens.

HEINRICHS: Aber was ist denn unsere Geschichte und unsere Denkgeschichte wert, wenn sie uns letztlich zu nichts geführt haben, nicht zu einem Wissen über uns selbst? Und warum ist die Aufklärung gescheitert? War die Aufklärung von sich aus ein falsch gesehenes und falsch gedachtes Projekt?

GOLDSCHMIDT: Nein, ganz im Gegenteil. Unser Denken hat uns zu Auschwitz geführt. Auschwitz ist, wie soll ich sagen?, die letzte Konsequenz des Es-Denkens, der Zugehörigkeit. Dieses fürchterliche Wort: Du bist mit uns oder gegen uns, für mich oder gegen mich. Das ist das Schlimmste, was man überhaupt sagen kann.

Ich bin beides zugleich, ich bin für dich und gegen dich. Ich bin schwarz und weiß, wie mein alter Freund Heinrich Heine, der hatte das genau verstanden. Deshalb wird er auch so gehaßt, weil er nicht Stellung nimmt. Die Welt ist viel schöner und viel komplizierter, als daß man dazu Stellung nehmen könnte. Und Auschwitz ist die letzte Konsequenz des Untertanen-Denkens, der Zugehörigkeit.

Gerade die Aufklärung ist nicht gescheitert. Mit Aufklärung meine ich nicht diese alte idiotische Rationalisierung der Technik, sondern das, was Descartes, Spinoza oder Pierre Bayle eingeleitet haben, das freie Denken.

Auschwitz ist die letzte Konsequenz des Denkgehorsams, der Denkverbote. Kant sagt in »Was ist Aufklärung?«, daß die Menschen das Instrument ihrer Untertänigkeit sind. Das Nazi-Entsetzen ist die letzte Konsequenz des Gehorsams.

HEINRICHS: Welche Bedeutung haben diese Überlegungen für Ihr Schreiben? Und ist es für Sie wichtiger, Essays, Aufklärungsschriften, zu schreiben oder literarische Texte zu verfassen – falls diese Unterscheidung für Sie überhaupt einen Sinn macht?

GOLDSCHMIDT: Für mich gibt es keinen Unterschied. Ich bin jetzt ein alter Mann, und meine Einbildungskraft, meine Sehfähigkeit, die Bildhaftigkeit, kommen mir allmählich abhanden. Ich schreibe, was mir gerade kommt, aber es ist völlig unprogrammiert. Ich habe niemals gedacht, eine Aufklärungsschrift zu schreiben. Ich schreibe einfach, wie mir der Schnabel gewachsen ist, aber ein Programm habe ich nie gehabt.

Ich kann es auch gar nicht, ich habe auch nie in Zeitungen Stellung genommen. Nur einmal, wegen Heidegger, eine Auseinandersetzung in »Le Monde«, zu ganz präzisen Punkten. Aber ich sitze nicht vor meinem Tisch und denke, ich, der große Arsch Goldschmidt, will mal die Welt aufklären. Erstens ist es eine unwahrscheinliche Unverschämtheit, und zweitens weiß ich gar nicht, wie ich das machen sollte. Ich schreibe einfach, wozu ich Lust habe, was in mir heraufkribbelt, so ist das. Aber ich bin alt genug, um jetzt nicht mehr mein eigenes Denken zu fürchten. Ich weiß zum

Beispiel, eins ist mir wichtig, ich glaube, niemals einem Menschen absichtlich etwas zuleide getan zu haben. Das ist für mich das einzig Wichtige. Niemals jemandem weh zu tun. Aber ich bin jetzt selbstsicher genug, um zu wissen, daß das, was ich schreibe, niemals jemanden unglücklich machen könnte, es sei denn, er war schon Sklave und Untertan. Das ist das einzig Wichtige. Aber ich wäre außerstande, irgendeinen Text zu schreiben, der sich aufklärerisch aufblähen möchte.

HEINRICHS: Lassen Sie andere Menschen an Ihrem Schreibprozeß teilhaben, oder ist das eine Situation, die sich nur in Ihrem eigenen Raum abspielt?

GOLDSCHMIDT: Ich bin damit völlig allein. Meine Frau, eine Erzfranzösin, hält davon resolut Abstand. Meine ganze »Deutscherei« – es kreist doch bei mir irgendwie immer um die deutsche Frage –, sie kann das schon lange nicht mehr aushalten und dabei amüsiert sie das ab und zu –, zum Glück. Möchte jemand einen Artikel von mir, oder daß ich an einem Kolloquium teilnehme, das mache ich manchmal sehr gerne. Ich gehe nie zu Leuten hin und sage ihnen, wollen Sie das mal lesen? Das ist das Schlimmste, was man einem Menschen antun kann, mit seinem Manuskript daherzuzockeln, es vor aller Augen aus der Westentasche hervorzuziehen und vorzulesen, und die armen Zuhörer müssen das unbedingt genial finden. Ich würde mich zu Tode schämen, mein eigenes Zeug so anzubieten. Leider bekomme ich nicht genügend Kritiken. Ich möchte gerne, daß mein Verleger mir sagt, das geht so nicht, das mußt du umschreiben. Das wäre wunderbar. Aber meine Verleger trauen sich kaum noch. Einer wenigstens hat zum Glück eine Arbeit vehement kritisiert, und so ist daraus ein lesbares Buch geworden. Ich sitze ganz alleine mit meinem Zeug, natürlich.

HEINRICHS: Ich möchte noch mal auf den Punkt zu sprechen kommen, den wir schon umkreist haben, daß man beim Schreiben nicht weiß, wohin es führt, und daß man es auch nicht wissen darf. Es wäre nicht der Mühe wert ... Schreiben, heißt das, versuchen herauszufinden, »was man schreiben würde, wenn man schriebe«, wie Marguerite Duras gesagt hat?

GOLDSCHMIDT: Was soll ich da noch hinzufügen, das ist genau richtig, so ist das. Wenn Sie ein bestimmtes Bild haben und dieses genau wiedergeben wollen, das können Sie nicht, da wird Ihre Feder zu etwas anderem gedrängt, von dem Sie gar nichts wußten, was Sie gar nicht vermuteten.

Es wird in einem geschrieben, wie man so schön sagt, wirklich. Das kommt alles aus dem Unbewußten. Aber man ist immer wieder überrascht von dem, was man schreibt. Und das Wunderbare, plötzlich kommt es, man hat das, man weiß nicht, woher es kommt, und das schmeckt herrlich. Ich behalte es manchmal, wenn mir so was kommt, monatelang in mir und koste es ab. Dann möchte ich das gerne hinschreiben, und dann ist es Pfusch, und dann kommt wieder was anderes. Das ist immer eine Überraschung.

HEINRICHS: Solange uns diese Überraschung anstachelt und Kräfte freisetzt, schreiben wir.

Sie haben eben schon deutlich gemacht, daß die Trennung zwischen Essay und Literatur für Sie so nicht existiert. Das ist ja auch eine sekundäre Aufteilung, die für den Kulturbetrieb wichtiger als für den Schreibenden ist. Er denkt selten in solchen Kategorisierungen.

Dennoch gibt es bei Ihnen eine Bemerkung, die mich doch dazu führt, die Rolle der Literatur etwas genauer zu bestimmen. Sie sagen einmal: »Nirgends werden die Mentalitäten einer Kultur deutlicher als in der Literatur.« Wenn also die Mentalitäten einer Kultur in der Literatur abgebildet werden, dann hat die Literatur doch eine ethische, zumindest eine kulturelle Verantwortung. Oder liegt das prinzipiell außerhalb dessen, was Literatur soll und vermag?

GOLDSCHMIDT: Ja, natürlich, das ist auch eine wunderbare Frage. Karl-Heinz Bohrer hat einen Aufsatz im »Merkur« geschrieben, wo er meint, es gäbe keine Literatur des Bösen in Deutschland, in der deutschen Literatur gäbe es das Böse nicht. Und das ist unglaublich interessant. Ganz anders die französische Literatur – Baudelaire, Marquis de Sade und die Schriftsteller des 18. Jahrhunderts und im 20. Jahrhundert Georges Bataille und viele andere –, die sich mit dem Bösen herumgeschlagen und deshalb, wer weiß, politisch das absolut Böse irgendwie vermieden hat.

Wer keine Literatur des Bösen hat, wird das Böse erleben müssen, und zwar unter der Form der Bestialität. Daß sich das in Deutschland anders ausdrücken mußte, nicht auf dem Wege des Bösen, sondern auf dem Wege der Bestialität, das ist natürlich das Grundproblem. Es gibt ein ethisches Problem der Sprache gegenüber, Klemperer, das großartige Buch *LTI, lingua tertii imperii, die Sprache des Dritten Reiches*. Es gibt dem Wesen nach keine Volksseelen, es gibt nur Volkserziehungen, und das arme Deutschland ist jahrhundertelang gedrillt, gefoltert, hingerichtet worden, mit diesen 360 Staaten, wo jedes Prinzenarschloch die Völker bis zum Tode piesacken und ausbeuten konnte.

HEINRICHS: Deshalb ist es so schwierig gewesen in Deutschland, zu einer ethisch-politischen Linie zu kommen, die in Frankreich viel leichter zu finden war?

GOLDSCHMIDT: Ja, in Frankreich ist die Beteiligung der Schriftsteller am öffentlichen Leben immer viel größer gewesen. Denken Sie an Rousseau, Diderot, Voltaire, an Victor Hugo, denken Sie an Emile Zola. Ich nenne das die moralische Linie, ich vermeide das Wort Engagement. Ach, was sage ich da? »Vermeiden« – das ist das übelste Wort, das ich kenne. Ich will es so sagen: Das Schreiben gehört einfach in die Welt hinein, so ist das. Es ist nicht mal gemeint, es ist so.

Es war in Deutschland eine absolute Überlebensnotwendigkeit, sich von der Politik zu isolieren. Sie kennen doch diese fürchterlichen Worte von dem großen Schriftsteller Jung-Stilling, der noch Ende des 18. Jahrhunderts meinte, der »Obrigkeit« sei auf jeden Fall unbedingt zu gehorchen. Das hätte niemals ein Franzose geschrieben. Warum hat er das geschrieben? Weil die deutschen Dichter immer die Polizei vor der Tür hatten.

Das spielt natürlich eine unglaublich große Rolle im Schreiben. Sie können sich in Frankreich gewisse Sachen mit der größten Selbstverständlichkeit leisten, die die deutsche Sprache noch nicht einmal erlaubt. Weil sie sich geschichtlich nicht in diese Richtung hat entwickeln können. Das hat schon Leibniz vor langer Zeit gesagt, in dem schönen Text »Unvorgreifliche Gedanken zur Verbesserung der deutschen Sprache«.

HEINRICHS: Die Trennung zwischen Politik oder Gesellschaft und Literatur ist ein Problem, das sich so nicht in Frankreich stellt. Der Schriftsteller hat natürlich teil an den gesellschaftlichen Prozessen, ob er dazu explizit Stellung nimmt oder nicht.

GOLDSCHMIDT: Das hat auch Robert Minder ausgeführt in *Dichter in der Gesellschaft.*

HEINRICHS: Lassen Sie uns von hier aus noch einmal den Bogen schlagen zur deutschen Sprache. Sie nennen einmal das Deutsche eine Sprache zur Erforschung der Räumlichkeit. Das Französische dagegen habe viel mehr zur kritischen gesellschaftlichen Analyse geführt. Es gäbe Bücher, an allererster Stelle Karl Philipp Moritz' *Anton Reiser* – nach Arno Schmidt »das schönste Buch der Weltliteratur« –, wo die Verinnerlichung gestaltet werde; aber diese Verinnerlichung auch schon wieder zur Gesellschaft gerichtet sei.

GOLDSCHMIDT: Ja, das ist es. Wie soll ich sagen? Auf beiden Stühlen zugleich sitzen, so meine ich das. Literatur muß, ob sie es will oder nicht, »zweisprachig« sein, sie sitzt auf beiden Stühlen zugleich. Und das ist auch das Problem dieser entsetzlichen Entmächtigung der Deutschen schon vor Hitler und dann zur Hitler-Zeit, die Ermordung einer Sprache, denn das Deutsche ist von Hitler ermordet worden – und zwar für immer. Es wird die größten Schwierigkeiten haben, wieder zu sich selbst zurückzufinden.

Wenn ich eine moralische Aufgabe habe, dann ist es, wenn Sie so wollen, diese herrliche Sprache zu respektieren und nicht diese entsetzliche Neusprache zu sprechen, die überhandnimmt, diese grausige, falsch-moderne Sprache mit Wörtern wie »Konstrukt«, ein schlimmes Wort. Wie kann man so eine Monstrosität erfinden, Konstrukt? Konstruktion ist was völlig anderes. Es gibt einen Sprachhaß in Deutschland, würde ich sagen, einen Sprachhaß, einen richtigen Haß gegen die Sprache. Und Literatur wird moralisch, wenn sie die Sprache liebt. Die Franzosen haben bisher ihre Sprache geliebt, deshalb gibt es auch diesen lustigen Nationalsport, das Diktat, »le dico d'or«, das goldene Wörterbuch von Bernard Pivot im Fernsehen, einen Sonntag im März, wo ganz Frankreich mitmacht, ich auch. Ich mache 30 oder 40 Fehler beim Nationaldiktat. Alle machen mit, weil wir die Sprache lieben. Eine Sprache muß man lieben.

HEINRICHS: Sie haben jetzt schon sehr überzeugend die Komplexität zwischen dem Impuls zu schreiben und der Möglichkeit, wie das Geschriebene in der Welt wirken kann, dargestellt. Sie wählten dazu unter anderem die präzise Umschreibung, daß Schreiben in die Welt hineingehört und daß das nicht etwas Gemeintes ist. Ich will versuchen, diese Komplexität noch etwas genauer zu fassen und auch noch einmal den Bogen zu spannen zwischen dem individuellen Schreibprozeß und dem, was aus dem Geschriebenen im kulturellen Kontext wird.

Dazu möchte ich von einer Formulierung von Eichendorff ausgehen, die Sie auch einmal in Ihrem Buch über den »Narziß« gebrauchen. Er spricht von der eigentümlichen Grundmelodie, die jedem Menschen in tiefster Seele mitgegeben sei und die er sein Leben lang äußerlich zu gestalten versuche.

Dieser die Kindheit begründende Augenblick, in dem nichts vorher ist, ist ein Augenblick, der, in einem anderen kulturellen Zusammenhang, vom »Collège de Sociologie« als »le sacré», das Heilige, benannt worden ist. Ich möchte dazu auch in unserem Gespräch ein Beispiel geben, das mir auf exemplarische Weise verdeutlicht hat, was Schreiben für den werdenden Schriftsteller bedeuten kann. Es stammt von

Michel Leiris, der einmal anhand einer Kindheitserfahrung dargelegt hat, warum er zum Schreiben gekommen ist. Beim Spielen fällt ihm ein Zinnsoldat fast zu Boden und er ruft aus: »Reusement!« Da sagt die Mutter zu ihm: »Michel, das heißt nicht reusement, sondern heureusement.« In diesem Augenblick bemerkt er, daß es schon eine Sprache als eine gesetzte, gesetzmäßige Sprache gibt. Hier müsse er den Wunsch gespürt haben, Schriftsteller zu werden, einer, der die Sprache erfindet. Er habe als Schriftsteller an der Illusion festhalten können, daß er die Sprache erfindet. Er weiß, es gibt sie schon, und will dennoch alles daransetzen, gegen dieses Bollwerk der vorhandenen Sprache anzugehen. Er wird sie in der vorhandenen Grammatik, mit den vorhandenen Gesetzmäßigkeiten benutzen und dennoch einen ganz schmalen Grat begehen, vielleicht über dem, was wir vorhin mit Leerstelle und Mangel benannt haben, um vielleicht einen Punkt in sich ausfindig zu machen, wo die Gesetzmäßigkeiten nicht greifen, wo das reusement das viel Richtigere ist als das hereusement.

Wo hat das Schreiben für Sie begonnen? Die Auseinandersetzung mit der Sprache und das heißt auch mit der Gesellschaft?

GOLDSCHMIDT: Sie haben diesen wunderbaren Satz von Eichendorff erwähnt, den ich gerne genau zitieren möchte. »Gestikulieren, quälen und mühen sich nicht überhaupt alle Menschen ab, die eigentümliche Grundmelodie äußerlich zu gestalten, die jedem in tiefster Seele mitgegeben ist, und die der eine mehr, der andere weniger und keiner ganz auszudrücken vermag, wie sie ihm vorschwebt.«

Und Gustave Flaubert schreibt in *Madame Bovary*: »Als ob die Fülle der Seele nicht manchmal überborde mit den flachsten der Metaphoren, da doch keines je es vermag, das genaue Maß seiner Nöte, seiner Begriffe, weder seine Schmerzen anzugeben und da doch des Menschen Wort wie ein gesprungener Kochtopf ist, wo wir Melodien schlagen und die Bären tanzen machen, wo wir doch die Sterne erreichen möchten.«

Das ist genau wie bei Eichendorff, daß man sein Leben lang einer Melodie hinterherläuft, die man sowieso nicht singen kann. Es ist merkwürdig, wie Eichendorff und Flaubert, ohne voneinander zu wissen, genau dasselbe im Abstand von einigen Jahren gesagt haben.

HEINRICHS: Gibt es in Ihrem Leben so einen Knotenpunkt wie bei Leiris?

GOLDSCHMIDT: Ihn muß es gegeben haben, doch ja. Das ist eine wunderbare Frage, jetzt kommt mir wieder alles in Erinnerung. Es muß im Dezember 1939 im Hochgebirge gewesen sein. Ich war mit meinem älteren Bruder im März 1939 im Internat angekommen. Ich konnte kein Wort Französisch, überhaupt kein Wort. Ich kam aus Italien, auch mein Italienisch vergaß ich allmählich. Wir gingen mit den anderen Knaben zusammen spazieren. Ob sie böse oder nett zu mir waren, das weiß ich nicht mehr. Einer sagte: »les premiers flocons« – die ersten Schneeflocken. Natürlich verstand ich sofort. Und rückläufig merkte ich, daß ich Französisch konnte, wahrscheinlich schon seit Monaten, aber nicht verstand, *daß* ich verstand. Auf einmal, grenzenlos, war alles da.

In diesem verrückten Internat hörte die Literatur mit Lamartine, also 1848 auf. Danach gab es nichts mehr. Es war alles verboten. Man durfte nur die französischen Klassiker des 17. Jahrhunderts lesen. Und zu meinem größten Verblüffen verstand ich sofort jedes Wort. Ich habe die Sprache nie gelernt. Das hat mich immer so unglaublich gewundert. Jahrelang wurde ich immer wieder danach gefragt, wie ich das gemacht hätte. Ich wußte es nicht, ich kann darauf nicht antworten. Immer wieder kam ich auf dieses Beispiel »le flocon« zurück und merkte, daß ich schon Französisch konnte.

Vor einigen Jahren löste sich das Rätsel: man erlernt eine Sprache durch die Sexualität, durch die Kindererotik, die Kindersprache. Das ist ganz banal. Der Psychoanalytiker Ferenzci hat einen wunderbaren Text über obszöne Wörter geschrieben. Man lernt eine Sprache, man erfährt eine Sprache durch die Obszönität. Und dann dreht sich alles.

HEINRICHS: Können Sie das in Ihrer Erinnerung noch konkreter fassen?

GOLDSCHMIDT: Natürlich. Wenn meine Kameraden onanierten, sagte einer zum anderen, »tu jouis?«, was ich sofort verstand und automatisch deutsch zu formulieren versuchte, was es im Deutschen nicht gibt, komischerweise können Sie das überhaupt nicht übersetzen. Und die Sprache breitete sich um diesen erotischen Moment herum, baute sich wahrscheinlich da ringsherum auf. Das hat Freud genial verstanden.

Was die eine Sprache hat und die andere nicht hat – da sind wir wieder am Anfang unseres Gesprächs.

HEINRICHS: Wir haben noch nicht über das gebrochene Verhältnis zur Erotik im Deutschen gesprochen. Aber bleiben wir noch einen Augenblick beim Persönlichen, Ihrem Erleben.

GOLDSCHMIDT: Es gab zu meiner Zeit in den französischen Privatschulen, den Jesuitenschulen, noch die Körperstrafe. »La fessée«, die Prügelstrafe. Dieses erotische Wort »le fesses«, der Hintern, das ist ein wollüstiges Wort, das war auch irgendwie ein verrucht perverses Unternehmen, irgendwie, es tat natürlich weh, aber es war auch nicht unerträglich, das war so etwas Heikles, Sexuelles. Dafür haben Sie im Deutschen das entsetzliche Wort Züchtigung oder Prügel. Das Brutalste, Verwegenste, Mörderischste, was es gibt; im Französischen ist »la fessée« etwas wunderbar Heiteres.

Das sind diese Sprachgeheimnisse. Wenn Sie wollen, »reusement« war für mich dieses lustige Wort »fessée«, das ist das Komische, das ist so anregend, so ein Kitzel, während das deutsche Wort Prügel einfach Mord ist. Die deutschen Kinder wurden doch so ziemlich gedrillt. In keinem anderen Land hat es so viele Kinderselbstmorde gegeben, jedenfalls zu einer gewissen Zeit.

HEINRICHS: Das berührt mich sehr, daß Sie dieser Hinweis auf Leiris' »reusement« zu »la fessée« geführt hat.

Bezüglich des Unterschieds zwischen der erotischen Kunst und Literatur in Deutschland und Frankreich erinnere ich auch etwa an die Arbeiten Pierre Moliniers, an die künstlerische Darstellung des Fetischismus und die sogenannte bondage-art und die Literatur bei Georges Bataille.

Ich möchte an dieser Stelle noch einen anderen Begriff einführen, den des Begehrens, »le désir«, und ihn beziehen auf das vorhin schon erwähnte »Heilige« und die »heiligen Orte«. Heilige Orte sind ja so etwas wie Zentren eines Begehrens, eines angstvollen Begehrens. Sie haben auch schon den Begriff der Scham ins Spiel gebracht. Es gibt in diesen Augenblicken offensichtlich so etwas wie die Ahnung des eigenen Grundes und des Unbegreiflichen, auch des Unheimlichen. Alle diese Begriffe bilden Scharniere zwischen dem Produzenten und seiner Produktion. Sie lassen sich nicht von einer Sprache in eine andere transformieren, und dennoch haben wir dieses eigenartige Phänomen, daß sich etwas einer Sache nach, wie Sie so schön sagen, gleich bleibt.

GOLDSCHMIDT: »Le sacré« ist so ein kaltes Wort. Das Heilige ist für mich »la sainteté«. »Le sacré« ist ein auf Verachtung und Verstoßung grundierendes Wort, das ist auch mit heilig nicht richtig übersetzt.

HEINRICHS: Das kommt, wie ich es hier gebrauche, aus der Tradition der Religionswissenschaft und der Soziologie.

GOLDSCHMIDT: Ja eben, und das verwerfe ich total.

HEINRICHS: Es gab aber im »Collège de Sociologie« bei Leiris, Laure und Caillois den Versuch, »Berührungsmomente« auszumachen, wo das persönlich erfahrene Heilige in Korrespondenz steht mit dem in der Gesellschaft als heilig Wirkenden.

GOLDSCHMIDT: Aber aus diesem kalten Wort »le sacré« kommt dieses ganze Mörderische der modernen Zeit. »Le sacré«, das ist abweisend, das ist wie: du gehörst nicht dazu, das ist Stefan George, Ernst Jünger, das ist Heidegger. Du bist keiner von uns, du gehörst ausgeschlossen. »La sainteté« dagegen ist wie »la charité«, was so schlecht mit Barmherzigkeit übersetzt wird. »La charité« bedeutet zur Unendlichkeit hin, nicht zur Totalität. Es gibt unendliche und totale Begriffe. Sie sprachen vorher von der ethischen Aufgabe der Literatur. Wenn ich bei einer Literatur spüre, du gehörst nicht zu uns, dann lese ich nicht, dann ist es für mich aus, da fängt das Verbrechen an. Sie sprachen so schön von der Heiligkeit. Das Unheimliche, das haben Sie wunderbar formuliert, das ist das Umkehrbild von »le sacré«. Dieser komische Mann, dieser Sigmund Freud, der hat einen wunderbaren Text über das Unheimliche geschrieben und der hat alles schon gesagt.

HEINRICHS: Ich schätze bei Freud sehr diese kurzen, brillanten, sehr literarischen Texte. Sie sagen einmal, dem Freudschen Unternehmen liege das vage Bewußtsein zugrunde, daß sich die Auslöschung anbahnte. Vielleicht versuchte die Psychoanalyse dem Unabwendbaren zuvorzukommen. Eigentlich ein ganz ungewöhnlicher Gedanke, ein radikaler Gedanke, der mir sehr gut gefällt. Sie gehen sogar fast noch ein Stück weiter, wenn Sie sagen, die Psychoanalyse war der Versuch, davor zu warnen.

GOLDSCHMIDT: Aber ohne zu wissen, wovor man warnt.

HEINRICHS: Kann die Literatur auch so eine Aufgabe übernehmen?

GOLDSCHMIDT: Ob das eine Aufgabe war, weiß ich nicht.

HEINRICHS: Eine Aufgabe nicht, das ist ein Geschick.

GOLDSCHMIDT: Ein Geschick, genau. Freud muß irgendwie eine Ahnung gehabt haben. Das wunderbare deutsche Wort »Ahnung« ist das schönste Wort, das ich kenne. Und Heine, Nietzsche und Freud hatten dieselbe Ahnung. Natürlich wußten sie nicht, was sie ahnten, sonst hätten sie es nicht geahnt. Mit scheint es so, als seien Psychoanalyse und Nazismus das umgekehrte Zeichen des anderen. Aber ich bin kein Psychoanalytiker.

Für mich ist die Psychoanalyse einfach eine Tätigkeit innerhalb der Sprache, aber wie das funktioniert, da habe ich keine Ahnung. Ich rede viel über Freuds Texte, ohne irgendwelche analytischen Kenntnisse. Ich habe eigentlich noch nie richtig verstanden, was da los ist mit der Psychoanalyse. Was mich interessiert, ist das Sprachliche daran. Ich werde immer wieder gebeten, über Freuds Sprache zu reden, vor den größten französischen Psychoanalytikern. Mir macht das unheimlichen Spaß, weil ich überhaupt nicht weiß, wovon ich rede. Und da sagen mir die Psychoanalytiker, »Sie sind genau in der Mitte, das ist absolut richtig«, aber ich weiß gar nicht, was daran richtig ist.

HEINRICHS: Daß Sie nichts von der Technik wissen, wie Sie sagen, habe ich in Ihrem Buch *Als Freud das Meer sah* nur an einer Stelle als Mangel empfunden: daß Übertragung und Gegenübertragung, auch zwei nicht sonderlich schöne Wörter, nicht vorkommen, Sie also nicht vom emotionalen Austauschprozeß sprachen. Von was sie handeln, ist dieses Paradoxon, daß etwas seiner Sache nach gleich bleibt, obwohl es in den verschiedenen Sprachen zumeist sehr unterschiedlich benannt wird. Die zentralen Begriffe der Psychoanalyse sind ja nur annäherungsweise vom Deutschen in eine andere Sprache zu übersetzen, Beispiele sind etwa das Unbewußte, »l'inconscient«, das Lacan mit »l'insu«, das Ungewußte, übersetzt. Dann die verschiedenen Versuche, »Trieb« zu übersetzen.

GOLDSCHMIDT: Man kann genausowenig das Französische ins Deutsche übersetzen.

HEINRICHS: Nur daß die Psychoanalyse im deutschsprachigen Raum entwickelt worden ist. Oder nehmen Sie den Begriff »Verdrängung«, »refoulement«, was ja eigentlich mehr Unterdrückung meint. Am Begriff der »Verwerfung« könnte man das sogar noch deutlicher zeigen. »Verwerfung« ist ja, im Unterschied zur »Verdrängung«, etwas, was vollständig aus dem Symbolsystem ausgeschlossen wird und nicht erinnerbar ist. Das ist ein ganz extremer Zustand, der dann in der Psychose zur Geltung kommt. »Verwerfung« ist ein Begriff, der nun fast gar nicht mehr zu übersetzen ist. Wie ist das Ihrer Einschätzung nach, diese ganz eigenartige Situation, daß etwas seiner Sache nach gleich bleibt, obwohl es sprachlich nicht zur Deckung zu bringen ist? Ist das etwas nur der Psychoanalyse Eigenes?

GOLDSCHMIDT: Das kann ich Ihnen nicht sagen. Nein, das ist auch in anderen Gebieten so. Warum wird der Titel von Bergsons Buch *La pensée et le mouvant* mit *Das Denken und das schöpferische Werden* übersetzt? In jeder Sprache haben Sie solche Sprachlücken, die gerade vom Wesen der »Zielsprache« zeugen. Was nicht durchkommt, kommt nicht von ungefähr nicht durch, sondern weil es dem Sprachwesen entgegensteht.

Eine Sprache beruht auf dem absoluten Bedürfnis, sie zu übersetzen, und dem Scheitern des Übersetzens.

HEINRICHS: Man müsse der Sprache zuhören, sagen Sie. Ist für Sie das Unbewußte nichtsprachlicher Natur und findet es nachträglich in den verschiedenen Sprachen seinen Ausdruck?

GOLDSCHMIDT: Es gibt kein Unbewußtes, das sich außerhalb der Sprache manifestieren könnte. Es ist nicht getrennt, es gibt kein metasprachliches Zeug, meine ich. Das Unbewußte manifestiert sich nur, wenn die Sprache da ist. Es gibt kein Es, das irgendwie in der Ferne ist, so ein mysteriöses Etwas. Die Sprache ist selber schon ihr Unbewußtes. Was Sie sagen, das ist schon das Unbewußte.

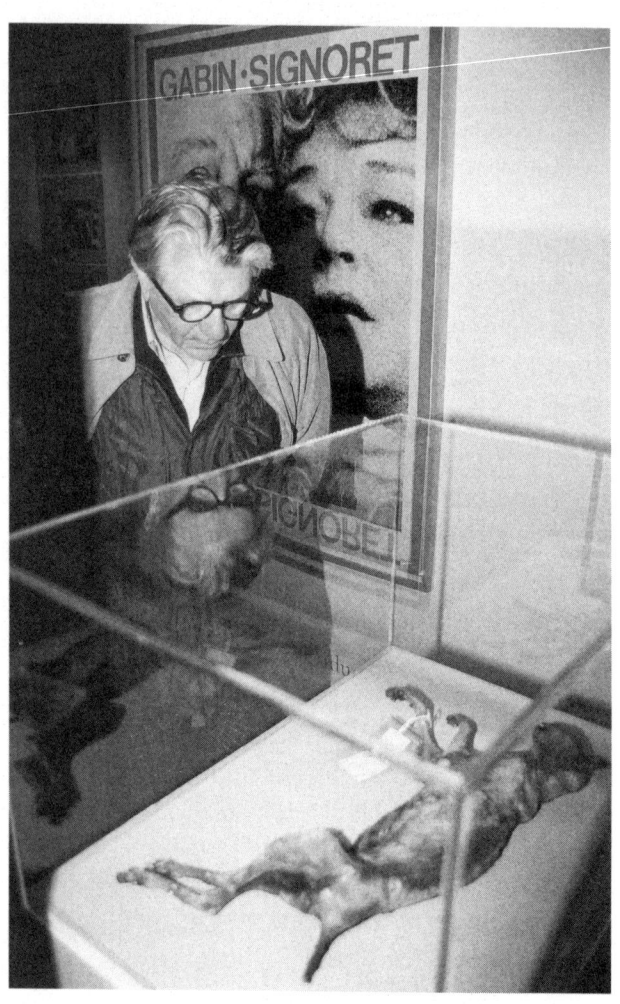

Paul Nizon

wurde 1929 in Bern geboren und lebt heute als freier
Schriftsteller in Paris. Er erhielt zahlreiche Auszeichnungen.
Seine Hauptwerke erschienen in einer siebenbändigen
Ausgabe *Gesammelte Werke* (Suhrkamp 1999). Seitdem u.a.
mehrere Journal-Bände und der Roman *Das Fell der Forelle* (Suhrkamp 2005).

PAUL NIZON

Schreiben wie Atmen oder
Am Schreiben gehen

Skizze

FELL DER FORELLE *Jeannine*
~~Jenny~~

Nach dem Abend bei ~~Colette~~ geht er die lange rue de Clignan-
court hoch - er ist in Pigalle ausgstiegen und Rachid in
die Hände gefallen, dem Anreisser vor einer Sexbude, ist
auch in diese Tierschau gegangen - ob es hier Pelze geben
würde? - und nach einem kurzen Zusammensein mit einem
Freudenmädchen, das ihm immer ihren langen Shawl um den
Hals schlang, um ihn an sich zu ziehen, weil er einigermas-
sen unbeteiligt dasass, er war ja in Gedanken ganz anderswo
aber wo? hatte er Carmen weg getan, wie hatte er nur seine
Geliebte umbringen können? derlei Gedanken, er konnte nicht
in das Spiel mit dem Mädchen eintreten

er geht dann, es ist spät geworden, die überaus leere
rue de Clingnancourt hoch, keine Menschenseele, keine
Katze, nicht, die Strasse leer. Bis er weit oben einige
riesige Afrikaner zusammenstehen sieht und beim Näherkom-
men merkt, wie sie die Strassenseite wechseln, um ihn
zu erwarten. Sein erster Instinkt ist Rückzug, ist Flucht-
instinkt, dann geht er trotzdem auf sie zu, sie verstellen
ihm den Weg. Haben Sie Feuer, fragt einer, und ihm geht
durch den Kopf, dass derlei Einleitungen das Vorspiel
für Handgreiflichkeiten und Raub sind. Er schaut sie an,
sucht sein Feuerzeug hervor, gibt dem langen Kerl Feuer,
was soll' s, sollen sie ihn doch zusammenschlagen, worauf
der Raucher mit der nun brennenden Zigarette zurücktritt,
die Bande ihm den Weg freigibt. Gute Nacht, kommen Sie gut
nachhause. Und er macht sich davon

Sollte nicht auch ein Abend in dem Restaurant La Bonne
Table beschrieben werden unter Einbeziehung früherer
Tantenbesuche. Ja, aber was weiter? Wie soll die Geschichte

nach dem Passus über die Felle, dem doofen Abend bei Colette
dem nächtlichen Passus mit der glücklich überstandenen Gefahr weitergehen, wie kann er alles, nämlich die Zügel
wieder in die Hand bekommen, damit der Text nicht ziellos
davonläuft, wie Doris Krockauer meint. Er wird ~~in der~~
ja wieder in der Tantenwohnung landen und mit dem unaus-
gesprochenen Problem seines Packens konfrontiert werden.
Soll er das Gespräch mit der Tante wieder aufnehmen
und ihr von seinem Mord erzählen?
Sie wird sagen: du solltest allmählich mit dem ewigen
Flunkern aufhören, du bist ganz einfach zu alt für so etwas. Du solltest dich vor Frauen hüten, wenn du denn nicht
mit einer in einem anständigen Sinne zusammenzuleben verstehst. Was hätte sie dir denn gross angetan, sicher
nichts.... du bist zu empfindlich, ein Paar sollte ein
gemeinsames Projekt haben, seien es Kinder, sei es ein ge-
wolltes Familienprojekt, sei es ein gemeinsam betriebenes
geschäftliches Unternehmen. Mit dem Sex allein ist es nicht
getan. Werde endlich erwachsen und besinne dich. Das BESINNE
mochte er nicht hören, von LIEBE hätte er hören wollen,
doch davon keine Erwähnung. Ich bin jetzt zu müde, verzei-
hen Sie ma tante, sagte er und begann sich auszuziehen und
~~sich~~ ins Schlafgemach überzusiedeln.
In der Fussballbar stiess er auf Carmen. Lange nichts von
dir gehört, sagte Carmen, die ein Bier vor sich stehen
hatte und sich nun an seine Seite stellte. Die Dohle
auf dem Musikautomaten schnarrte. Er sagte, ich kann diesen
Vogel einfach nicht ertragen, er sieht nicht nur zerzaust
aus, er ist mir unerträglich. Sind Dohlen nicht Toten-
vögel. Carmen ging nicht darauf ein, sie tat aber auch
seinem nächtlichen Besuch oder besser Ueberfall keine
Erwähnung

Ein labyrinthisches Treppenhaus, durch das sich der Besucher hindurchfinden muß – und selbst nachdem Paul Nizon die Tür geöffnet hat und man eingetreten ist, löst sich die Verwirrung in der ebenfalls verwinkelten Wohnung noch nicht auf.

Paul Nizon gibt mir das Gefühl, daß wir viel Zeit haben und daß wir aus der Situation heraus etwas machen sollten, was uns Freude bereitet. Er öffnet eine Flasche Wein, wir trinken, und er raucht. Er hat die wunderbare Gabe der Verführung; er und sein Gegenüber sollen sich wohl fühlen. Das Leben nicht nur als Mühsal, sondern auch als Luxus.

Jahre zuvor hatte ich ihn auf dem Markt in der Rue de Buci gesehen und ihn einfach angesprochen. Er erzählte, daß er hier oft einkaufen gehe und den ganzen Weg von seiner Wohnung zu Fuß zurücklege. Er beneidete mich darum, daß ich direkt um die Ecke, in der Rue Dauphine, wohnte. Später lud ich ihn zu mir ein. Die Dachwohnung im 7. Stock gefiel ihm, dem Liebhaber der Ateliers – und die scheinbar endlos sich windenden Treppen bezwang er, der leidenschaftliche Geher, offenbar mühelos. Wie überlegt, einfach und genau er sprach und wie er aus einer Stadt eine dicht verzweigte und dennoch weiträumige Welt machte – das gefiel mir.

HANS-JÜRGEN HEINRICHS: Paul Nizon, in Ihrem Journal *Die Innenseite des Mantels* notieren Sie einmal, Sie seien manchmal so einsam gewesen, daß Sie es gar nicht bemerkten. Sie seien, wie Sie schreiben, geradezu chloroformiert von Einsamkeit gewesen, Sie hätten beim Schreiben nur sich und dieses Zimmer gehabt, das Ihnen wie eine Zelle erschien und vielleicht auch noch erscheint. Sie sprechen auch von »dem verdammten Buch«. Ich würde gerne mehr wissen über das Verhältnis von Schreiben und Einsamkeit, wie Sie das erfahren, und Sie fragen, ob Ihre Erfahrungen sich mit denen von Marguerite Duras decken, die in ihrem Buch *Ecrire*, Schreiben, bemerkt, daß Geschriebenes ohne Einsamkeit entweder gar nicht entstehe oder aber zerbröckle. Zum Glück habe sie jemanden gehabt, der ihr riet, nichts anderes zu tun, als nur zu schreiben. Hatten Sie auch jemanden, der Ihnen dies riet?

PAUL NIZON: Nein, das hatte ich nicht. Die Situation, die zu dem von Ihnen zitierten Buch *Die Innenseite des Mantels* gehört, ist die erste Zeit meiner Übersiedlung nach Paris, verbunden mit einem radikalen Brückenabbrechen und mit der dazugehörigen Situation einer eigentlich totalen Krise, Schreibkrise, Lebenskrise, Scheidung. Es war also eine totale Verpflanzung und ein Neubeginn, mit damals vollkommen unsicherem Ausgang. Das war eine zum Teil wirklich tödliche Einsamkeit, weil ich keine Kontakte hatte, zu Kontakten auch nicht fähig gewesen wäre in dieser ganzen aufgewühlten Situation von damals. Ich habe mich an das Schreiben geklammert. Im übrigen habe ich mich zum Schreiben immer isoliert. Ich habe immer ein Schreibatelier gehabt, in dem nichts anderes stattfand als das Schreiben.

Diese Ateliers waren für mich leere Behälter, die ich mit immer demselben Arbeitsmobiliar möblierte, mit den

Schreibgeistern füllte, die ich am Abend, wenn ich das Atelier verließ, einsperrte; und am Morgen, wenn ich antrat, habe ich mich wieder mit diesen Geistern eingesperrt. Und am Schluß, das dauerte manchmal jahrelang, habe ich dieses Futteral verlassen, ohne Spuren zu hinterlassen, weil alles in einen Text eingegangen war. Und das gehörte zu meiner Technik.

Ich habe auch hier in Paris mindestens zehn oder fünfzehn Ateliers gehabt. Und das gehört auch dazu – das ist mir irgendwann einmal eingefallen, ich habe darüber geschrieben in dem Aufsatz »Meine Ateliers« –, daß ich mich auf dem Weg zu meinem Arbeitsplatz in die Figur oder in das Ich meiner Texte verwandle. Das Schreib-Ich ist nicht identisch mit meinem zivilen Ich.

Also: das Einsamkeitsbedürfnis, das totale, das war immer schon da, zum Beispiel in den 60er und 70er Jahren, wie ich noch in Zürich war, habe ich mich während Jahren immer zu Aufenthalten nach London zurückgezogen, zur Reinhaltung oder zur Kultivierung der zum Schreiben nötigen Einsamkeit. Das war dort besonders interessant, weil ich die Sprache nicht sprach. Ich war insgesamt etwa zwei Jahre in London und habe diese Sprache nie über die Lippen gebracht, obwohl ich sie einigermaßen verstanden habe, aber das ist ein anderes Problem.

HEINRICHS: Sie haben jetzt schon das Verhältnis von Schreiben und Leben angedeutet. Es gibt in Ihrem Journal auch einmal die Formulierung: »Literatur als der Schlüssel des Lebens«. Manche Schriftsteller haben offenbart, daß ihnen das Schreiben das Leben gerettet hat, daß sie, wenn sie nicht geschrieben hätten, Alkoholiker oder was auch immer geworden wären. Ist Literatur so etwas wie Therapie, oder ist sie das nur auf Umwegen und eigentlich unabhängig von dem, was in dem Werk selbst geschieht?

NIZON: Also Therapie, dieses Wort mag ich nicht im Zusammenhang mit dem Schreiben. Es ist meine Gehweise, meine natürliche Art und Weise. Im Grunde genommen bin ich nach meinen Anfängen und gewissen Entwicklungen zu einer Figur geworden, die in der eigenen Lebenserfindung und Gestalterfindung aufgeht.

Ich bin eigentlich meine eigene Fiktion, so wie meine Plätze, Lebensschauplätze und Paris fiktionale Räume meiner Existenz sind. Diese Dinge sind inzwischen derartig zusammengewachsen, wie das früher nicht der Fall war.

Zur Therapie kann ich nur sagen: wenn ich nicht schreibe, werde ich krank.

Ich habe ja nicht zufällig für meine Frankfurter Poetik-Vorlesungen den Titel »Am Schreiben gehen« gewählt: wenn ich nicht in der Lokomotion des schriftlichen Mich-Darstellens oder Fortbewegens bin, dann falle ich gewissermaßen aus dem Leben. Wenn ich nicht jeden Tag schreibe, ist es so, wie wenn ich überhaupt ganz von vorne anfangen müßte. Es ist wie bei dem Pianisten, der jeden Tag sein Handwerk praktizieren muß. Im Grunde muß man jeden Tag schreiben.

Meine durchgehende Tätigkeit war immer das Notieren, das, was dann eben zum Beispiel in den *Journalen* zu lesen ist, obwohl jedes *Journal* eine Auswahl ist aus einem viel, viel größeren Material. Das Notieren ist für mich so selbstverständlich wie Atmen, und wenn das ausfällt, dann droht ein Unleben oder etwas Unangenehmes. Und das andere Schreiben, das Buch-Schreiben, ist dann ein vollkommen anderer Prozeß, der mit dem Bebrüten und mit dem Inkubieren zu tun hat etc. Das sind die zwei Schreibtätigkeiten, die bei mir das Leben bestimmen. Früher hatte ich immer noch die Hoffnung oder die Vorstellung, daß ich nach einem Buch irgendwo ausgespuckt würde an einen Strand, wo ein anderes oder ein freies Leben beginnen könnte. Und in Paris ist mir dann diese Illusion auch abhanden gekommen, da ich gemerkt habe, daß es eigentlich gar kein anderes Lebensuchen gibt als das in den Worten und Sätzen – wenigstens für mich.

HEINRICHS: Wenn man immer schreibt, isoliert man sich mit der Zeit von den anderen. Die Einsamkeit wird gleichsam habituell. Als Schriftsteller muß man immer schreiben, das wird mit der Zeit Bestandteil der eigenen Körpersprache. Was Sie über Literatur und Therapie sagen, gefällt mir, ich mag das Wort »Therapie« auch nicht so sehr in diesem Zusammenhang, und dennoch gibt es auch bei Ihnen Formulierungen, die sich in diesem Sinne lesen lassen. Sie sagen einmal, Sie würden sich am Faden des Schreibens hervorziehen. Selbst wenn man die Charakterisierung als »Therapie« ausklammert, gibt es doch so etwas wie eine Hoffnung, die man in das Schreiben setzt, die Hoffnung, daß die Literatur für das Leben etwas bedeuten könnte. Ist für Sie der Prozeß des Schreibens eigentlich ein schwieriger, mühsamer? Denken Sie während des Schreibens oft darüber nach, warum Sie schreiben, und warum gerade so? Wenn man das wüßte, würde man dann eigentlich noch weiterschreiben?

NIZON: Bei mir ist es so, daß ich mich immer auf ein unbekanntes Gebiet einlasse, wenn ich schreibe. Es ist nie ein Plan oder ein Vorherwissen da, lediglich eine Ahnung oder eine Zwangsvorstellung, mich an einen Ort zu begeben, wo der Hund begraben ist. Es hat natürlich einesteils schon mit Ausgräberei zu tun, wobei ich immer von der Überzeugung ausgegangen bin, daß die Welt nur in meiner eigenen Monade, also in den Widerspiegelungen, Sedimenten meines eigenen Ichs aufzufinden ist. Das hat nichts zu tun mit Selbstaufsockelung oder Memoiren oder so etwas, sondern das Ich als der Behälter der Welt und des Lebens und überhaupt aller Erfahrungen und allen Wissens. In dem Sinne ist es Ausgräberei. Andererseits ist dann aber auch gleich von Anfang an die Obsession da, alles zu tilgen, alle Fäden zu kappen, die mit dem eigenen, sagen wir, Fleisch oder Herzblut zu tun haben, und das Ganze umzugießen und zu verwandeln in etwas Autonomes. Das wäre ein Sprachgebilde, das in sich selber atmet und sich selber versorgt und mir völlig fremd wird und eines Tages wegschwebt wie eine Seifenblase, an die ich mich kaum mehr erinnern kann. Also sowohl das Eigenste als Arbeitsfeld wie auch die Löschung aller eigenen Spuren im Hinblick auf ein autonomes Sprachgebilde.

HEINRICHS: Ist in diesem Sinne dann die Veröffentlichung eines *Journals* nicht für Sie auch eine zwiespältige Sache gewesen: einem derartigen Steinbruch an Notizen eine Form zu geben, so daß es dem Leser erscheint, als handle es sich um etwas Abgeschlossenes? Selbst wenn man anmerkt, daß es Fragmente und Extrakte sind, erhält das Geschriebene doch plötzlich einen Werkcharakter. Ich muß auch denken an das, was Michel Leiris einmal sagte: in dem Augenblick, da man an die Veröffentlichung der eigenen autobiographischen Notizen denkt, hat man schon das Gift des Verfälschens gelegt. Müßte nicht doch eine entschiedene Trennung stattfinden zwischen dem, was man als Werk schreibt, und dem, was man für sich notiert?

NIZON: Diese Trennung mache ich natürlich sehr stark. Es

sind zwei Kategorien des Schreibens, und sehr lange Zeit wäre es mir nie in den Sinn gekommen, an eine Publikation dieser Aufzeichnungen zu denken. Nur war es so, daß diese Aufschreibungen eine derartige Lawine erzeugten, daß sie auch zu einem Ablagerungsproblem wurden. Vor allem bei meinen vielen Umzügen kam mir diese Zentnerlast von Aufgeschriebenem und nie wieder Gelesenem zu Gesicht. Von einem gewissen Punkt an begann ich darin wie in einer Hinterlassenschaft zu schmökern und fand dann auch vieles, das auf kommende oder in mir schlummernde Bücher hinwies, ich stieß auf Spuren. Mir wurde bewußt, daß ich zwei Gattungen eines Werks sichtbar in meinen Räumen berge, die bereits produzierten oder im Entstehen begriffenen *Bücher* und andererseits diese Notizen. Ich sagte mir, das ist die andere Seite meines Schreibens, die gehört auch geborgen und publiziert. Das Journal-Schreiben begann in den 6oer Jahren und umfaßt Tausende von Seiten; ich will dieses gesamte Journal herausgeben: in einer stark reduzierten Auswahl, so wie ich es in dem angesprochenen Band *Die Innenseite des Mantels* gemacht habe. Im übrigen führe ich das *Journal* weiter.

HEINRICHS: Nimmt Ihr Journal-Schreiben Valérysche Ausmaße an?

NIZON: Ja. Und dann muß ich noch sagen, warum ich außerdem an die Publikation dachte: Ich halte mich für einen Faulpelz und brauche so lange Entstehungszeiten für ein Buch; bei mir kann ein Buch viele Jahre dauern. Und das ist natürlich schrecklich. Vor allem, wenn man älter wird, denkt man, wo ist die ganze Zeit, wo ist das Leben hingekommen, was hast du mit deinen Tagen gemacht? Nun, das habe ich auch gemacht. Ein Teil meines Lebens steckt in den Notizen.

HEINRICHS: Aber vielleicht sollte man das Leben nicht am Werk messen. Es gibt übrigens einen ganz interessanten Fall: der Psychoanalytiker und Ethnologe Georges Devereux hat während seines ganzen Lebens einen Ordner mit den Fällen angelegt, die nicht in sein wissenschaftliches Werk paßten. Dieser Ordner der sogenannten abgelegten Fälle hat dann sein vielleicht wichtigstes Buch ergeben, *Angst und Methode in den Verhaltenswissenschaften*. Es ist die Summe seines ganzen Lebens und Werkes. Vielleicht steckt in Ihrem Journal die Summe Ihres Lebens und Werkes.

Wie anders erleben Sie sich beim Schreiben des Journals und eines Werks? Trägt nach Ihrer Erfahrung ein Buch schon seine ganze Existenzberechtigung in sich, während es geschrieben wird? Könnte man sagen, daß jedes einmal begonnene Buch beendet werden muß? Und meinen Sie das mit dem etwas militärisch klingenden Wort »Marschbefehl«, das Sie einmal in Ihrem Journal benutzen?

NIZON: Ich denke schon, daß das Publizieren zum Abnabelungsprozeß hinzugehört. Mit einem nicht-publizierten, begonnenen, über Jahre hinweg unter der Hand gehabten, nie abgeschlossenen Buch weiterzuleben, das dürfte in meinen Augen fast zu einer Vergiftung führen, weil die Sache sich ablösen muß. Man muß das Buch loswerden. Oder zerstören. Das andere, was zählt, hat in meiner Terminologie mit Motivation zu tun oder sagen wir, mit Berechtigung, etwas zu schreiben. Es gibt vielleicht andere Möglichkeiten, spielerischer Art, ein Buch zu beginnen, aber bei mir muß immer eine Art Notwendigkeitsdrang oder eine Notwendigkeitssituation vorliegen, damit ich überhaupt etwas beginne. Darum auch das lange Zuwarten, bis diese Notwendigkeit wirklich unabwendbar geworden ist. Und dann muß dieser

Kampf, ich liebe diese kriegerischen Terminologien (Soldat, Marsch usw.), warum weiß ich auch nicht, dann muß dieser Kampf auch ausgestanden werden bis zum Schluß. Gut, ich weiß, das ist dann sehr pathetisch, aber das gefällt mir auch.

HEINRICHS: Das Pathos hat ja auch eine Erkenntniskraft. Sie sprechen ganz in diesem Sinne von Ihrer Hoffnung, daß sich nach einer gewissen Anzahl von Büchern Ihr Territorium oder Imperium (was ja auch nicht weniger militärisch klingt) allmählich zu erkennen gebe. Sie müßten sich, da Sie ein Außenseiter und Abenteurer seien, Ihre Autorität erobern. Aber, so meine Frage, hat Schreiben wirklich mit Autorität zu tun oder nicht eher mit etwas »Wildem«, »Chaotischem«, »Konfusem«, vielleicht auch »Archaischem«, das man dann zügelt und in Bahnen lenkt? Taucht man nicht erst einmal in angstbesetzte Bereiche des noch Unerschlossenen und Unbenannten ein? Kehrt man geradezu, wie dies Marguerite Duras meint, in eine überindividuelle »Wildheit« zurück?

NIZON: So etwas wie ein Kaspar Hauser zu werden, der, als wäre er der einzige Mensch auf der Welt, sich zu artikulieren und zu konstituieren beginnt mit eigenen Worten und Sätzen, dies auch, um sich selber ansichtig zu werden. Das ist für mich ein Begriff, den ich mag, weil die gegebene Lebenskondition die der undurchdringlichsten Fremdheit wäre. Also ich bin mehr in diesen Metaphern zu Hause. In einer bedrohlichen Fremdheit, die immer wieder über mir zusammenschlägt und mich zu einem verlorenen und versprengten Glied macht, mit Worten sowohl eine Selbstfigur wie eine Welt oder ein Stückchen Raum herzustellen, der eine Zeitlang eine Bleibe wird, bevor diese ganze Fremdheit wieder in Kraft tritt.

HEINRICHS: Und das wäre dann das Gewinnen eines »Imperiums«?

NIZON: Das ist dann wieder etwas ganz anderes. Dieser Begriff kommt von außen und benennt eine Außenansicht. Zu der Außenansicht dessen, was man macht oder gemacht hat, wird man dadurch gezwungen, daß man, ob man will oder nicht, zum Literaturbetrieb gehört. Wenn man, wie ich mir einbilde, unterwegs ist auf einer Expedition, also auf einer Forschungsreise in etwas Unbekanntes hinein, und die Ableger oder die Resultate dieser Forschungsreise vorlegt und lange Zeit Unverständnis, zumindest zu wenig Verständnis zurückbekommt, dann treten einesteils natürlich Zweifel auf und anderenteils ein Unmut, warum ist diese von mir erschaffene Landschaft oder Welt für die anderen nicht sichtbar?

Und dann denkt man, wenn noch mehr dazukommt, wird das Ganze sich verschränken zu einer Werk-Kette. Die Schöpfung schließt ja in sich, daß das Produkt dieser Schöpfung etwas ist, was es nie gegeben hat. Schöpfung ist immer auch Neuschöpfung, wenn sie gelingt. Insofern muß man als Schriftsteller, wenn man derartig involviert ist in seine Expedition, glauben, daß man der bisherigen Schöpfung etwas Neues, einen Annex der Schöpfung, hinzugefügt hat, etwas, was unauflöslich, in sich dicht und im Grunde unsterblich ist. Kunst. Wobei mir, wenn ich dieses Wort sage, natürlich gleichzeitig auch bewußt ist, daß die Lebensdauer von Büchern in heutiger Zeit natürlich an sich eine sehr fragwürdige ist. Trotzdem muß man daran glauben, daß man dem Ding Leben gegeben hat, und künstlerisches Leben ist ewiges Leben. Es kann natürlich negiert werden, aber in sich ist es ewiges Leben. Und wenn man außerdem im Rückblick sieht, daß das ganze Werk eine Entwicklung und einen Expeditionscharakter aufweist, dann möchte man es auch als Territorium sowohl selber sehen wie anerkannt sehen. Vielleicht ist in diesem Ausdruck von Autorität eine Spur Machtanspruch.

HEINRICHS: Aber ist es nicht eine große Illusion des Künstlers, wenn er glaubt, daß sein Wunsch nach Abschluß oder gar Vollendung eines Werkes kompatibel zu machen sei mit dem, was die anderen, vor allem die Kritiker wollen, die doch ganz andere Erwartungen an das Werk haben? Sie wollen letztlich das Werk immer als einzelnes wahrnehmen und es entweder gutheißen oder schlimmstenfalls verreißen, also vernichten. Die Perspektive, die Sie andeuten, ist, glaube ich, letztlich die des Produzierenden, die des Künstlers, der einer Vollendung und einer Abrundung entgegenstrebt. Ich glaube, daß das nie zusammenzubringen ist. Im Gegenteil, die Kritiker werden oft gerade dann skeptisch, wenn sich für den Produzierenden selbst etwas vollendet und abschließt. Es sei denn, sie haben selbst eingehende Erfahrung mit dem Schreiben eines literarischen Werks.

Was ich in diesem Zusammenhang gerne wissen möchte: Sie haben schon darauf angesprochen, daß Sie notwendigerweise an dem Sie umgebenden Kulturbetrieb in irgendeiner Weise teilhaben. Wie ist das mit der Sie umgebenden sozialen und politischen Wirklichkeit? Wie schlägt sich die in Ihrem Werk nieder? Und haben Sie die Hoffnung – oder spielt das für Sie keine Rolle –, daß Ihr Werk sich wieder auswirkt auf das politische und kulturelle Bewußtsein der Menschen?

NIZON: Das spielt für mich nur eine sehr geringe Rolle. Ich habe nie politische Gegenstände in meine Schreibthematiken eindringen lassen. Die politische Problematik strahlt höchstens reaktiv aus meinen Büchern ab. Natürlich bin ich ein von dem politischen Geschehen betroffenes Wesen. Ich könnte nicht sagen, ich interessiere mich nicht dafür. Es könnte also, wenn man wollte, in Form einer, sagen wir, Erleidensartikulation herausgezogen werden, aber politische Gegenstände habe ich nie in meine Arbeit aufgenommen.

HEINRICHS: Also Literatur als ein spezifischer Umgang mit der Sprache, mit den Wörtern, den Sätzen und ihrer Komposition. Sie sprechen einmal von einer »Vergegenwärtigungsmacht« des Wortes. Könnten Sie diese Macht näher beschreiben?

NIZON: Ja, es geht natürlich noch viel weiter. Meine Hoffnung oder meine tiefste Überzeugung ist, daß die Wirklichkeit überhaupt nur im Wort zustande kommt. Für mich ist es so: was nicht Sprache geworden ist, existiert so gut wie überhaupt nicht. Das ist ein Axiom, das war bei mir schon von Anfang an da. Ein Impuls des Schreibens ist für mich die Wirklichkeitserschaffung, die Wirklichkeitsherstellung, mit allen Energien des Sprachlichen. Und das hat natürlich auch auf einer anderen Ebene mit der Auflehnung zu tun: Nicht als Objekt durch die einem gegebene Zeit geschubst zu werden, das heißt also praktisch in einem plombierten Abteil oder mit einer Augenbinde, sondern mit dem rebellischen Anspruch, ein Subjekt zu sein, mit einem Bewußtsein ausgestattet, diese Strecke zu absolvieren.

Dieses Subjektwerden oder Bewußtwerden ist für mich nur mit den sprachlichen Energien zu erreichen. Und ich glaube, das ist auch das, was dann überspringt auf den Leser: diese Verlebendigung und Erleuchtung, im Grunde genommen geht es viel weiter bei mir in meiner Terminologie. Es ist nicht nur die Verlebendigung des Autors selber beim Schreiben und des Lesers beim Lesen des Geschriebenen, sondern es ist eine absolute Erleuchtung in den glücklichsten Fällen, so als hätte das Schreiben Anschluß bekommen an das göttliche Wort, wobei ich nicht religiös bin. Aber ich habe das Gefühl, daß meine ganze Maschine, meine ganze Lebensmaschine, die eigentlich nur daraufhin ausgerichtet ist, es und mich in Sätze zu überführen, letztlich diesen Erleuchtungswunsch in sich trägt, der auch, anders gesagt, ein Zustand ist zum Leben, zum Sehen und zum Dasein zu kommen.

Damit sind wir wieder am Anfang, als Sie von Therapie sprachen, aber das ist natürlich ein viel wilderer Wunsch, als es die Therapie ist. Ein normaler, ein angepaßter Mensch würde doch gar nicht mit Schreiben anfangen, Schreiben kann man ja nur aus einem Übermaß oder einem kardinalen Defekt heraus. Auch ein glücklicher Mensch würde doch nie schreiben wollen oder müssen. Also am Anfang ist der Defekt oder das Querstehen oder das Ausgestoßensein und nie das harmonische Aufgehen in einer Welt oder Gesellschaft oder Umgebung.

HEINRICHS: Schön, daß Sie ohne große Verrenkungen vom Verlebendigungs- und auch Erleuchtungswunsch des Autors gesprochen haben, ohne sich für das darin mitschwingende Pathos zu entschuldigen, was ja die meisten tun. Den vielleicht schönsten Ausdruck findet dieser pathetische Erleuchtungsgedanke im schöpferischen Werk zu Beginn des 20. Jahrhunderts durch Saint-Pol-Roux.

Lassen Sie uns zu dem jetzt erörterten Prozeß des Schreibens (ein Prozeß, der entweder auf ein Werk hinzielt oder sich mit der Form des Journals begnügt) noch das Element des Schweigens hinzunehmen, das ja in enger Beziehung zu der von uns bereits angesprochenen Einsamkeit beim Schreiben steht. Läßt sich Schreiben auch, wie dies Marguerite Duras tut, als ein »lautloses Schreien« begreifen? Das Schweigen liegt ja nicht außerhalb des Werks, sondern konstituiert es mit.

NIZON: Ja natürlich, mit dieser Erfahrung kann ich viel anfangen, ich überlege mir jetzt nur, auf welcher Ebene ich das beantworten könnte. Also zum Beispiel, daß das Schweigen, das Ausgeschwiegene sagen wir, und die Stille ebenso Transportmittel in der Schreibstruktur sind wie die Wortkaskaden, das ist mir natürlich vollkommen vertraut. Also: Ich arbeite auch mit Stille und Verschweigungen, und das hat natürlich auch damit zu tun, daß soundso viel Schreiben nur eine Maßnahme ist, um soundso viel Unterschwelliges, nämlich Nicht-Sagbares, wenigstens auszusparen und als Ausgespartes mitzutransportieren, unten, unter den Sätzen oder auch als ein Gemurmel oder auch als etwas, wo der Faden abreißt und die Stille zu schwellen beginnt. Das ist mir sogar im Schreibakt selber bewußt.

HEINRICHS: Ich möchte noch einen Begriff in unser Gespräch einbringen, der von Michel Leiris stammt, »das Heilige im Alltagsleben«. Er meint damit bestimmte Gegenstände und Räume der Kindheit, die eine imaginäre Bedeutung angenommen haben, eine Bedeutung, die weit über die Materialität der Gegenstände und der Räume hinausgeht. In diesem Sinne, sagt er, nehmen die Dinge und die Räume eine Magie und eine mythische Aura an. Und Leiris erinnert sich an Situationen seiner Kindheit, die in ihm den Wunsch stark machten, gegen die empfundene Ohnmacht gegenüber der Welt das eigene Wort zu setzen. Als ihm beim Spielen ein Zinnsoldat fast zerbricht, ruft er »reusement« aus statt »heureusement« (glücklicherweise). Seine Mutter verbessert ihn daraufhin und bringt ihm bei, man sage heureusement statt reusement – was ihm viel direkter und lautlich unmittelbarer vorkam und viel mehr der Situation entsprach. In diesem Augenblick habe er den Wunsch verspürt, Dichter zu werden, um dem feststehenden Ordnungs- und Regelsystem etwas Eigenes entgegenzusetzen. Ich habe vor ein paar Tagen auch Georges-Arthur Goldschmidt gefragt: Gibt es für Sie ähnliche Erlebnisse und Erfahrungen, die vielleicht am Urgrund Ihres Schreibwunsches stehen?

NIZON: Das führt für mich irgendwo auch zu dem Terminus der Reparatur, und wenn ich Reparatur sage, ist natürlich gleich auch von der frühen Beschädigung die Rede. Ich glaube, bei mir war es so, daß in einem sehr, sehr frühen Alter, also im frühen Schulbeginn, durch verschiedene Umstände so etwas stattgefunden hat wie die Ausstoßung aus dem Paradies. Und diese Ausstoßung war derartig schmerzhaft, daß von dorther dann gleich die Erfindung einer Gegenwelt begann, die u. a. ganz konkrete Formen annahm in dem Sinne, daß ich mir als kleiner Junge eine Art paradiesische Gegend auch realiter erobert habe, die in fremden Gärten lag, in die ich einbrach. Und diese fremden Gärten waren ein Eigenraum *vor* der Beschädigung, ein Raum, den ich mir immer wieder hergestellt habe und der dann auch in den Büchern immer wieder kommt, auch wenn es mich ärgert, plötzlich ist es wieder da.

HEINRICHS: Die »Gärten der Kindheit«, das erinnert mich auch an einen Topos von Léopold Sédar Senghor. Das ist vielleicht schon ein wichtiger Zugang zu dem, was Leiris mit dem »Heiligen im Alltagsleben« meint.

NIZON: Ja, bei dem »Heiligen im Alltagsleben« meldet sich bei mir wiederum sehr viel Zuspruch, weil ich ja die einzige Größe, die ich als die alles enthaltende überhaupt ins Auge fasse, nur mit dem Wort »Alltag« abdecken kann. Der Alltag, das Alltagsgetümmel als Vorstellung der Totalität, die einen wie ein Strom umgibt und einen Anschluß gibt nicht nur an das Geschehen, sondern an das tiefste Geheimnis des Geschehens, wo alles durchgespült wird, was je war und je sein wird, in jeder Dimension, auch an Gedächtnis. Und der Alltag ist für mich diese Summe von wilden Partikeln, dieses Gewühle, das ist für mich wirklich das Heiligste, und das ist auch mit ein Grund dafür, warum ich so unglaublich tiefe Bedürfnisse habe, Geschichten abzulehnen, irgendwelche Konstruktionen oder auch Mitteilungen oder auf messianische Gebilde hinauslaufende, belehrende Erzeugnisse. Sondern die einzige Vorstellung des Reichtums, der Erfüllung, des nie Erreichbaren, Schönsten und Ganzen ist für mich das Bild des Alltags.

HEINRICHS: Ich erinnere mich an eine Notiz von Ihnen, daß Sie an Henry Miller vor allem diesen Mischmasch aus Konfession, Blindschreiben, Automatismus, Tiefenforschung und Fabulieren mögen. Vielleicht ist dies auch das, was Sie am Alltag interessiert, dieses Nichtgreifbare und Vermischte?

NIZON: Ja und auch das Anarchische und das noch vor aller Abfüllung Stehende und in dem Sinne auch das Jungfräuliche, das Versprechende, das riesigste Lebensversprechen, das jeden Tag wieder auftauchen kann, auch aus der tiefsten Depression oder Vernichtung, ist dieses Gemenge, was eigentlich nur mit dem Begriff »Alltag«, also mehr oder weniger, natürlich nicht zu charakterisieren, sondern zu verschweigen ist.

HEINRICHS: Marguerite Duras unterscheidet Bücher, die im Leser fortwirken, in denen sich auch ein Schweigen ausbreite, von solchen, die ohne wirklichen Autor seien, in denen der Schriftsteller sein eigener Polizist werde, die also konform sind. Welche Erfahrungen machen Sie beim Schreiben? Gibt es auch eine Verlockung zum Konformismus? Ist man immer frei, immer Außenseiter? Sie sagen ja einmal, Sie seien »ein Außenseiter wesentlich«.

NIZON: Sie meinen zum Konformismus?

HEINRICHS: Ja. Gibt es nicht doch auch im Schreiben den Wunsch der Anpassung? In dem Sinne, daß man sich zeitweise den vorgefundenen Formen anpaßt, daß man nicht in jedem Augenblick der Erfinder einer Form ist, die einem vollkommen selbst entspricht. Kann man sich ständig an der Peripherie aufhalten und unablässig an einem eigenen Entwurf von Welt arbeiten, auch in dem Sinne, in dem Sie vorhin in diesem schönen Sinn pathetisch von »Erleuchtung« und »Erschaffung von Welt« sprachen? Kann man in jedem Augenblick als Schreibender ein Außenseiter sein?

NIZON: Natürlich kann man das nicht in jedem Augenblick sein. Aber ich verstehe trotzdem nicht das Wort Anpassung. Woran sollte man sich denn anpassen, an irgendwelche bestehenden Gebilde, Formvorstellungen? Oder meinen Sie Anpassung im gesellschaftlichen Sinne?

HEINRICHS: Oder sei es nur die Anpassung an den Stil, den man in dem vorangegangenen Buch gefunden hat, in der Art, Welt beschrieben zu haben.

NIZON: Also bei mir ist es wirklich so, das ist auch eine Erfahrung, die ich eben jetzt mache, wo ich die wichtigsten Bücher alle durchlesen muß, weil jetzt eine Werkausgabe kommt und ich feststellen kann, daß ich mit jedem Buch etwas einigermaßen Neues gewagt habe oder es jedenfalls versucht habe. Ich meine, es war nicht ein Vorhaben, ich wollte es nicht unbedingt und schon gar nicht aus Originalitätsgründen. Es war – im Sinne dieser Recherche oder dieser Expedition – eine Aufgabenstellung, die bei jedem Buch eine neue wurde. Und natürlich profitierte ich von Instrumentarien, die ich im vorhergehenden Buch entwickelt hatte. Aber ich habe nie eine Ausschlachtung von etwas Erreichtem vorgenommen wie Leute, die seriell arbeiten. Wenn sie einmal ein Produkt haben, dann wird das in einer großen Menge hergestellt und ausgeschlachtet, das hat natürlich mit dem Markt zu tun. Und bei den Schriftstellern gibt es das ja auch, die haben dann mal einen Dreh oder eine Marke, einen Markenartikel gefunden und der wird dann ausgebeutet. So etwas ist bei mir nicht denkbar und auch nie gewesen. Bei jedem Buch ist bei mir der Köder so angelegt, daß ich auf etwas Neues stoße und das dann zwangsläufig auch zu einer neuen Vorranggebung kommt.

HEINRICHS: Marguerite Duras meint, in jedem Buch gebe es eine schwierige, nicht zu umgehende Stelle. Und der Schriftsteller müsse sich entschließen, diesen Fehler im Buch zu belassen, damit es ein wahres Buch bleibe. Stimmt das? Und wie ist das für Sie, lassen Sie andere an Ihrem Schreibprozeß teilhaben, oder ist es für Sie wie für Duras so, daß die geringste Einmischung, die geringste vermeintlich objektive Stellungnahme, alles an dem im Entstehen begriffenen Buch ausgelöscht hätte?

Nizon: Ja, ich kann mir auch keine Einmischung von außen, eine Aufdeckung der Karten vorstellen. Die Entstehungsprozesse sind ja, wenn sie mit Schöpfung zu tun haben, derart geheimnisvolle und delikate Prozesse, die eines unglaublichen Schutzes bedürfen. Es ist auch so bei einem Buch und das ist eine andere Erfahrung, daß ich, wenn ich wirklich an einem Buch bin, das Gefühl habe, daß ich etwas an Land ziehe, etwas Vorgeburtliches. Wenn ich wirklich ernsthaft und entsprechend motiviert an einem Fischzug bin, dann habe ich von einem gewissen Punkt an das Gefühl, daß ich dieses Lebewesen in seiner ersten Artikulation oder auch in seinen ersten Pulsierungen kennenlerne. Und dann geht es darum, es möglichst ganz an Land zu ziehen und nicht verstümmelt und vor allem nicht als Totgeburt. Und darum braucht es viel Schutz. Wenn nach der langen Inkubationszeit oder dem Bebrüten die Gangart und die Tonart gefunden worden sind, so daß das Ding in den ersten Passagen sprachlich zu funktionieren beginnt, dann nehme ich diese Passagen auf Tonband auf und spiele sie mir vor. Das ist eine Technik, die mir erlaubt, mich nicht selber lesen zu müssen, weil ich Schwierigkeiten habe, mich selber zu lesen, ich habe dann immer das Bedürfnis, wegzulaufen. Hingegen, wenn ich mich hören und im Raum herumlaufen kann usw., dann geht das viel schneller, und ich merke dann auch gleich, ob das Ding lebendig ist, ob die Gangart stimmt usw., oder ob es eine Täuschung war, was natürlich auch vorkommt. Aber meistens beginnt es, wenn ich so weit bin, auch schon wirklich lebendig zu sein. Und dann kann es geschehen, daß ich einem Besucher etwas vorspiele. Es geht mir in solchem Fall weniger um Zuspruch oder Ablehnung, es ist ein Test. Dadurch, daß ein Fremder mithört, reagiere ich noch kritischer auf meinen Text. Ich merke dann sofort, ob sich das Geschriebene behauptet. Dadurch ist der Schutzmantel nicht aufgegeben. Und das mache ich ja erst, wenn schon soundso viel vorliegt.

HEINRICHS: Und noch einmal nachgefragt, gibt es auch für Sie in jedem Buch eine schwierige, nicht zu umgehende Stelle, die man im Buch belassen müsse?

NIZON: Nicht eine Stelle, sondern Stellen, die, sagen wir, wie etwa bei Cézanne-Bildern, einfach weiße Flecken bleiben mehr oder weniger, die nicht zu bewältigen waren, und dann beläßt man sie in dieser Form, ohne zu schmieren. Also bei den Entstehungsprozessen meiner Bücher ist es oft so, daß an einem bestimmten Punkt sich alles auf eine Katastrophe zuspitzt und ich eigentlich geneigt wäre zu kapitulieren und mir zu sagen, es ist gestorben. Aber das gehört eigentlich schon zu den Produktionsbedingungen. Es kann dann sein, daß ich bis zu einem Jahr, oder vielleicht sogar noch länger, aufhören muß, wobei ich das Gefühl habe, daß das Buch wirklich gestorben ist. Aber es ist nicht gestorben. Wenn man die Kraft oder die Geduld oder ich weiß nicht was oder die Kühnheit oder den Glauben oder den Wahnsinn hat, das zu akzeptieren und trotzdem zu hoffen, daß es nicht gestorben ist, dann geht es meistens weiter. Ein gestorbenes Buch, das wäre vermutlich eine Lebenskatastrophe. Was würde man mit diesem, ich weiß nicht, wie man sagen soll, mit diesem ungeborenen Ding anfangen. Das würde einen ja vergiften. Ich weiß es nicht.

HEINRICHS: Das führt mich zu meiner letzten Frage. Sie notieren einmal, Sie möchten über nichts Bestimmtes schreiben, und das heiße, über alles zu schreiben. Sie sprechen auch von einem Endlos-Schreiben: die Wirklichkeit wie einen Strom darzustellen oder gleich einem Film in Worten; Wortwege, Wortkolonnen, Wortkaskaden abzuzweigen. Und dies stehe im Gegensatz zum Geschichtenerzählen. Darf ich Sie bitten, dies zu erläutern, verbunden auch mit der Frage, ob Sie dieses Endlos-Schreiben als etwas Freies oder als einen Zwang erfahren. Ich darf dazu noch einmal Marguerite Duras zitieren: »Es gibt einen Schreib-Wahn in einem selbst, einen Schreib-Wahnsinn, aber deswegen ist man nicht wahnsinnig, im Gegenteil. Das Schreiben ist das Unbekannte, bevor man schreibt, weiß man nichts von dem, was man schreiben wird, und zwar in aller Klarheit. Es ist das Unbekannte von einem selbst, vom eigenen Kopf, vom eigenen Körper.«

NIZON: Das stimmt absolut. Das kenne ich auch, das Abenteuerliche und auch das Beängstigende beim Schreiben. Ich habe manchmal auch gedacht, wenn ich mich an ein Buch wirklich heranwage, dann ist das ungefähr so wie einer, der einen Vertrag für die Fremdenlegion unterschreibt oder etwas noch Schrecklicheres. Man weiß nicht, was alles auf einen zukommt; nur in seltenen Momenten erfährt man heitere oder glückliche Zustände, etwa wenn man wirklich fündig wird. Das Glücklichsein beim Schreiben, das kenne ich nur selten, etwa wenn ich blind schreibe und wenn etwas so rausrutscht, von dem man zuerst dachte, ach, das kann ja gar nicht sein, und dann wartet man ein paar Tage und plötzlich merkt man, daß es etwas ist. Aber das andere, das Endlos-Schreiben, das ist wieder ein Synonym für dieses Alltagsgebilde, für den Alltag, der die Summe oder das Kontinuum von allem ist, daß man es gar nie in Worte bringen kann. Man kann nur Entlangschreiben oder Aussparen oder eben mit großen Aufwänden verschweigen. Das andere

wäre für mich das Abfüllen in irgendwelche übersicht-
lichen, einfachen Gebilde. Das ist für mich eine Horrorvor-
stellung. Ein weiterer Aspekt ist dieses Anschluß-Haben an
einen riesigen Lauf oder an einen riesigen Atem, der einen
nie einsichtig werden läßt, was es eigentlich ist, was dahinter ist, auch was das Leben ist, wohin es hinauslaufen sollte,
woher man kommt, aber an dem man entlangschreiben
kann. Und das ist etwas, was immer ohne Anfang und ohne
Ende ist, das ist meine Vorstellung des Schreibens. Und
darum habe ich auch so fürchterliche Phobien vor dem
Buchschreiben. Für mich ist das eigentlich ein Unding an
sich, das Buch, das dann wirklich eingefangene Insekt, in
einem eingegossenen Glas. Für mich ist die Vorstellung der
Freiheit eben dieser riesige Lauf, der immer weitergeht, um
den sich niemand zu kümmern braucht, in den sich die anderen einmengen können, anstecken lassen, es wieder aufgeben können, etwas völlig Autonomes, wie ein riesiges
Geräusch. Und natürlich habe ich dazu auch schon das Bild
gefunden. Im Grunde sind diese ganzen Buchanstrengungen,
die ich mache, irgendwie auch die Särge von nicht Ge-
schriebenem und von Dingen, die ich nie schreiben kann,
weil ich zu schwach bin, weil ich zu klein bin, weil ich zu blöd
bin. Und sie sind aber auch der nie endende Traum.

Nathalie Sarraute

wurde 1900 in Rußland geboren. Sie lebte als freie Schriftstellerin bis
zu ihrem Tod, 1999, in Paris. Sie gilt als eine der herausragendsten
Dichter des 20. Jahrhunderts.
Ihr Gesamtwerk wurde 1996 in der Pléiade-Ausgabe (Gallimard) publiziert. Auf Deutsch liegt ihr Werk bei Kiepenheuer und Witsch vor,
zuletzt *aufmachen* (2000).

NATHALIE SARRAUTE

Ich bin kein Schriftsteller geworden,
es kam von allein

Nathalie Sarraute
Œuvres complètes

Pour Hans-Jürgen
'Heinrichs,
que je suis heureuse
d'avoir rencontré.
Avec beaucoup de
sympathie, d'amitié!
Nathalie Sarraute

le 12 janvier 1974

Cher Monsieur,

En ce qui concerne les auteurs allemands, je n'ai, hélas, pas grand'chose à dire, car j'ai de moins en moins le temps de lire et je connais très mal les nouveaux écrivains étrangers. C'est à peine si j'arrive à lire les livres de mes amis!

Mais j'espère bien que vous viendrez quand même me voir.

Nathalie Sarraute

12. Januar 1974

Cher Monsieur,
[…]
Was die deutschen Autoren betrifft, so habe ich, leider, nicht viel darüber zu sagen, da ich immer weniger Zeit zum Lesen habe, und ich kenne die neuen ausländischen Schriftsteller sehr schlecht. Kaum daß ich dazu komme, die Bücher meiner Freunde zu lesen!
Aber ich hoffe sehr, daß Sie mich trotzdem besuchen kommen. […]
Nathalie Sarraute

Die äußeren Umstände waren ungewöhnlich, um nicht zu sagen: abenteuerlich.

Ich hatte Nathalie Sarraute einige Male – auch vermittelt über ihre Übersetzerin Erika Tophoven, mit der sie in regelmäßigem Kontakt stand – um ein Gespräch gebeten. Sie zögerte. Sie wollte das nicht mehr. Was sie zu sagen hatte, stand in ihren Texten, und die waren ohnehin, trotz ihrer »Gesprächigkeit«, eher wortkarg; litaneihaft in den Wiederholungen. Wozu das Geschriebene kommentieren oder gar erklären?

Dann schickte ich ihr meinen ersten Roman, weil ich mich ihr als Schriftsteller vorstellen wollte, und hoffte, ihr könnte gefallen, wie ich schreibe.

Sie signalisierte Interesse an einem Gespräch. Leider platzte unser Termin, weil sie hingefallen war und nicht mehr gehen konnte. Sie vertröstete mich auf später.

Irgendwann meldete ich mich wieder und sagte, meine Zeit in Paris gehe jetzt zu Ende. Sie stimmte einem Treffen zu.

An einem sehr heißen Sommertag fuhr ich mit der Metro ganz in die Nähe ihres Hauses im 16. Arrondissement. Begleitet wurde ich von dem Freund, Schriftsteller und Übersetzer Martin Ziegler, mit dem ich das Gespräch vorbereitete. Trotzdem wußte ich, daß ein solcher Dialog wenig steuerbar ist.

Erika Tophoven ist schon da. Sie öffnet mir. Und führt mich ins Wohnzimmer. Nathalie Sarraute liegt auf einer Couch. Ich gehe auf sie zu, reiche ihr die Hand, halte sie etwas länger, als es vielleicht bei einer ersten Begegnung üblich ist.

Sie richtet sich ganz leicht auf und schaut mir in die Augen. Auch etwas länger, als zu erwarten gewesen wäre.

Mir fiel es plötzlich leicht, zu ihr zu sprechen. Ich sagte:

Sie sehen meiner Mutter so ähnlich. Sie war genauso zart, ja zerbrechlich wie Sie. Sie ist vor ein paar Jahren gestorben. Ich hatte eine sehr intensive Beziehung zu ihr.

Wenn ich mich richtig erinnere, hielt Nathalie Sarraute während der ganzen Zeit ihren Blick unverwandt auf mich gerichtet.

Ich habe, während ich sprach, wenig auf die richtige Grammatik und ein gewähltes Vokabular geachtet, sondern einfach nur von mir zu ihr gesprochen.

Das gab dem Gespräch wahrscheinlich die ungewöhnliche Freiheit und Offenheit. Die Identifikation ihrer Person mit meiner Mutter hatte mir das ermöglicht. Und sie? Sie mochte es, liebevoll und emotional angesprochen worden zu sein. So konnte sie sich zu mir wie zu einem Schreibenden und wie zu einem Sohn verhalten.

Da Nathalie Sarraute so leise sprach, daß wir sie kaum verstanden, rückten wir mit dem Mikrofon immer näher an sie heran, bis wir uns beinahe berührten. Nach zwanzig Minuten war sie erschöpft und bat gestisch darum, das Gespräch so bald wie möglich zu beenden.

Ich stoppte das Band und spulte es probehalber ein Stück weit zurück, um die technische Qualität zu überprüfen.

Es war nichts zu hören!! Ich hatte den Stecker des Mikrofons nicht fest genug in die Buchse gesteckt. Statt des Gesprächs vernahm man nur ein Rauschen.

Als Nathalie Sarraute mein Entsetzen bemerkte, sagte sie: Dann machen wir es noch einmal!

Ein paar Wochen nach unserem Gespräch ist Nathalie Sarraute gestorben.

Ich bleibe ihr und meinen Begleitern immer verbunden.

HANS-JÜRGEN HEINRICHS: Nathalie Sarraute, ich habe heute in einem Text von Philippe Sollers diesen bemerkenswerten Satz gelesen: »Freud war kein Freudianer, Marx kein Marxist, Bataille war kein Batailleaner. Was interessant ist, sind diese Augenblicke in der Erfahrung.« Könnte man sagen, daß Nathalie Sarraute keine Sarrauteanerin war, daß das, was interessant ist, die Erfahrung ist, jeden Tag erneuert, ein gewisser Rhythmus, eine kleine Variation dessen, was man gesagt, was man schon ausgedrückt hat?

NATHALIE SARRAUTE: Ich habe den Eindruck, daß ich jedesmal auf eine noch nicht ausgedrückte Empfindung stoße, immer, darin besteht meine Arbeit.

HEINRICHS: Als ich jetzt Ihr Werk wieder las, in der Pléiade-Ausgabe, ist mir aufgefallen, wie stark Ihr Schreiben gleichzeitig einzigartig ist und auch teilhat an der Literatur des 20. Jahrhunderts, an den avanciertesten Ideen, die dieses Jahrhundert bestimmen. Ich möchte gerne noch auf diesen Punkt im Verlauf unseres Gespräches zurückkommen. Lassen Sie mich zu Anfang fragen, wie sind Sie Schriftsteller geworden, und ich möchte diese Frage stellen, auch wenn ich weiß, daß Sie der Beziehung zwischen Leben und Werk keine große Bedeutung zumessen.

SARRAUTE: Ich bin es niemals geworden. Niemals habe ich gedacht, ich bin ein Schriftsteller, ich möchte ein Schriftsteller sein. Es kam von allein. Ich mochte es zu arbeiten, selbst die Schulaufgaben in Französisch, ich mochte es, mit der Sprache zu arbeiten, mit dem Text, es machte mir Spaß. Es kam von allein. Ich hielt mich nicht für einen Schriftsteller. Das war kein Beruf. Das ist kein Gewerbe.

HEINRICHS: Es ist ja ganz offensichtlich, welch große Bedeutung die Werke von Proust, von Joyce und Virginia Woolf in Ihrer Arbeit gespielt haben.

SARRAUTE: O ja, das ganz bestimmt. Bücher wie *Mrs. Dalloway.* Das Werk Prousts, das ich 1924 entdeckt habe, gab mir Lust, mich auszudrücken, zu schreiben.

HEINRICHS: Aber in Ihrer Entwicklung zu Ihrem *eigenen* Schreiben hin, gab es da nicht doch auch eine besondere Situation, ein ungewöhnliches Ereignis, das Sie auf Ihre Art zu schreiben vorbereitet und darauf hingeführt hat?

SARRAUTE: Das glaube ich nicht. Ich glaube es nicht. Ich bin zufällig auf ihre Werke gestoßen.

HEINRICHS: Könnte man von einer individuellen Instanz im Schriftsteller sprechen, die die Kontinuität eines Werkes garantiert?

SARRAUTE: Ja doch. Die Kontinuität eines Werkes gibt es. Das ist nicht rein literarisch. Das ist kein Formalismus. Überhaupt nicht. Es ist das Bedürfnis, etwas auszudrücken, von dem man sich vorstellt, daß es noch nicht in Worte gefaßt wurde.

HEINRICHS: Gibt es eine Art Rückwirkung vom Werk auf das Leben, in dem Sinne, daß das literarische Schreiben das Leben vervielfältigt, oder handelt es sich nur um eine rein literarische Struktur?

SARRAUTE: Oh, das glaube ich nicht. Das glaube ich nicht. Es ist eine Arbeit, eine sehr harte Arbeit. Aber vielleicht wäre das Leben ohne diese ärmer, bestimmt. Ja. Ich weiß nicht.

HEINRICHS: Gibt es für jeden Schriftsteller oder Künstler eine ganz eigene Quelle der Inspiration, wo sich Leben und Werk oft unerkennbar miteinander vermischen?

SARRAUTE: Bestimmt. Nichts von dem, was im Werk war, wurde aus dem Leben genommen, aus erfahrenen Empfindungen, aus Gefühlen. Bestimmt. Es gibt Augenblicke, Lebensstücke, die eingelagert sind.

HEINRICHS: Sollten wir den Autor eher als *créateur* oder mehr als Durchgangsort von Ideen, als Medium betrachten?

SARRAUTE: Ah, er ist sein Schöpfer. Er, ja. Mittler, insofern er alle Leser erreicht, aber er ist der Schöpfer davon. Ohne ihn hätte es das nicht gegeben.

HEINRICHS: Folgt der Schriftsteller der Sprache, dem »Es spricht«? Ist er mehr Medium oder mehr Urheber? Sie sprechen ja auch selbst von den Rhythmen und einem »inneren Murmeln«, dem Sie folgen. Ist es immer so gewesen, daß Sie während des Schreibens das laut gesagt haben, was Sie gerade schrieben?

SARRAUTE: Ja, ich *spreche* immer alle Texte, ich bearbeite sie, indem ich sie laut vorlese. Ich mache das auch mit den Texten der anderen.

HEINRICHS: Es gibt im Deutschen den Ausdruck »mit links schreiben«, etwas schreibt sich gleichsam von alleine. Ich möchte gerne wissen, ob es für Sie auch manchmal diese Augenblicke der Einfachheit gab, auch wenn Sie sehr streng Ihre Texte gearbeitet haben.

SARRAUTE: Keine Leichtigkeit. Es war immer hart, hart, schwierig. Wie dem auch sei, wenn es so etwas gegeben hat, dann erinnere ich mich nicht daran. Es ist immer sehr, sehr, sehr hart und schwierig und enttäuschend für mich. Es war nie genau das, was ich wollte.

HEINRICHS: Vor einigen Tagen sah ich eine Sendung über Musik und große Pianisten, von denen einige in der Nachfolge von Franz Liszt ihrer Überzeugung Ausdruck verliehen haben, daß es die Musik ist, die bestimmt, und daß es notwendig sei, von der Musik sich vollständig erfüllen zu lassen, damit der Körper spielen und die Energie vom Herzen über die Hände in das Klavier fließen kann. Gilt dies nur für den Interpreten oder auch für den Schöpfer eines Werkes?

SARRAUTE: Ich glaube für den Schaffenden. Ich glaube.

HEINRICHS: Glauben Sie an die Bedeutung der Körpersprache für einen Schriftsteller?

SARRAUTE: Ich weiß nicht. Ich weiß nicht.

HEINRICHS: Nathalie Sarraute, Ihre Vorliebe für das Schreiben im Bistro, im Kaffeehaus ist bekannt, umgeben von einer anonymen Masse und einem Reden, das Sie schützend umgibt. Sind Sie ein Schriftsteller, der jeden Tag schreibt und dies zu festgesetzten Zeiten tut?

SARRAUTE: Ich hatte immer einen genauen Zeitplan. Immer. Von zehn Uhr morgens bis Mittag, ungefähr. Nicht am Nachmittag. Was mir wichtig ist, schreibe ich im Café. Dort fühle ich mich wohl. Denn ich habe den Eindruck, ganz allein zu sein, weit weg von den mir Nahestehenden, ohne irgendein Geräusch wahrzunehmen, das mich betrifft. Hier empfinde ich nicht die Einsamkeit, die manchmal so groß wird, wenn ich allein in einem Zimmer eingeschlossen bin, inmitten der Bücher. Ich habe Angst, mit dem Schreiben anzufangen. Deswegen will ich mich irgendwie ablenken, indem ich einen verlorengegangenen Brief suche oder ein Buch. In einem Café hingegen empfinde ich dieses angenehme Gefühl, auf Reisen zu sein, in Kulturen, deren Sprachen ich nicht kenne. Nur ein Wirrwarr von Stimmen, und gleichzeitig doch auch eine große Einsamkeit. Ich setze mich stets an denselben Tisch, den ich dann nicht einfach verlassen kann. Ich bin gezwungen zu arbeiten, ohne daß mich irgend etwas ablenkt.

HEINRICHS: Heißt Schreiben, die Sprache in ihrem tiefsten Grund zu erkennen, zum ursprünglichen Sinn der Wörter zurückzufinden, in dem Sinne, in dem man bei Hölderlin von einer »Wiedereinsetzung der Wörter in ihre ursprüngliche Bedeutung« gesprochen hat? Selbst wenn man dies heute nicht mehr mit diesem Pathos sagen mag, meint dies nicht aber doch Ihr Ausdruck »Tropismen«?

SARRAUTE: Ich weiß nicht. Weiß nicht.

HEINRICHS: Schreiben, heißt das nicht doch, die Sprache in ihrem ursprünglichen Grunde wiedererkennen und den frühen ersten Sinn der Worte wiederfinden?

SARRAUTE: O nein, nicht bei mir. Ich finde den ursprünglichen Sinn der Wörter nicht wieder. Ich suche ungefähr nach Wörtern, die das Empfundene wiedergeben könnten, ungefähr.

HEINRICHS: Könnten Sie, Nathalie Sarraute, Ihre Beziehung, Ihr Verhältnis zu den Worten ganz allgemein erläutern? Was ist Ihre persönliche Erfahrung, wenn Sie ein Buch schreiben: Überwiegt die Freude, das richtige Wort gefunden zu haben, oder die Erfahrung, gescheitert zu sein, die Worte verfehlt zu haben, ja vielleicht sogar, im literarischen Sinne, gelogen zu haben?

SARRAUTE: Hören Sie, die Wörter zählen nicht so sehr, nur die Empfindung. Konnte das Wort sie wiedergeben? Es gibt nicht nur das Wort, es gibt den Rhythmus des Textes. Hat er ihn wiedergegeben? Manchmal sage ich mir, du kannst noch weitergehen, mehr tun, ich habe alles gemacht, was ich konnte, dann höre ich auf.

HEINRICHS: Wenn man scheitert, heißt das, zu einem anderen Buch zu kommen, zu einer anderen Möglichkeit desselben Buches?

SARRAUTE: Nicht dasselbe, aber von einem anderen, ein anderes.

HEINRICHS: Haben Sie den Eindruck, daß Ihre Werke, ihre Bücher zusammen *ein* Buch darstellen, oder sind es mehrere Bücher?

SARRAUTE: Ich glaube, es ist *ein* Buch. Für alle Schriftsteller ist es so.

HEINRICHS: Stellt für Sie, Nathalie Sarraute, jedes Buch eine individuelle Lösung dar, oder glauben Sie, daß Sie den einmal gefundenen Rhythmus im folgenden Buch fortsetzen können?

SARRAUTE: O nein. Es ist eine einzigartige Lösung.

HEINRICHS: Trägt ein Buch schon seine Existenzberechtigung in sich, während es geschrieben wird?

SARRAUTE: Nein, nicht bei mir. Denn es könnte sehr wohl sich ereignen, daß es das Buch nicht gibt. Voilà.

HEINRICHS: Ist es für Sie unabdingbar, ein einmal begonnenes Buch zu beenden?

SARRAUTE: Oh, normalerweise ja, o ja.

HEINRICHS: Wenn ich das richtig weiß, war Ihr Mann Raymond der einzige, den Sie am Schreibprozeß teilhaben ließen, mit dem Sie sich blind verstanden. Auch wenn er nichts sagte, wußten Sie im Augenblick des Vorlesens, was Sie ändern wollten?

SARRAUTE: Das ist richtig. Wir hatten dieselbe Sensibilität. Jeder empfand die Dinge wie der andere. Nun, ein- oder zweimal hat er mir gesagt, daß er nicht einverstanden sei ... mit einer Stelle, er verstand sie nicht, das ist der Grund ...; ich ließ sie aus, denn ich verstand nicht, was ihn störte. Er konnte es mir nicht richtig erklären, also ließ ich sie aus.

HEINRICHS: Verlangt der Schreibvorgang von Ihnen eine völlige Einsamkeit bis zum definitiven Ende des Buches?

SARRAUTE: O, nein. O, nein, ich höre auf und fange wieder an.

HEINRICHS: Stellt für Sie das Schreiben mehr eine innere Freiheit dar oder einen Zwang? Ich schließe damit noch einmal an die Frage nach dem »inneren Murmeln«, dem »Es spricht« an.

SARRAUTE: Eine innere Freiheit.

HEINRICHS: Jetzt haben Sie sich doch für die Freiheit entschieden?

SARRAUTE: Ja.

HEINRICHS: Sie haben vor etwa zehn Jahren einmal Ihr besonderes Interesse für die Arbeit von Thomas Bernhard bekundet. War dieses Interesse mehr auf das Theatralische oder mehr auf das Romanwerk konzentriert, oder haben Sie nur eine Art von allgemeiner Faszination für diesen ziemlich düsteren literarischen Ausdruck bekunden wollen?

SARRAUTE: Sowohl für sein Theater wie für seine Texte.

HEINRICHS: Interessieren Sie sich, Nathalie Sarraute, noch für die Entwicklung der heutigen Literatur und des heutigen Theaters?

SARRAUTE: Wenn ich kann. Wenn ich kann. Sie begeistern mich weiterhin.

HEINRICHS: Bevorzugen Sie es heute, sich auf die Hauptwerke der Weltliteratur zu konzentrieren? Und Ihre Leidenschaft für

Texte von Joyce, Proust, Virginia Woolf und Kafka. Gibt es die noch?

SARRAUTE: O ja, es gibt sie, all diese Werke, es gibt sie immer noch.

HEINRICHS: Ist es wahr, daß Sie niemals Bilder hinter den Dialogen gesehen haben, sondern daß Sie vielmehr von den Rhythmen angezogen waren? Sie haben einmal gesagt, daß Sie nichts sehen, während Sie schreiben.

SARRAUTE: Nein, es ist innerlich. Ich, ich sehe niemals eine Person. Nichts scheint durch.

HEINRICHS: Ihre Hörspiele haben einen bedeutenden Einfluß auf die Entwicklung der radiophonen Kunst in Deutschland gehabt. Einerseits sind Ihre Hörspiele sehr nah der französischen Sprache, der französischen Konversation, den codierten und etablierten Formulierungen im Sprechen; andererseits haben Sie eine gleichsam von der französischen Sprache unabhängige Struktur freigelegt, die sehr eng verbunden ist mit dem, was sich in der radiophonen Kunst, in der Polyphonie, in der Vielstimmigkeit des Hörspiels herausgebildet hat. Hat die radiophone Kunst einen Einfluß auf Ihr Schreiben gehabt, oder hat sich Ihr Schreiben aus sich heraus entwickelt?

SARRAUTE: Ich glaube, es hat sich von selbst entwickelt. Ich glaube.

HEINRICHS: Hat das Hörspiel jemals eine Rolle für die Schriftsteller und die kulturelle Szene in Frankreich gespielt?

SARRAUTE: O ja, o ja.

HEINRICHS: Sie haben über das Hörspiel Zugang zum Theater gefunden. Jean-Louis Barrault hat damals zum ersten Mal Ihre Stücke »Le Silence« und »Le Mensonge« für das Theater adaptiert. Es liegt lange zurück. Welche Bedeutung hatte die erste Begegnung damals für Sie?

SARRAUTE: Eigentlich hatte ich nie daran gedacht, für das Theater zu schreiben, bis man mich darauf ansprach, Stücke für den Rundfunk zu schreiben, durchaus schwierige Stücke. Ich dachte, ich könnte das nicht. Dann tat ich es doch. Und da das Stück sehr gut ankam, habe ich ein zweites Hörspiel geschrieben. Als Jean-Louis Barrault sich entschied, diese Stücke im Petit Odéon aufzuführen, war ich sehr überrascht und glücklich.

HEINRICHS: Nathalie Sarraute, kann man wirklich verstehen, was der Schriftsteller tut, oder handelt es sich immer nur darum, eine Art Brücke zwischen dem Autor und dem Publikum zu bauen, um das Werk in seiner Totalität zu ergreifen? Ergreifen auch in dem Sinne, wie das im Deutschen besonders stark in dem Substantiv *Ergriffenheit* zum Ausdruck kommt.

SARRAUTE: Ich glaube. Sie wissen, daß sich alle ähnlich sind, irgendwie. Und insofern, wenn eine Sache ernsthaft beobachtet wird, findet sie der Besucher notgedrungen wieder.

HEINRICHS: Sind Sie mit George Steiner einverstanden, der einmal geschrieben hat: »Es ist, als würde das Gedicht, das Gemälde, die Sonate, einen letzten Kreis um sich ziehen, um den Raum der Autonomie zu sichern«?

SARRAUTE: Das ist schön ausgedrückt.

HEINRICHS: Ich liebe diesen Satz sehr.

SARRAUTE: Ich auch.

HEINRICHS: Der romantische Schriftsteller Joseph von Eichendorff hat einmal von einer »eigentümlichen Grundmelodie« gesprochen, die jedem Menschen in tiefster Seele mitgegeben sei und die er sein Leben lang zu gestalten versuche. Wenn Sie auf Ihr Leben und Ihr Werk zurückblicken, könnten Sie dann dieser Bemerkung zustimmen?

SARRAUTE: Das ist schön.

HEINRICHS: Elias Canetti hat in seinem Tagebuch geschrieben, alle Orte, an denen er nicht war, lassen ihn leben. Könnte man, indem man das Wort »Orte« durch »Bücher« ersetzt, sagen, alle Bücher, die Sie noch nicht geschrieben haben, lassen Sie weiterleben?

SARRAUTE: Ich weiß nicht.

HEINRICHS: Die letzte Frage, Nathalie Sarraute, eine Frage, die ich immer wieder aufgeschoben und neu zu formulieren versucht habe, wissend, wie schwer sie zu stellen ist, ist die Frage nach dem Tod. Im Grunde genommen ist es ja eine sehr natürliche Frage, genauso wie die nach der Geburt, nach dem Leben, nach dem Sein und der Existenz. Eine Reflexion von Jacques Derrida, die ich kürzlich gelesen habe, hat mir geholfen, den Zugang zu dieser Frage zu finden. Er schreibt, Sterben heiße, bereit zu sein, die Grenzen der Wahrheit zu fassen, zu ergreifen, die Grenzen dessen, was Sinn machte, was wichtig schien, was die Wahrheit sein konnte. Ist das Sterben: bereit zu sein, ein definitives Ende zu ergreifen?

SARRAUTE: Für mich ist der Tod völliges Verschwinden von allem. Und ich akzeptiere ihn vollkommen.

E. M. CIORAN
wurde 1911 bei Hermannstadt in Siebenbürgen geboren, lebte seit 1937 bis zu seinem Tod 1995 in Paris. 1988 lehnte er den hoch angesehenen Literaturpreis »Grand Prix Paul Morand« ab. Einer der brillantesten Schriftsteller des 20. Jahrhunderts.

Hauptwerke unter anderem: *Lehre vom Zerfall* (Klett-Cotta 1979), *Vom Nachteil geboren zu sein* (Suhrkamp 1979), *Syllogismen der Bitterkeit* (Suhrkamp 1980), *Gevierteilt* (Suhrkamp 1982), *Leidenschaftlicher Leitfaden* (Suhrkamp 1996), *Cahiers 1957–1972* (Suhrkamp 2001).

E. M. CIORAN

Das Scheitern ist wichtiger als der Tod

Ihr Motto?

Vergiss nie dein Brechmittel!

Wer oder was hätten Sie sein mögen?

Luzifers Adjutant

Ihr Hauptcharakterzug?

Schwankung

Was schätzen Sie bei Ihren Freunden am meisten?

Resignation

Ihr größter Fehler?

Selbstverzehnung

Ihr Traum vom Glück?

Was wäre für Sie das größte Unglück?

Das Weltende zu verpassen

Was möchten Sie sein?

Nicht der ich bin und auch kein anderer

Ihre Lieblingsfarbe?

Ihre Lieblingsblume?

eine fröhliche Brennessel

Ihr Lieblingsvogel?

Ihr Lieblingsschriftsteller?

Theresa von Avila

Ihr Lieblingslyriker?

Eminescu (ein Rumäne!)

Ihre Helden in der Wirklichkeit?

Der Abstinent Leonhard Reinisch

Ihre Heldinnen in der Geschichte?

Ihre Lieblingsnamen?

Was verabscheuen Sie am meisten?

Die Optimisten und die Pessimisten

Welche geschichtlichen Gestalten verachten Sie am meisten?

Fanatiker

Welche militärischen Leistungen bewundern Sie am meisten?

die Rückzüge

Welche Reform bewundern Sie am meisten?

Welche natürliche Gabe möchten Sie besitzen?

Indifferenz

Wie möchten Sie sterben?

Mit distinguierter Skepsis

Ihre gegenwärtige Geistesverfassung?

nicht unbedingt mürrisch

Was ist für Sie das größte Unglück ?

Der Besuch einer langweiligen Philosophen

Wo möchten Sie leben ?

Mit Eva ohne Adam

Was ist für Sie das vollkommene irdische Glück ?

In dem eben genannten Ort zu leben

Welche Fehler entschuldigen Sie am ehesten ?

Fahrlässigkeit

Ihre liebsten Romanhelden ?

Stawrogin

Ihre Lieblingsgestalt in der Geschichte ?

Le Régent, den liebste Wüstling aller Zeiten

Ihre Lieblingsheldinnen in der Wirklichkeit ?

Ihre Lieblingsheldinnen in der Dichtung ?

Ihr Lieblingsmaler ?

Ihr Lieblingskomponist ?

Den Komponist der Goldberg Variationen

Welche Eigenschaft schätzen Sie bei einem Mann am meisten ?

Ironie

Welche Eigenschaft schätzen Sie bei einer Frau am meisten ?

Schmeichelei

Ihre Lieblingstugend ?

Illusionslosigkeit

Ihre Lieblingsbeschäftigung ?

Wiederlesen

Wenn ich nicht noch die weniger als mannshohe Decke über mir spürte und den resopalbedeckten Küchentisch vor mir sähe, die unentwirrbare Mischung von Büchern und oft getragenen Strümpfen, Hemden und Hosen körperlich spürte, wenn ich nicht dazwischen die kleine hagere Gestalt mit dem wachen Gesicht vor mir sähe, würde ich es vielleicht nicht glauben, daß ich tatsächlich an einem Sommertag in der Rue de l'Odéon war, die Treppen hinaufgestiegen bin, ohne Herzklopfen. Es kam mir so selbstverständlich vor, ich kannte das Werk und verehrte den Autor. Ich konnte ihm getrost unter die Augen treten.

Beinahe wären wir dann noch durch das nächtliche Paris gegangen, nach unseren Spaziergängen im Labyrinth seiner Gedanken und seines Glaubens daran, daß alles scheitert, scheitern muß und daß es richtig so sei. Und daß er dabei so heiter sein konnte, das hat mir gefallen. Wie uns das »sinnlos« so leicht über die Lippen ging.

Meine wichtigen Begegnungen in jenen Jahren hatten immer etwas von einer Vater-Sohn-Beziehung an sich. Die löste sich eines Tages auf. So auch bei Cioran. Aber war es nicht besser so? So waren doch wieder die Grenzen gewahrt: zwischen mir und seiner einen Meter fünfzig hohen Welt an der Place de l'Odéon, die er mit soviel Kraft behauptete und in deren Weite ich Bulgarien und Rußland, Persien, Spanien und Italien sah.

Denke ich heute, im Abstand von so vielen Jahren, an unsere Begegnung zurück, so überwiegt einmal die Nähe, ja, Intimität, ein andermal die Distanz, einmal die Vertrautheit, dann wieder die Fremdheit, unendliche Fremdheit. Wenn ich mich an eine Formulierung von Joseph Brodsky richtig erinnere, sprach er davon, daß die Menschen das sind, was sie für uns, in unserer Erinnerung, sind. Das ist das Leben: ein Flickwerk der Erinnerungen, ein löchriges und sich nachträglich bunt färbendes.

Und sollte ich Ciorans Werk heute »bewerten« – was mir ohnehin widerstrebt –, dann am ehesten in dem Sinne, in dem Clifford Geertz von den Heroen der Ethnologie sagte, ihr Werk – ihre Sprache, der Ton, den sie angeschlagen, das Wort, das sie ins Spiel gebracht – überlebt, auch wenn das, was sie behaupteten, sich als unhaltbar erwiese. Was bleibt, ist ein großes Gefühl intellektueller Bedeutsamkeit und daß da jemand eine andere Denk- und Lebensform von Grund auf erfahren, gedacht, durchdrungen hat.

Ciorans Diktum, daß alles scheitert, maßlos scheitert, hat in meinem Leben in dieser Form keine Relevanz mehr, und doch: welche Kraft ging einmal von dieser Idee für mich aus…

Das Gespräch wiederlesend, bin ich manchmal überwältigt von der Schönheit und Poesie, die auf dem Boden der (inszenierten?) Verzweiflung entstehen: wenn Cioran seine Ziellosigkeit und Unsicherheit beschreibt, wenn er sich als Mystiker und »Fragmentmensch« darstellt, den Untergang beschwört und doch das Leben lebt, sein Interesse für Hochstapler begründet und sich selbst einen Lügner und Zuhälter nennt.

Habe ich für eine gewisse Zeit Ciorans Bücher aus den Augen verloren, ist es mir, als hätte ich mich von ihnen so weit entfernt, daß sie mich nicht mehr in ihren Bann zu ziehen vermöchten. Kaum jedoch, daß sie wieder in mein Blickfeld geraten sind, bin ich unmittelbar von ihrem Reichtum an Gedanken und deren chiffrenartiger Form ergriffen, gefangen im Labyrinth ganz eigener Formeln, im wunderbaren Wechselspiel aus Wahrheit und Lüge, Unbestimmtheit und Klarheit. Auch dafür hat Cioran eine schöne Formulierung gefunden: »Der Autor muß, nicht weniger als das Werk, seine Identität ver-

stellen, alles preisgeben, ausgenommen das Wesentliche, in seiner Verzauberung und Einsamkeit ausharren, als Lehnsherr seiner Wörter, als deren betörter Sklave.«

Hans-Jürgen Heinrichs: Herr Cioran, sprechen wir über die Situation, daß Sie hier in Paris am Rande der Intellektuellen- und Künstlerkreise leben. Eine Thematik, die bei Ihnen immer wieder auftaucht, ist, daß Sie diese Stadt Paris als die Quelle Ihres Mißgeschicks betrachten, und gleichzeitig ist es die Stadt, die Sie nie wieder losgelassen hat und ohne die Sie vielleicht nicht leben könnten. Was hält Sie trotzdem hier, wo Sie so wenig Freunde haben, eigentlich nur Ausländer, wie Sie sagen?

E. M. Cioran: Das erste Mal, daß ich Paris sah, war 1935. Ich war für einen Monat gekommen und habe gleich verstanden, daß ich wieder zurück muß, und alles gemacht, um nach Paris zu kommen für längere Zeit. Und so habe ich ein Stipendium erhalten vom Französischen Institut in Bukarest und kam dann 1937 hierher, unter dem Vorwand, eine Doktorarbeit zu schreiben. Aber ich hatte nicht einmal das Thema, es war nur eine Hochstapelei meinerseits. Ich kümmerte mich also überhaupt nicht darum, besaß jedoch ein Stipendium für mehrere Jahre. Was ich im Grunde gemacht habe: Ich war mit dem Fahrrad in ganz Frankreich unterwegs, überall: im Gebirge, in der Bretagne, im Baskenland, monatelang. Und der Direktor des Französischen Instituts in Bukarest, der mich hierher geschickt hatte, war, anstatt empört zu sein, der Meinung, das sei viel besser als eine Doktorarbeit. Ich hatte das Glück, daß dies ein Mann war, der mich verstanden hat. Diese *auberges de jeunesse*, Jugendherbergen – es gab in Frankreich damals, vielleicht auch jetzt noch, die kommunistischen Herbergen und die katholischen, und ich gehörte zu beiden –, waren ein guter menschlicher Kontakt für mich: ich war viel mit einfachen Leuten zusammen, mit Arbeitern, Studenten, Katholiken – oder weiß

Gott. Es war eine interessante Erfahrung für einen Ausländer, denn wir waren auf derselben Ebene. Und für einen Ausländer kenne ich Frankreich sehr gut, ich war überall, monatelang – und dann, das war die komische Seite: Jedes Jahr mußte ich von einem Professor eine Empfehlung schicken nach Bukarest, daß ich doch an etwas arbeite. Nur – ich kannte keinen Professor! Nun gab es in Paris einen großen Kenner der Mystiker: Jean Baruzi[1], der ein großartiges Buch über Johannes vom Kreuz geschrieben hat. Ich habe ihn im Jardin du Luxembourg angesprochen mit den Worten: »Ich kenne Ihre Bücher und bin sehr daran interessiert.« Und so sprachen wir eine Stunde lang über die spanische Mystik. Am Ende sagte er: »Ich möchte Sie wiedertreffen.« – »Ja, gut«, antwortete ich, »aber ich brauche unbedingt eine Empfehlung für Rumänien.« – «Was für eine Empfehlung«, fragte Baruzi. »Ich kenne Sie nicht, ich weiß nicht, wer Sie sind.« – »Das spielt keine Rolle, ich weiß, das ist balkanisch, aber das macht nichts. Ich brauche diese Empfehlung, damit ich nächstes Jahr in Paris bleiben kann.« – »Ich weiß nicht, wer Sie sind, und kann Ihnen daher leider keine Empfehlung geben.« Also ich war sehr enttäuscht! Und dann habe ich jemanden angerufen, der einen Philosophieprofessor kannte: Louis Lavelle[2], der heute wohl vergessen ist. Und dieser Bekannte ist mit mir gekommen zu Lavelle, und ich habe zu ihm gesagt: »Ich brauche eine Empfehlung.« – »Ich kenne Sie nicht, wie kann ich Ihnen da eine Empfehlung geben?« Und ich entgegnete: ›Gut, ich werde eine Stunde lang über Philosophie sprechen.‹ Ich habe über alle möglichen Philosophen gesprochen; aus meiner Jugend kannte ich Georg Simmel sehr gut und die deutsche Lebensphilosophie. Darüber habe ich gesprochen und sogar über Klages. Lavelle kannte überhaupt niemanden und hatte keine Ahnung von diesen Sachen.

Schließlich sagte er: »Ja, ich sehe, Sie kennen sich aus. Also – was soll ich schreiben?« – »Schreiben Sie bitte, daß Sie einen guten Eindruck haben von mir.« Und das hat er gemacht. Und so habe ich es immer gehandhabt, denn ich hatte ja keinerlei Beziehung zu Professoren und mit der Universität gebrochen.

Als ich nach Paris kam, habe ich verstanden, daß das Interessante für mich ist, mit diesen Leuten zu leben, die eigentlich berufslos leben. Ich bin selbst ein Beispiel für einen berufslosen Menschen: Ich habe nie gearbeitet in meinem Leben, nie einen Beruf gehabt. Nur einmal in Rumänien, für ein Jahr lang, habe ich als Studienrat für Philosophie unterrichtet. Es war unerträglich für mich. Und das war auch der Grund, weswegen ich nach Paris kam. In seinem eigenen Land muß man etwas machen, aber nicht im Ausland. Das Glück für mich war, daß ich mehr als vierzig Jahre meines Lebens als Ausländer, Berufsloser und – wie soll ich sagen? – auch Staatenloser existierte. Das Interessante in Paris ist, glaube ich, daß man dort als wesentlich fremd, als Fremder leben muß, so daß man nicht einer Nation gehört, nur vielleicht einer Stadt. Ich fühle mich irgendwie als Pariser, nicht aber als Franzose, das überhaupt nicht.

HEINRICHS: Gleichzeitig ist Ihr Denken ein ganz sprachgebundenes. Es ist nicht vorstellbar, daß Sie diese Form des Aphorismus, des Traktates, des Essays ohne eine ungeheuer intensive Identifikation auch mit der Sprache hätten durchhalten können. Insofern erstaunt es, daß Sie die französische Sprache, die Sie ja nicht besonders mögen – Sie schreiben, es sei eine sehr distinguierte, durch die Pariser oder französische Tradition, auch durch die Aufklärung bedingte Sprache –, daß Sie in dieser Sprache doch eine Heimat gefunden haben.

CIORAN: Also – ich habe eine sehr komplizierte Einstellung zu der französischen Sprache. Als ich französisch zu schreiben begann, habe ich mir gesagt, das ist keine Sprache für mich. Ich fühlte mich wie in einer Zwangsjacke. Aber jetzt, seit einigen Jahren, seitdem die französische Sprache am »Sinken« ist, überall, fühle ich mich irgendwie gebunden an diese untergehende Sprache. Die Franzosen sind, ich würde nicht sagen, gleichgültig, aber sie akzeptieren die Sache – ich nicht. Und je mehr die französische Sprache von der Welt boykottiert wird, desto mehr fühle ich mich näher an dieser Sprache. Und das vielleicht auch, weil die verlorenen Sachen, alles, was nicht klappt und gelingt, eine Anziehungskraft auf mich ausüben. Und diese Isolierung der französischen Sprache fasziniert mich.

Der Kontakt mit der französischen Sprache war zu Beginn sehr, sehr schwer für jemanden wie mich, der vom Balkan kommt und der es unternimmt, französisch zu schreiben. In Rumänien konnte ein jeder französisch und andere Sprachen, doch ich komme aus Siebenbürgen, und dort sprach man nur deutsch oder ungarisch. Aber ich habe das ganz ernst genommen und alles, was ich auf französisch geschrieben habe, mehrmals geschrieben, zum Beispiel das erste Buch, das ich veröffentlicht habe, die *Lehre vom Zerfall*, viermal. Für mich war es wirklich eine Unternehmung, die Idee, ich soll so schreiben wie ein Franzose, also mit den Franzosen wetteifern – eine vielleicht ein wenig verrückte Idee. Das ist mir nicht gelungen, und irgendwie doch – zumindest die Franzosen sagen es so; ich kann es nicht absolut beurteilen. Die französische Sprache besitzt jetzt für mich eine Anziehungskraft, die sie früher nicht hatte. Vom Temperament her hätte ich spanisch oder ungarisch oder russisch schreiben müssen. Die Strenge der französischen Sprache ist mit mei-

nem Temperament unvereinbar. Aber genau das gefällt mir
jetzt an dieser Sprache.

HEINRICHS: Diese Leidenschaft, die Sie für den Zerfall und das
Untergehende haben, hat ja offensichtlich vor allen Dingen
eine Wurzel in der Erfahrung, daß die Geschichte eine un-
ablässige Zerfallsgeschichte ist und ein unaufhebbarer Vorgang der Dekadenz. Andererseits wird man das Gefühl nicht
los, daß man es mit einer sehr intensiven eigenen Erfahrung,
vielleicht auch Körpererfahrung des Zerfallens zu tun hat.
Sehen Sie Ihre Lehre, Ihre Theorie, so aphoristisch sie auch
sein mag, mehr in einer allgemeinen Denktradition des
20. Jahrhunderts – sagen wir von Nietzsche ausgehend, in
einer Tradition des Pessimismus, der Skepsis – oder doch
auch zum großen Teil in der eigenen Körpererfahrung?

CIORAN: Es ist absolut persönlich! Selbstverständlich habe ich
Nietzsche gelesen; ich kenne diese Richtungen, doch das war
nicht tonangebend. Es ist absolut persönlich und entspricht
meinen inneren Empfindungen, den *sensations*, wie die
Franzosen sagen – und nicht den Gefühlen. Ich war immer
von dieser dunklen Seite der Dinge angezogen, seit, ich
würde nicht sagen, meiner Kindheit, aber meiner Jugend. Ich
habe viel über die Langeweile geschrieben, und das ist etwas,
was ich erlebt habe. Und ich glaube nicht, daß es unbedingt
morbid ist; unglücklicherweise oder glücklicherweise – wie
man will – entspricht das einer Wirklichkeit. Ich glaube, ohne
jede Romantik, daß die Nachtseite der Dinge viel wesentlicher
ist als die lichte Seite. In meiner Jugend war ich – viel weniger als jetzt – vom Tod als Idee absolut besessen, Tag und
Nacht, es war eine Zwangsvorstellung sogar. Also, es war unvermeidlich, daß ich auf der philosophischen Ebene mehr von

dieser Untergangsstimmung als dem Geist der Philosophie angezogen wurde. Ihre Frage ist ganz berechtigt: Es ist von innen her gekommen und nicht durch das Lesen. Das liegt in mir, bedingt durch vieles, auch durch die Schlaflosigkeit und die Art des Lebens, das ich führte.

Wissen Sie, als ich nach Paris kam, habe ich einen Artikel über Paris geschrieben, der hätte ganz schlimme Folgen für mich haben können, versehen mit einem Zitat aus den *Aufzeichnungen des Malte Laurids Brigge* von Rilke. Der erste Satz lautet so: »Kommt man hierher zum Leben, ich glaube, es stürbe sich eher.« Für die Rumänen, die in Paris lebten, war diese Stadt wie *lumière* und weiß Gott was – ich habe geschrieben: Es ist die traurigste Stadt der Welt.

HEINRICHS: »Die Menschen sterben vor Kummer«, schreiben Sie.

CIORAN: Und das hat in Rumänien einen ganz schlechten Eindruck gemacht. Sogar der Direktor des Französischen Institutes war empört: Es sei unmöglich, so etwas zu schreiben. Paris war für mich eine faszinierende Hölle.

HEINRICHS: Hölle?

CIORAN: Hölle. Hölle! Damals gefiel mir das Buch von Rilke sehr. Ich fühlte eine Verwandtschaft, auch mit Rilke als Dichter; heute interessiert er mich weniger.

Es gibt zwei Bücher, die für mich Paris darstellen, ausdrücken, *exprimer*. Eben dies Buch von Rilke, *Die Aufzeichnungen des Malte Laurids Brigge*, und dann Henry Millers erstes Buch *Le Tropique du Cancer*: das Gegenteil von Rilke, das Paris der Bordelle, der Huren und Zuhälter, der schmutzigen

Sachen. Und das ist auch das Paris, das ich erlebt habe, ganz widersprüchliche Vorstellungen von Paris und die Wahrheit. Ich habe dies Paris von einsamen Menschen und Huren gelebt.

HEINRICHS: Geliebt oder …

CIORAN: … gelebt und auch geliebt. Ich habe viele Leute gekannt. Ein Mann zum Beispiel, der auf mich einen großen Einfluß gehabt hat, war ein alter Herr, der hier im Quartier Latin wohnte, der größte Kenner und Spezialist der baskischen Sprache. Er hat kaum geschrieben, nur einige Artikel, und sonst nichts gemacht. Er war ziemlich reich, ein Bummler. Ich traf ihn öfter abends, und wir sind spazierengegangen. Er hat mich für die Sprache eingenommen und einen großen Eindruck auf mich gemacht – Sie werden schon sehen warum. Er besaß eine Leidenschaft für die französische Sprache, und ich führte mit ihm Diskussionen über deren Subtilitäten und Feinheiten. Zum Beispiel haben wir des öfteren alte Huren angesprochen, und wenn eine dieser Damen einen Sprachfehler beging, hat er sie immer korrigiert, und das gefiel mir ungeheuer, denn dadurch machte er mich aufmerksam auf die Sprache.

HEINRICHS: Es gab ja auch von Bataille die Idee, mit Frauen eines Bordells eine Zeitschrift zu machen.

CIORAN: Ich habe das selbst erlebt, schon in Rumänien; das Bordelleben auf dem Balkan war sehr entwickelt. Und auch das in Paris, bis vor dem Krieg – danach hat es aufgehört oder eine andere Form angenommen. Aber als ich hierherkam, habe ich viel mit diesen Damen gesprochen. Zu Beginn des

Krieges, ich wohnte in einem Hotel nicht weit vom Boulevard Saint Michel, war ich sehr mit einer Hure befreundet, einer alten Dame mit weißem Haar. Wir sind gute Freunde geworden; das heißt, ich muß sagen: Sie war zu alt für mich. Aber – sie war eine unglaubliche Schauspielerin, mit Talent für die Tragödie. Ich traf sie fast jede Nacht so um zwei, drei Uhr morgens, denn ich ging immer sehr spät zum Hotel zurück. Das war zu Beginn des Krieges, 1940 – oder nein, es war vor dem Krieg, Verzeihung, während des Krieges konnte man nicht nach Mitternacht ausgehen. Wir gingen zusammen spazieren, und sie hat mir ihr Leben erzählt – und die Gesten, die Art, wie sie sprach: Ich war fasziniert! Sie war eine unglaubliche, eine große, große Schauspielerin, und auch ihre Sprache und Ausdruckskraft waren großartig. Also diese Erfahrungen, mit solchen Leuten, sind für mich viel interessanter als die Begegnungen mit Intellektuellen.

HEINRICHS: Wie Sie Ihre frühere Zeit in Paris darstellen, die Beziehungen zu Huren und ihre Vorliebe für den Außenseiter, erinnert mich sehr an Peter Altenberg, den Sie sicher kennen, der schön geschrieben hat über Prostituierte. Andererseits gibt es eine Vielzahl von Schriftstellern, die vielleicht auch ein Außenseiterdasein gelebt hätten, die aber durch verschiedene Umstände, vielleicht bedingt durch eine Frau, doch in eine Form des bürgerlichen Lebens hineingekommen sind, ohne daß sie deswegen ihr Denken verdreht hätten, ohne einem illusionären Denken anheimzufallen. Meinen Sie, daß ein an Wahrheit gebundenes Denken mit einer asketischen Lebensform zusammenhängen muß, oder kann nicht das Leben sehr viele Kompromisse eingehen, ohne daß das Denken sich Kompromissen anschließt?

CIORAN: Die zweite Version ist die bessere, auf jeden Fall stimmt sie für mich. Ich habe kein asketisches Leben geführt, gehöre also in die zweite Kategorie. Ich hatte eine Nostalgie der Askese, mein ganzes Leben lang, und – wie soll ich sagen? – die Frauen sehr gerne. Ich habe einen gemeinsamen Punkt mit Sartre. Sartre hat vor seinem Tode gesagt, er habe sich mit Frauen immer viel besser verstanden als mit Männern. Und das ist auch bei mir der Fall: Ich ziehe die Frauen den Männern vor. Und wissen Sie warum? Weil, die Frau ist mehr *déséquilibrée* als der Mann – mehr aus dem Gleichgewicht. Die Frau ist viel mehr ein morbides und krankhaftes Wesen als der Mann. Sie fühlt viel besser die Sachen, die ein Mann nicht fühlen kann. Ich habe bemerkt, daß die Frauen meiner Art zu schreiben näherstehen als die Männer, im allgemeinen ist es so. Ich war sehr beeindruckt, als ich las, daß Sartre gesagt hat, er zieht die Konversation mit Frauen der Konversation mit Männern vor.

Als man mich einmal fragte, wie ich habe leben können bei so einem »Beruf«, habe ich geantwortet, ich war ein Zuhälter. Das ist nicht wahr, aber etwas daran stimmt, etwas Richtiges liegt darin. Ich sage das einfach so, es ist ganz normal. Für mich ist »Zuhälter« ein viel allgemeinerer Begriff. Ich meine, wenn ein Schriftsteller mit einer Frau lebt, die für beider Leben verdient, dann ist er ein Zuhälter. Viele respektable Schriftsteller, die ich kenne in Paris, haben als Parasiten ihrer Frauen gelebt. In diesem Sinne, obwohl nicht verheiratet, war ich ein Zuhälter.

HEINRICHS: Die Beziehungen, die Sie zu Männern haben, wie müssen die bestimmt sein? Durch ähnliche Denkerfahrungen, durch die Erfahrung der Einsamkeit, des Zweifels, oder gibt es eine Ebene, die noch eine ganz andere Dimension der Kommunikation beinhaltet?

CIORAN: Im allgemeinen, die Leute, die ich gern habe, müssen nicht wie ich denken, das nicht. Aber irgendwie müssen sie verstört sein, nicht unbedingt stark, aber bis zu einem gewissen Grad. Alle die Leute, die ich mag, mit denen ich eine ganz intime Freundschaft habe, waren immer die, die irgendwie ihr Leben verfehlt haben – das war in Rumänien so und auch in Paris, die irgendwie mißlungen sind als Wesen, obwohl sehr begabt. Die ihre Begabung nicht ausgenutzt haben, die eigentlich nichts gemacht haben im Leben, obwohl sie doch begabt waren. Was ich einen »*raté*« nenne – es gibt kein deutsches Wort für *raté* –, ist jemand, der sein Leben verfehlt hat. Wie Baudelaire zum Beispiel ein *raté* war: Stellen Sie sich einen Baudelaire vor, der nicht geschrieben hätte – das waren meine besten Freunde im Leben, die unglaubliche innere Erfahrungen gemacht, diese aber nicht ausgedrückt, die begabt, ihre Begabung aber nicht ausgebeutet haben.

HEINRICHS: Zugleich gibt es bei Ihnen einen anderen Typus, den Sie auch sehr bewundern, den exaltierten Geist. Das ist schon einer, der seine Begabung nutzt, zumindest dadurch, daß er sie umsetzt in Sprache oder in irgendeine Form von Ekstase. Ich meine, es stimmt nicht ganz, daß derjenige, der sein Leben verfehlt, das durchgängige Ideal bei Ihnen ist. Weil letztlich Ihre Arbeiten von einer unglaublichen Konsequenz sind. Und manchmal habe ich den Eindruck, daß Ihr Gesamtwerk viel systematischer ist als das eines systematischen Philosophen. Ich glaube, daß es kaum eine existentielle Frage gibt, die der Mensch sich stellen kann, die bei Ihnen nicht auftaucht. Also, es ist ein sehr eigenartiges Gefühl, das am Ende der Lektüre Ihrer Arbeiten zurückgeblieben ist. Das Gefühl, daß Sie durch diese Form, am Rande der Verzweiflung, am Rande des Versagens, am Rande des Selbstmordes gelebt zu haben, eine ungeheure Kontinuität und Stringenz in Ihre Fragen hineinbringen, so daß eigentlich alle Phasen des menschlichen Lebens, von der Geburt und natürlich davor bis zum Tod, in einer Weise bei Ihnen behandelt werden, wie sie ein systematischer Philosoph, jemand, der es sich zur Profession macht zu denken, niemals vollziehen könnte.

CIORAN: Ich glaube, es gibt eine Erklärung: Ich habe nur dann geschrieben, wenn ich nichts anderes hätte machen können – aus Notwendigkeit. Meine Schriften, meine Bücher geben nur teilweise ein Bild von dem, was ich gelebt und auch gesagt habe. Denn ich schreibe nur, wenn ich deprimiert bin, im Zustand der Verlassenheit und der Verzweiflung. Ich könnte sagen, die Verzweiflung in mir ist eine tägliche Erfahrung. Auf französisch »cafard«; es gibt kein deutsches Wort dafür, vielleicht »Katzenjammer« oder so ähnlich.

Alles, was ich geschrieben habe, ist einseitig. Warum? Weil ich nur in diesen Zuständen schreibe. Ich fühle mich dann außerhalb der Welt, der Menschenwelt, und habe ganz das Gefühl, verdammt zu sein.

Im Grunde genommen habe ich ein sehr glückliches Leben gehabt, insofern, als ich immer frei war. Ich darf mich nicht beklagen, es gibt nicht viele Leute, die eine Existenz wie die meinige haben. Aber – ich habe täglich diese Anfälle von Verzweiflung, von *cafard*, viel mehr in meiner Jugend als heute, aber doch mein ganzes Leben lang, wie eine Zwangsvorstellung.

Und es ist wahr: Ich habe nicht versucht, mich davon zu befreien. Aber indem ich geschrieben habe, habe ich mich doch befreit. Für mich ist nur das Schreiben eine reale Therapie.

In meinem Leben habe ich viele Bücher geschrieben und

immer bemerkt, wenn ich einen Brief schreibe, einen ganz intimen Brief, ist das für mich eine unglaubliche Erleichterung.

Und alles, was ich geschrieben habe, war nur für die Befreiung oder um die Illusion der Befreiung, der Erleichterung zu haben. Das ist der Grund, warum ich geschrieben habe – warum sonst hätte ich schreiben müssen?

Theoretisch glaube ich nicht an die Nutzbarkeit des Schreibens oder daß man einen »Namen« hat oder nicht. Für mich war es meine Form von Gesundheit, mich dieser Gefühle des Bedrücktseins, als ein Mensch des Schiffbruches, auszudrücken. Ich bin sicher, daß ich nicht zugrunde gegangen bin, nur weil ich doch geschrieben, mich ausgedrückt habe. Wäre mir das nicht geblieben, ich wäre bestimmt zugrunde gegangen. Immer dachte ich, ich würde zugrunde gehen und nicht älter als dreißig Jahre werden – das war für mich die Grenze. Und? Ich bin ein alter Mensch geworden. Aber das hat eine gewisse Einheit, weil meine Ideen oder Zwangsvorstellungen doch kohärent sind. Ich habe immer nur über dieselben Probleme dasselbe geschrieben. Es ist ein Wiederkauen, ein unendliches Wiederkauen von unmöglichen Sachen, von jemandem, der abseits gelebt hat und willentlich unnötig war.

HEINRICHS: An diesem Punkt möchte ich auf das zu sprechen kommen, was bei mir als These übriggeblieben ist nach der Lektüre. Zwei Sachen: Einmal, daß die Sprache, wie Sie schon sagten, für Sie das beste Mittel gewesen ist, um zu überleben. Ich glaube allerdings, daß die Meditation das bessere Mittel gewesen wäre. Und zum anderen, daß nicht ihr Verhaftetsein mit den Philosophen, die Sie vorhin genannt haben, den Lebensphilosophen, das Entscheidende ist, sondern das mit der idealistischen, der dialektischen Philosophie. Ich habe den Eindruck, daß das Prinzip der Negation als Ihr durchgängiges Prinzip, letztlich nur einem Impuls folgt: zur absoluten Erlösung, zum Urzustand, dem reinen vorgeburtlichen Zustand zu kommen.

CIORAN: Das ist ganz richtig.

HEINRICHS: Und das heißt, wenn diese Tätigkeit der Negation in der konsequentesten Form praktiziert werden könnte, wäre das Schreiben für Sie überflüssig, dann wäre der Zustand des Zusammenfallens von Sein und Nichts erreicht: das Nirwana, der absolute Zustand der Meditation. Es gäbe dann nicht mehr das Problem, eine Welt, die zerfällt, zu beklagen, es gäbe einfach nur noch das Anschauen des Nichts.

CIORAN: Wenn ich von der Lebensphilosophie spreche, so gehört das nur zu meiner Jugend und ist jetzt ganz aus dem Weg. Aber es ist sehr wahr, was Sie sagen. Meine Tragödie, wenn ich so große Worte machen darf, war, daß ich festgestellt, bemerkt habe, daß ich, obwohl sehr vom Buddhismus angezogen, kein richtiger Buddhist sein konnte. Ich habe mich jahrelang – wie soll ich sagen? – aufgeblasen und mir gesagt: Du bist doch ein Buddhist! Ich hätte ein Buddhist sein wollen, aber ich konnte nicht. Diese Unmöglichkeit hat mich ein wenig bescheiden gemacht. Denn schließlich – Sie haben recht – hätte ich normalerweise alle diese Bedenken überwinden müssen, die Todesangst und alles andere. Aber etwas in mir hat mich immer zurückgehalten, wie ein Hindernis. Ich habe mich also nicht durch die Vision der Buddhisten erlösen können. Es gibt eine buddhistische Schule, die auf mich einen großen Eindruck gemacht hat: die Mädhyamika-Schule[5]. Die Mädhyamika-Schule wird im allgemeinen als extrem nihilistisch betrachtet. Es ist die Idee der Erlösung durch die absolute Negation, durch die dialektische, wie Sie sagen, logische Entwicklung: Alles zerplatzt unter der Analyse und der Dialektik – dann kommt die Befreiung, und alles ist überwunden. Ich war sehr, sehr angezogen und fasziniert von dieser Philosophie. Ich betrachte auch jetzt noch, als die Summe, als das Höchste, was der menschliche Geist erreicht hat, eine Meditation in der Art der Mädhyamika-Schule, das heißt: die Analyse und Zerstörung aller Begriffe, aller Systeme, und dadurch kommt das Nirwana in Sicht. Für mich war das Nirwana in Sicht nur als Faszination. Ich habe bemerkt, daß ich an allem hänge, was ich verachte. Ich besaß im Grunde keine geistige Bestimmung; obwohl, in meiner Jugend lebte ich geistig viel intensiver als jetzt. Mit den Jahren bin ich oberflächlicher geworden und sogar frivoler. Ich war von mir selbst enttäuscht und habe dann verstanden, daß ich sozusagen keine metaphysische Laufbahn vor mir hatte. Ich muß mein Leben von diesem Standpunkt aus anerkennen als ein Fiasko. Aber theoretisch hatte ich verstanden: Ich wußte genau die Richtung, der ich hätte folgen müssen. Nur, ich habe es nicht gemacht. Ich bin zuviel Literat, zuviel von der Sprache besessen. Es lag nicht in meinem Schicksal, daß ich mich geistig realisiere, mich geistig vervollkommne und Fortschritte mache, diese wirkliche Befreiung, die mich von Dekadenzbegriffen, von Angst und allem erlöst. Ich glaube, es liegt etwas Unreines in meinem Innern, das ich nicht loswerden konnte. Ganz offen muß ich mich doch auch als einen *raté*, einen fehlgeschlagenen Geist, betrachten. Ich war meinem Idealbild nicht würdig.

Ich muß sagen, mit dem Alter geht es schief, immer, deswegen hasse ich die älteren Leute, die Frauen, die Männer, sie sind ruhmsüchtig, geldgierig und alles, was ich verachte. Ich glaube, daß die Leute nach fünfzig Jahren verschwinden müßten: untergehen. Ich selbst, wenn ich mich vergleiche mit dem, der ich war, bin die Karikatur meiner selbst – geistig gesprochen. Und deswegen sollte man kein Interesse haben, alt zu werden. Ich selbst habe immer geglaubt, ich werde jung sterben. Aber das wurde mir nicht gegönnt.

HEINRICHS: Es scheint fast so, daß sehr viele, die am Rande des Selbstmordes leben, am besten und am längsten leben.

CIORAN: Das ist die größte Ironie. Ich habe mein ganzes Leben lang nur an den Selbstmord gedacht, so viel über den Selbstmord gesprochen, auch geschrieben. In Wahrheit habe ich nur leben können mit dieser Idee. Diese Idee war für mich eine Zuflucht. Es ist keine sehr stolze Idee; ich auf jeden Fall habe mir immer gesagt: Du kannst das Leben ertragen, weil du dich töten kannst, wann immer du willst. Die Selbstmord-Idee war für mich eine so große Hilfe, und ich bin sogar der Meinung, daß man diese Idee in den Schulen und Kirchen den Leuten empfehlen sollte, die bedrängt sind und keinen Ausweg finden. In Paris gibt es Leute, die kommen zu mir, junge Mädchen, die den Drang spüren, sich zu töten, und es ist mir gelungen, ihnen zu helfen, indem ich sage, daß man sehr gut mit der Idee des Selbstmordes leben kann. Ohne die Idee des Selbstmordes wäre das Leben unerträglich! Die negative Auffassung des Selbstmordes ist ganz dumm, und mein Einwand gegen das Christentum ist, daß es die Idee nicht verstanden und einen zweitausend Jahre langen Kampf gegen diese Idee geführt hat. Doch im Gegenteil, sie ist eine ganz brauchbare Idee, die jemandem die Illusion der Freiheit gibt. Das ist sehr wichtig, daß man über sein Leben verfügt, macht, was man liebt und will – man kann sich auch töten, selbstverständlich.

HEINRICHS: Diese Vorstellung, die Sie von sich selbst haben als einem unreinen und nicht gelungenen Wesen, hängt sie mit Ihrer Beziehung zum Vater zusammen, der Priester war und damit ein Ideal höchster Reinheit, zumindest die Tendenz zur Reinheit, vorgelebt hat? Es gibt, soweit ich sehe, in Ihren Aphorismen nur eine Bemerkung zur Kindheit, die ich in Erinnerung habe, daß es die schönste Zeit ihres Lebens war, die Sie mit keiner Landschaft der Erde tauschen möchten.[4] Was zugleich verwundert, weil die Kindheit auch etwas Barbarisches ist, gerade unter dem Gesichtspunkt der Knechtschaft unter dem Vater.

CIORAN: Das Gegenteil gilt für mich. Ich glaube, ich war sehr unglücklich im Leben, weil meine Kindheit so außerordentlich war. Ich bin in den Karpaten geboren, in einem sehr schönen Dorf, und habe dort sozusagen wie ein wildes Tier gelebt – ich war ganz frei. Und meine Eltern waren verständnisvoll, sie haben mich nicht geplagt. Ich glaube, ich war im Leben bestraft, weil ich solch eine Kindheit gehabt habe. Ich mußte das bezahlen – man muß immer bezahlen, nicht wahr? – und das war der Grund. Ich wollte dieses Dorf nie verlassen, dieses wilde Leben im Gebirge. Als ich ins Gymnasium nach Hermannstadt ging, habe ich so geweint. Es begann mein Untergang: der Sturz von meiner Kindheit in dieses Leben. Und auch jetzt noch bin ich sehr glücklich, wenn ich eine Handarbeit machen kann, irgendwo in einem Garten. Alles, was nicht intellektuell ist, gefällt mir ungeheuer. Meine Kindheit war die Vorzivilisation: ein ganz primitives Dorf. Und für mich war die Zivilisation ein Sturz, eine Katastrophe. Und die Ironie ist, daß ich seit mehr als vierzig Jahren in Paris lebe. Die Ironie ist auch eine Strafe.

Nun, ich muß festhalten, daß ich sehr viel – zuviel in meinem Leben gelesen habe, in meiner Jugend in Rumänien oft bis vier Uhr morgens. Ich habe ungeheuer viel gelesen, aber das aus Verzweiflung, nur um nicht zu denken. Ich habe Philosophie studiert, aber ich vermied die Philosophie, das Philosophieren – ich wollte nur anhäufen, Bekenntnisse und Bücher –, eine Furcht vor dem Leben. Und das hat einige Jahre gedauert, bis ich so ungefähr einundzwanzig Jahre alt war. Ich habe dann früh bemerkt, daß die Wahrheit nicht in den Büchern ist – sie ist in den Empfindungen. Nur was man erlebt hat, ist ideenreich. Substanz in den Empfindungen – nicht in Büchern, nicht in Ideen. Ich muß sagen, fast alles, was ich geschrieben habe, ist wirklich gefühlt und erlebt. Das ist vielleicht meine große Entschuldigung, daß es nicht theoretisch ist, es ist nur, es ist fast physiologisch. Alles, was ich geschrieben habe, kann man in physiologische Ausdrücke übersetzen. Oder anders: Ich könnte zu allem, was ich geschrieben habe, sagen, das kommt aus, entspringt dieser Empfindung, diesem Gefühl oder diesem Erlebnis. Alles ist irgendwie konkret gewesen. Für mich ist das der Ausgangspunkt: Zu allem, was ich geschrieben habe, könnte ich sagen, das ist in diesem oder jenem Augenblick, unter diesen Bedingungen, in diesem Zustand entstanden. Das ist nicht unbedingt ein Vorteil und für einen Philosophen unwichtig – aber ich bin kein Philosoph. Ich bin am Rande der Literatur.

HEINRICHS: Sie sagten einmal, alles, was man schreibt, hat letztlich mit Gott oder mit einem selbst zu tun. Aber mit dem, was Sie jetzt sagen, kommt noch eine dritte Dimension hinein: das Situative. Das Physiologische ist ein Zustand, wie man sich selbst erfährt. Doch man erfährt sich nie unabhängig von einer Situation. Insofern fand ich diesen Satz sehr unbefriedigend, weil es zwischen dem Gott, als einer Metapher für den Nicht-Greifbaren, und der eigenen Körpererfahrung immer eine ungeheure Vielzahl von bewußten, unbewußten, von komplizierten, situativen, auch räumlichen Beziehungen gibt. Und dazu gehört zum Beispiel auch so eine Stadt wie Paris, wo man ganz anders empfindet als in Ihrem Garten.

CIORAN: Wissen Sie, diese Geschichte mit »Ich« und »Gott« – Gott, wie Sie sagen, als Metapher – ist doch sehr wichtig, denn mein Leben lang hat mich das Gefühl der Einsamkeit beherrscht. Ich bin sehr gesellig, bekannt als ein geselliger Mensch, und kenne ungeheuer viele Leute. Ich bin oft eingeladen, ich esse sehr gern usw. – aber im Grunde war die Einsamkeit die größte Erfahrung für mich. Ich habe immer das Gefühl der Einsamkeit gehabt. Ich kann nicht gut erklären warum. Es ist so. Die Idee, daß es im Grunde nur »Ich« und »Gott« gibt – was ich damit meinte, war kein metaphysischer Begriff, kein theologischer Begriff. Es ist nur der letzte Ausdruck dieses Einsamkeitsgefühles … wenn alles, alles verschwindet, alles an Wirklichkeit verliert. Und das erlebe ich fast täglich. Ich habe das Gefühl, alles dreht sich um dieses »Ich« und dann um diese Metapher »Gott« – und: alles ist verschwunden. Es ist wie die Grenze, die extreme Grenze, die ich mehr oder weniger jeden Tag erreiche. Also – ich brauche diesen Begriff »Gott«, es gibt den Sinn des Gesprächs, obwohl es kein Gespräch gibt, nur die Illusion des Gesprächs, es ersetzt ein bißchen den Dialog. Es gibt die Illusion: Es ist erträglich – die Illusion der Kommunikation. Also: »Ich« und

»Gott« und alles ist nichts! Ich selbst bin nichts – und Gott auch.

HEINRICHS: Vielleicht ist das auch der Punkt, der Sie daran hinderte, sich einer anderen Religion zuzuwenden. Sie brauchen die Idee des personifizierten Gottes…?

CIORAN: … des Gesprächs. Für mich ist Gott – wie soll ich sagen? –, wenn man an dieser extremen Grenze angelangt ist. Es ist diese extreme Einsamkeit. Und das charakterisiert die extreme Einsamkeit für uns, die wir doch unwillentlich Christen sind. Die Idee des Gesprächs, der Kommunikation, hat vielleicht für einen Buddhisten keinen Sinn, er hat das überwunden, wir nicht. Es ist instinktgemäß für die Leute im Osten. Ich glaube nicht an Gott, selbstverständlich, aber: Gott ist für mich doch eine Wirklichkeit, denn ich habe einen Dialog mit jemandem, wenn nichts mehr ist, dann ist er da, mit dem ich mich ohne Worte unterhalte. Das heißt, ich kann die absolute Einsamkeit nicht ertragen.

HEINRICHS: Und deswegen, so sagten Sie einmal, müßte man sich im Gespräch wie ein Epileptiker verhalten. Der ekstatische Zustand macht das Gespräch sinnlos…

CIORAN: … und unnötig. Das Wirkliche hat eine religiöse Bedeutung, aber in Wahrheit dreht sich alles um die Einsamkeit, das Individuum ist im Grunde absolut einsam. Und Gott ist die Erfindung dieser Einsamkeit. Es ist sehr gut, was Sie sagen: »Gott« ist eine Metapher. Die aber gehört zu uns, weil der Monotheismus uns doch geprägt hat, von Kindheit an. Normalerweise müßte ich nicht von »Gott« sprechen. Warum? Aber ich mache es.

HEINRICHS: Ich nehme jetzt einige Äußerungen, die Sie gesagt und geschrieben haben, zusammen und würde Sie als einen »Mystiker des pränatalen Lebens« bezeichnen.

CIORAN: Das klingt schön.

HEINRICHS: Einerseits sagen Sie, daß alles Erleben, das wert ist, ausgedrückt zu werden, von den Mystikern schon ausgedrückt worden ist. Andererseits treibt Sie die Erfahrung der Einsamkeit zum Zustand des Vorgeburtlichen, weil mit der Geburt das Furchtbare beginnt. Die Erfahrung des Mystikers und der Wunsch nach dem früheren, dem vorgeburtlichen Zustand, beide kennzeichnen den »Mystiker des Pränatalen«.

CIORAN: Das ist richtig. Ein Buch, das ich geschrieben habe, *Vom Nachteil, geboren zu sein*, enthält eine wirklich verrückte Idee: Was ist das Sein, *bevor* man ist? Logisch macht das keinen Sinn, aber gefühlsmäßig. Es ist eine gefühlsmäßige Vorstellung.

Ich muß Ihnen etwas sagen, weil Sie von meinen Eltern sprachen, von meinem Vater: Ich habe mich von meinen Ursprüngen losgemacht. Doch merkwürdigerweise bin ich von den Bogumilen angezogen, von diesem balkanischen Manichäismus, von der Idee, daß die Geburt eine Katastrophe ist. Es war fast unvermeidlich, daß ich unbewußt an meine Ursprünge zurückging. Die Idee, daß nicht Gott, sondern Satan, ein kleiner Satan, *Satunael*, die Welt geschaffen hat, diese Idee hat mich angezogen. Deswegen habe ich das Buch *Die verfehlte Schöpfung* geschrieben, das ein wenig von den Bogumilen inspiriert wurde. Daß ich zu meiner Urheimat, dieser geistigen Welt an der Donau, den Karpaten, daß ich in mir, in Paris, zu dieser Idee zurückgekommen bin, ist merkwürdig, finde ich. Die Idee, wie Sie sagen, die »Mystik der Vorgeburt«, gehört dieser Welt an: dem Orient. – Obwohl ich mich von meinem Ursprung befreien wollte, ist es mir nicht gelungen. Denn schließlich sind alle diese Ideen, der Manichäismus und auch die Gnosis, eine vielleicht ein wenig entartete Gnosis, teilweise vom Balkan gekommen. Man befreit sich nicht von seinem *commencement* – seinem Ursprung. Ich habe viel gegen mein Vaterland geschrieben, zum Beispiel: Rumäne zu sein ist lächerlich, und zugleich bemerkt, daß ich sehr Fatalist bin im Leben. Der Fatalismus ist die Nationalreligion in Rumänien, ein jeder ist Fatalist, im täglichen Leben und überall. Also – man befreit sich nicht von sich selbst.

HEINRICHS: Einerseits könnte man sagen, daß Ihr Leben ein verfehltes Leben ist, Ihr Werk ein verfehltes Werk, das sich eigentlich nur an Widersprüchen und an letztlich nicht lösbaren Gegenüberstellungen, an Schwierigkeiten zwischen einer europäischen und einer außereuropäischen Religion, zwischen einem europäischen Denken und einem, sagen wir, archaischen Denken orientiert. Es ist die Schwierigkeit, ein eigenes Leben, das sich außerhalb von Funktionalität einrichten will, in Übereinstimmung zu bringen mit einem weltgeschichtlichen Geschehen, das eben als ein Zerfallsgeschehen betrachtet wird. Es bestünde also einerseits die Möglichkeit, Ihr Werk als ein mißlungenes zu betrachten, weil das Leben mißlungen und das Werk nur aus einer Projektion der mißlungenen Lebensmöglichkeiten entstanden ist. Und daß es zum Beispiel für eine Theorie von der Geschichte als einer unaufhörlichen Zerfallsgeschichte nicht objektive Belege, sondern nur die subjektive Erfahrung gibt. Andererseits bietet es sich an, dieses Leben und dieses Werk als den Versuch einer absoluten, desillusionierenden Erfahrung von Welt zu beschreiben und alle Brüche, auch reale Schiffbrüche und reale Unauflösbarkeiten, darzustellen als die adäquate, die am weitesten mögliche adäquate Beschreibung von der Stellung des Menschen in der Welt. Es sind zwei sehr gegensätzliche Interpretationen Ihres Werkes möglich.

CIORAN: Wissen Sie, ich habe immer in Widersprüchen gelebt und nicht darunter gelitten. Denn wäre ich ein Systematiker gewesen, ich hätte dann lügen, eine Lösung finden müssen. Doch ich habe das Unlösbare angenommen, und ich muß sagen, ich empfinde sogar eine gewisse Wollust, die Wollust des Unlösbaren. Ich habe nie versucht – die Franzosen sagen *concilier* – zu glätten, zusammenzubringen. Ich habe immer die Widersprüche, so wie sie waren, angenommen, und alles, was ich gelebt habe in meinen persönlichen Angelegenheiten und in theoretischen, auch. Ich habe nie ein Ziel gehabt, ich wollte kein Resultat finden. Ich glaube, daß es an und für sich kein Resultat geben kann, kein Ziel. Es ist alles – nicht sinnlos, das Wort wäre zu kraß, im Grunde aber unnötig. Ich konnte deswegen im Leben nichts machen, weil es unnötig ist. Warum soll ich etwas machen? – Ich habe doch etwas gemacht, nur, es war instinktgemäß. Normalerweise hätte ich absolut nichts machen müssen, wenn ich ganz konsequent gewesen wäre. Indem ich etwas gemacht habe, habe ich mir widersprochen, im Widerspruch gelebt. Und ich glaube, alle leben im Grunde so. Ich werde Ihnen etwas, vielleicht ganz Dummes erzählen: Wenn Sie zu einem Begräbnis gehen – es ist banal und doch wichtig –, wenn Sie sehen, daß ein Freund, mit dem Sie vor zwei oder drei Tagen noch gelacht haben, so spurlos verschwindet – wie kann man nachher noch ein System bauen? Für mich ist es unverständlich!

Ein Bekannter von mir, den ich sehr gerne hatte, ein jüdischer Pole, ein hochsympathischer und interessanter Mensch, mit dem habe ich so viel über alles gelacht – er war noch viel nihilistischer als ich. Aber bei seinem Begräbnis: für mich war es, wie soll ich sagen? Das ist alles banal, ein jeder erlebt es. Aber wenn man das in philosophische Termini übersetzt – was ist der Schluß? Der Schluß lautet: Sogar der Nihilismus ist eine Dogmatik. Es ist alles lächerlich, substanzlos, Fiktion. Deswegen bin ich nicht Nihilist, weil das Nichts noch ein Programm ist. Im Grunde ist alles unwirklich. Alles existiert auf der Oberfläche, alles ist möglich, alles ist Drama.

Es gibt die Liebe – und ich habe mich immer gefragt: Wenn man alles durchschaut hat, wie kann man sich verlieben? Doch das kommt vor im Leben, ich habe immer darüber lachen müssen. Das ist die Wahrheit und das Interessante im Leben. Ich werde jetzt ganz optimistisch: Das Leben ist wirklich interessant und hat eine Anziehungskraft, weil es überhaupt keinen Sinn hat. Und deswegen gebe ich immer dieses Beispiel: Man kann absolut verzweifeln, Nihilist sein und sich doch verlieben wie ein Idiot. Also, diese theoretische Unmöglichkeit, die im Leben aber doch ganz möglich ist, macht, daß das Leben einen gewissen Reiz hat, ganz unbestreitbar. Man leidet, lacht darüber, man tut, was man will, aber dieser fundamentale Widerspruch, diese fundamentale Unmöglichkeit macht, daß das Leben vielleicht doch lebenswert ist.

Wenn Sie zu einem Begräbnis gehen ... und Ihr Freund liegt dort unten im Grab ... und danach haben Sie eine Verabredung mit einer Frau – also, das ist undenkbar. Wie ist denn das möglich? Aber es ist möglich, und das macht das Leben interessant, diese absolute, theoretische und auch praktische Unmöglichkeit. Für mich ist es ein fundamentaler Widerspruch, denn normalerweise möchte ich entweder Selbstmord begehen oder schlafen den ganzen Tag. Aber nein! Ich habe Feinde und Freunde, bin verwickelt usw. Ich weiß, es ist ein Spiel – und das eben ist das Interessante am Leben.

Ein Begriff aus dem Vedãnta, dem größten metaphysischen System Indiens, für die Idee, daß alles, die Schöpfung nur ein Spiel ist. Das Wort dafür ist *lilã*. Für mich ist die indische Philosophie die größte und tiefste, die deutsche kommt nur an zweiter Stelle, nach der indischen. Im Vedãnta ist die Idee des Spiels eine Hauptidee, die größte, die es geben kann: Die ganze Schöpfung ist nur ein Spiel der Gottheit. Und, mein Gott, man weiß, daß es so ist: ein Spiel. Und doch quält man sich, lebt, hat Beziehungen, Liebschaften. Das Interessante ist die theoretische Unmöglichkeit der Leidenschaften – es gibt keine theoretische Fundierung, philosophisch ist es unmöglich, absurd, lächerlich. Aber diese Leidenschaften existieren. Und Sie können ein metaphysisches Bewußtsein haben und sich benehmen wie ein Kellner oder, weiß Gott – wie ein Idiot. Und das ist der Reiz des Lebens, diese tägliche Unmöglichkeit, diese Verrücktheit: Man weiß, daß alles sinnlos und grundlos ist, und besitzt doch alle Leidenschaften wie die Leute, die nie darüber nachdenken. Und das finde ich das Interessante am Leben, diesen *wesentlichen* Widerspruch und diese *wesentliche* Unmöglichkeit: das macht das Leben erträglich.

HEINRICHS: Ich habe mich beim Lesen Ihrer Bücher oft gefragt, woher kommt es, daß jemand nur aus der Erfahrung der Einsamkeit, des Zweifels und der Verzweiflung mit einer solchen Sicherheit schreibt, Sätze von einer unglaublichen Klarheit und Evidenz. Und ich glaube, daß es in diesem Bereich so etwas wie einen Moment von Weisheit gibt. Die Erfahrung der Sinnlosigkeit schafft einen Freiraum von Desillusioniertheit, der es ermöglicht, in einer anderen Weise zu schreiben, als es derjenige kann, der sehr viele Rücksichten nehmen muß auf sich und die anderen und immer wieder auf die eigene Moralität und die Versuche einer Sinninterpretation. Während wenn man diese Stufe der Erfahrung gewonnen hat, die, glaube ich, jeder Mensch, der mit einer gewissen Bewußtheit das Leben lebt, machen muß, ist es unvorstellbar, daß jemand die Sinnlosigkeit nicht erfährt...

CIORAN: ...es ist unmöglich!

HEINRICHS: Nur, wie geht man damit um? Ich habe das Gefühl, dadurch, daß Sie das Schreiben als eine »Profession« gefunden haben, und auch mit dieser Kontinuität haben Sie es fertiggebracht, nicht verrückt zu werden und nicht zu schweigen. Sie kokettieren mit dem Schweigen, weil Ihnen das Schweigen als die angemessenere Form erscheint.

CIORAN: Ja!

HEINRICHS: ...und gleichzeitig ist das Schreiben der Impuls, der Sie am Leben erhält. Es kommt zu einem eigenartigen Widerspruch: schweigen zu wollen, aber doch schreiben zu müssen, um leben zu können.

CIORAN: Es ist absolut wahr, was Sie sagen. Wissen Sie, ich habe nie als Autor geschrieben; glauben Sie mir, ich bin nicht ruhmsüchtig und benehme mich nicht als Autor und kann es auch bei anderen Leuten nicht ertragen. Ich war nie vorsichtig und habe alles gesagt, was mir durch den Kopf kam. Dadurch habe ich die Existenz irgendwie entlarvt, und deswegen betrachtet man mich als Zyniker. Zyniker bin ich nur im Ausdruck, sonst, in meinem Leben, überhaupt nicht. Doch ich erkenne den Wert des Zynismus an, als taxonomische Einstellung. Ich habe immer gesagt, daß man schreiben muß, was im Augenblick als Wahrheit erlebt wird, man muß sagen, auch was man nicht sagen dürfte, selbst wenn es peinlich sein könnte, frivol oder unverschämt. Für mich gibt es keine Grenzen, das Gefühl der Wahrheit, wenn ich etwas schreiben und wissen will, auszudrücken. Ich habe nie, nie an die Folgen gedacht. Und niemand hat deswegen Selbstmord begangen. Im Gegenteil, ich kenne viele Leute, die sagen: Wegen Ihnen habe ich nicht Selbstmord begangen. Und die Leute, die an Depressionen leiden, wenn sie mich lesen, dann verstehen sie, daß man noch weiter in die Depression gehen kann. Die Depression selbst ist ein Stadium auf dem Lebensweg, um mit Kierkegaard zu sprechen. Ich habe also nicht den Eindruck, daß ich eine, wenn ich so sagen darf, negative Karriere gemacht habe. Und übrigens, wissen Sie, alles ist einerlei am Schluß, nicht?

Sie haben absolut recht, wenn Sie sagen, mein Werk sei mißlungen, alles, was ich gemacht habe. Aber – es mußte so sein, denn sonst wäre es falsch gewesen, hätte es ein Ziel gehabt, hätte es zu etwas hingeführt. So ist es nun einmal. Es mußte mißlingen, weil alles mißlungen ist. Und das, wollte ich sagen, ist auch das Interessante am Leben. Das Scheitern ist fast das Wesentliche am Leben. Das Scheitern ist wichtiger als der Tod, ein Universalgesetz des Lebendigen. Alles muß scheitern – und: es scheitert! Für mich ist das nicht unbedingt deprimierend. Es gehört dazu – der Tod ist nur die Krönung eines großen Scheiterns, der Tod ist die administrative Folge. Das muß aber nicht unbedingt zur Verzweiflung führen. Es ist wirklich so: Was man Hoffnung nennt – alle leben mit Hoffnung –, ist etwas absolut Falsches, an und für sich. Man kann verzweifelt sein und Hoffnungen haben. Es gehört dazu, zu diesem Spiel. Ich habe oft geglaubt, daß ich ganz hoffnungslos sei. Es ist nicht wahr, ich habe Hoffnungen, wie alle anderen. Aber ich weiß, diese Hoffnungen sind nicht real. Und das ist der einzige Unterschied zwischen meiner Weltanschauung oder, das ist schon zuviel gesagt, meiner Einstellung und der der anderen. Ich habe alle Hoffnungen und mache alle Dummheiten, die die anderen machen. Aber ich bin mir absolut bewußt der Substanzlosigkeit von allem, was ich mache.

So bin ich im Leben: Als Lebendiger bin ich nicht ein richtig Lebendiger – ich bin *doppelt*. In jedem bin ich, und alles, was ich mache, ist *doppelt*. Es ist einmal der Akt des Lebens und auf der anderen Seite die Einsicht, daß alles ... Ich habe mich für Valéry interessiert, wissen Sie warum? Ich war Student in Rumänien und habe in einer Zeitschrift ein Zitat gelesen von Valéry, es kommt mir nicht in den Sinn ... ich kann mich nicht genau erinnern, die Idee, daß alles Täuschung ist.

HEINRICHS: Ich erinnere mich nur, daß Sie bei Valéry als ein großes Unglück die Tatsache ansehen, daß er verstanden worden ist.

CIORAN: Ja. Sein Werk hat einen gewissen Eindruck auf mich gemacht. Valéry – er gefällt mir nicht als Dichter, aber als Geist schon – war ein illusionsloser und im Grunde auch verzweifelter Mensch.

HEINRICHS: Was ich bei dem, was Sie gesagt haben, sehr wichtig finde und mich bestärkt, ist, daß es einen elementaren Unterschied gibt zwischen dem, was man Pessimismus, Nihilismus nennt, und der vorgängigen Erfahrung der Verzweiflung und des Niedergangs. Also, daß der Pessimismus ein so leicht abzufertigendes System ist, dem man sich argumentativ entgegenstellen kann, daß aber die Erfahrung, von der Sie sprechen, an das Leben jedes einzelnen gebunden ist und es eine pessimistische Erfahrung gibt, außerhalb derer sich niemand stellen kann. Man kann sich immer außerhalb eines pessimistischen Systems stellen, nicht aber außerhalb der Erfahrung des Pessimismus.

CIORAN: Das ist richtig. Man sagt von mir, ich sei ein Pessimist – das ist nicht wahr! Diese schulmeisterlichen Kategorien sind lächerlich. Ich weiß genau, was Pessimismus ist. Aber, wie Sie sagen: Es geht um die Erfahrung, ein lebendiges Wesen zu sein. Man ist nicht Pessimist im Leben, das macht keinen Sinn. Man ist wie die anderen, und ich spreche von erlebten Sachen. Ich habe die Apologie der Skepsis betrieben und auch die des Pessimismus, aber – das ist nicht wichtig. Wichtig ist, was man erlebt und wie man das ausdrückt.

HEINRICHS: Als ich vor acht, neun Jahren zum ersten Mal auf Ihre Arbeiten aufmerksam wurde, hatte ich große Scheu davor, vielleicht aus einem Gefühl der Verwandtschaft von Erfahrungen, denen ich mich nicht stellen wollte. Sehr ähnlich wie bei der Lektüre von Nietzsche, wo man das Gefühl hat, daß man dann ganz in der Erfahrung ist und nicht einfach davon nur »naschen« darf. Ich habe sehr schnell gespürt, daß Ihr Denken von der jeweiligen Erfahrung lebt und nicht aus dem Wunsch, die Erfahrung zu systematisieren und sie damit zu erledigen. Gleichzeitig bekam ich den Eindruck, daß Sie eine große Anzahl von Ideen, von Strukturen, die durch die Denkgeschichte aufgeworfen sind, nur wiederholen, und zwar in einer sehr pointierten Form: Bestimmte Denkerfahrungen der westlichen Philosophie, hauptsächlich des Idealismus – wozu vor allem die Negation zählt, also ein Teil des dialektischen Denkens –, den Sie, wie Sie vorhin einmal sagten, verabsolutieren und vereinseitigen. Und dann bestimmte lebensphilosophische Grundsätze: die Frage nach der Geburt, nach den Lebensstadien, dem Alter, nach dem Lebensstrom, dem Sie sich einreihen. Und es ist eigenartig, wie sehr man sich mit Ihren Texten vertraut fühlt. Trotz aller Verzweiflung, die aus ihnen spricht, und der Negation sind es überhaupt keine Texte, die einen depressiv oder allein, sondern Texte, die einen geradezu heimisch werden lassen. Und das erkläre ich mir nicht nur daraus, daß man sich mit ähnlichen Erfahrungen konfrontiert sieht, die sonst so nackt nicht dargestellt werden, sondern daß Sie die gesamte westliche Denkgeschichte, angereichert um östliche Philosophie, in einer sehr einfachen und auch vereinfachten, verfälschten Weise wiederholen. Und die Subjektivität Ihres Standpunktes dorthin setzen, wo zum Beispiel Johann Gottlieb Fichte versucht hat hinzukommen, als er das »Ich« setzte, aber dann das »Ich« wieder im Wissen aufgehoben sah und immer wieder in einer transzendental-philosophischen Reflexion sich weiter reflektieren wollte. Dort, an einem bestimmten Punkt, setzen Sie einfach das erfahrende Subjekt – was sich ein Transzendental-Philosoph nicht erlaubt hat: so plötzlich, so lebensphilosophisch zu argumentieren. Das also scheint mir das Spektrum zu sein, aus dem heraus Ihre Arbeiten einem nahe sind.

CIORAN: Es ist ganz richtig: »Erfahren« ist das richtige Wort für das, was ich fühle und denke, alles ist darauf bezogen.

Ich möchte ein Wort zu Nietzsche sagen. Nietzsche hatte in meiner Jugend auf mich einen großen Einfluß. Jetzt fühle ich mich sehr fern von ihm. Warum? Weil er seine Theorie konstruierte. Er hat ein Ideal, eine Idee vom Menschen, von den Werten, *en fonction de*, wie die Franzosen sagen, in Abhängigkeit von dieser Vision geschrieben, gefaßt, elaboriert. Und so bekam ich den Eindruck, daß alles etwas falsch ist. Als Prophet und sogar als Analytiker – auch wenn er Analytiker ist, ist er noch Prophet – wollte er unbedingt etwas »bringen«, etwas schaffen, eine Rolle in der Kultur spielen usw. Und stellen Sie sich vor: Jetzt kann ich mit Vergnügen nur noch seine Briefe lesen, denn in seinen Briefen ist er das Gegenteil von dem, was er in seinen Schriften ist. In seinen Briefen sieht man, wie er war: ein armseliger Kerl. Und alle diese Helden, dieser Held des Denkens, der in seinen Büchern eine Rolle spielt, dieser Größenwahn, scheint mir falsch zu sein. Obwohl selbstverständlich genial, ist er irgendwie unwahrhaftig. Für mich ist Nietzsche in den Briefen, dort ist Nietzsche er selbst. Deswegen habe ich mich von sehr vielem seines Werkes abgewandt. Er hat sich selbst eine Weltanschauung auferlegt. Nicht mehr frei von seinen Ideen und Zwecken, wurde er ganz abhängig, Sklave seiner Ideen. Für mich ist er kein freier Mensch gewesen, in seinen Büchern wenigstens nicht. Ich erkenne den wirklichen Nietzsche nur in seinen Briefen. Vielleicht übertreibe ich ein wenig, aber es liegt etwas Wahres in dem, was ich sage. Er war der Held meiner Jugend; jetzt nicht mehr – er ist, obwohl scharf und zynisch, für mich zu »jugendlich«. Nietzsche hat seine Lebenserfahrungen nicht ausgedrückt, er hatte immer nur eine Idee: Man muß überwinden, überwinden, überwinden – das ist sehr deutsch im Grunde. Vielleicht ist das der Fehler der Deutschen im allgemeinen und auch des deutschen Denkens: Man muß überwinden, man muß konstruieren, man muß aufbauen. Und deswegen ist die deutsche Geschichte ein Scheitern ohnegleichen, eine Katastrophe, weil die Deutschen ihre Geschichte konstruiert haben. Den Deutschen mangelt es an Weisheit, sie haben Genie, aber keine Weisheit. Sie erleben nicht die Geschichte und das Leben selbst, sie wollen immer aufbauen – konstruieren. Und in der Philosophie ist alles nur System, was erreicht wird. Daß alles homogen sein muß, ist eine, ich würde sagen, idiotische Sünde, ein Makel sogar. Sie sind zu sehr Systematiker, sie haben eine systematische Geschichte erlebt und gemacht und die Folgen daraus gezogen. Die Deutschen waren *außerhalb* des Lebens. Ich glaube, die deutsche Geschichte im allgemeinen war irgendwie abseits – tief und abseits. Etwas Unreales liegt im ganzen deutschen Schicksal. Es ist eindrucksvoll und ein tragisches Volk auch deswegen, weil sich die Deutschen sehr ernst genommen und nie darüber gelacht haben. Es gibt keine deutsche Ironie, die Deutschen haben über die Ironie geschrieben, aber nie selbst die Ironie erlebt oder *pratiqué* – praktiziert, nur darüber gesprochen und nachgedacht. Und das ist die Ursache des deutschen Scheiterns. Denn schließlich, wenn man bedenkt, daß die deutsche Nation die genialste Europas war, die begabteste auf jeden Fall, ist so ein Scheitern, daß eine solche Nation so zugrunde gehen konnte, fast ohne Beispiel; nicht nur der Zweite Weltkrieg, der Erste auch. Aber die deutsche Geschichte und der deutsche Geist waren irgendwie *jenseits*, weil zuviel systematisch gedacht wurde. Es ist wahr: Die Deutschen haben keine *sagesse*, keine Weisheit, das muß man, merkwürdig wie es ist, anerkennen.

HEINRICHS: Könnte man sagen, daß dieses Prinzip der Konstruktion, des Bauens, der Neuerungen, der Erfindungen, des

Fortschritts, das durchgängige Prinzip einer Geschichte ist, die Sie als Verfallsgeschichte beschreiben?

CIORAN: Ja.

HEINRICHS: Haben Sie Ihre Erfahrungen und Ihr Wissen für diese Geschichtsauffassung im wesentlichen in der Geschichte der Neuzeit gefunden, oder sehen Sie diese Erfahrung schon am Untergang von den archaischen Kulturen zu den sogenannten zivilisierten Gesellschaften vollzogen?

CIORAN: Letzteres würde ich nicht sagen – ich habe viel über die Geschichte nachgedacht –, es kommt hauptsächlich von der Neuzeit her. Ich muß bekennen, daß ich mich sehr mit dem Untergang des Römischen Reiches befaßt habe, auf eine sogar lasterhafte Art, es war für mich wie eine Zwangsvorstellung und Obsession. Ich habe viel darüber gelesen, und die letzten Spuren des Heidentums haben mich immer traurig gemacht – auch deswegen bin ich gegen das Christentum. Es ist das Problem nicht eigentlich der *décadence*, aber der Erschöpfung – wie eine Nation ihr Genie verliert durch innere Erschöpfung. Selbstverständlich werden Nationen oft zerstört durch Invasionen usw., doch ich spreche hier nur von einer Zivilisation, die wirklich ein Schicksal hat. Es ist merkwürdig zu sehen, wie es von einem Moment an eine Wendung gibt: Man sieht, man spürt – und das kann genauso in einem Individuum, einem Einzelwesen stattfinden –, daß man nicht mehr an sich selbst glaubt. Und eben das ist für eine Zivilisation sehr wichtig. Bei den Römern konnte man das gut sehen: Die Unvermeidlichkeit des Phänomens, daß es nicht möglich ist, eine Zivilisation zu retten wie ein Individuum, wie eine Kultur. Von daher, wenn ich vom »Scheitern« einer

Zivilisation, eines Individuums spreche, kommt mein Gefühl, meine Zuneigung für dieses Phänomen. Mich interessiert ein Volk eigentlich nur von dem Augenblick an, von dem etwas nicht mehr klappt. Man sieht: etwas ist gebrochen. Und das sage ich immer wieder, nicht aus Schadenfreude, wirklich nicht – aber weil es der Beginn ist fast der Weisheit. Wenn man sich im Niedergang befindet, ist das Bewußtsein viel stärker, viel größer. Man hat Abstand zu sich selbst, man ist sozusagen außer sich, außerhalb seiner selbst. Die Dekadenz als Phänomen an und für sich ist, philosophisch gesprochen, ein »Außen«. Für das kollektive Bewußtsein und auch für das Individuum gilt, daß man nicht mehr »drinnen« ist: Etwas ist in jemandem gebrochen – und dadurch versteht man, daß man lebt, auch wenn es vielleicht zu spät ist. Auf einmal ist man seiner selbst bewußt und seines Schicksals. Und für eine Zivilisation gilt dasselbe, nicht? Bei der Dekadenz handelt es sich um keinen politischen Begriff, das wäre zu einfach, es ist selbstverständlich im Grunde, das ist nicht interessant. Es ist der psychologische Prozeß, wenn ein Individuum und eine Kollektivität und ein Volk in etwas Neues eintreten, und man spürt, daß man verdammt ist. Diese Idee des Fluches, auch für das Individuum, das Gefühl der *malédiction* kommt von dem Augenblick an, wo etwas schiefgeht. Es ist unheilbar, keine Krankheit, aber das Individuum ist nicht mehr dasselbe wie zuvor. Und in gleicher Weise kann für eine Zivilisation gelten, was Galiani[5] und andere schon im 18. und 19. Jahrhundert über Europa geschrieben haben: das Gefühl, man geht allmählich zu Ende. Die reifen Zivilisationen, die dieses Bewußtsein besitzen, haben mich immer angezogen. Selbstverständlich ist auch der Aufgang interessant, die Morgenröte eines Volkes, einer Zivilisation, nur ziehe ich für das philosophische Niveau den Untergang vor. Man ist philosophisch viel fortgeschrittener als jemand, der »verstanden« hat. Für mich gibt es nur zwei Kategorien von Leuten: diejenigen, die nicht, und diejenigen, die »verstanden« haben. Ich kann nur jemanden schätzen, der »verstanden« hat. Und das hat nichts zu tun mit dem intellektuellen Niveau im allgemeinen. Manche, die kaum gebildet sind, haben »verstanden«, und andere, sehr gebildet, nicht. Ich kenne Leute, deren philosophisches Niveau ist ungeheuer, die, obwohl sie nicht die großen Philosophen gelesen, ein Gefühl für diese »Wendung« haben: Etwas ist nicht mehr, was es war, und für immer verloren. Das hat mich in der Geschichte angezogen, deswegen habe ich mich für Rom interessiert und für die moderne Geschichte.

Ich habe gleich bemerkt, und es ist hochinteressant zu sehen, daß Leute, die aus Osteuropa hier angekommen sind, dieselbe Perspektive haben: Etwas geht schief. Sie können es nicht erklären, doch sie fühlen es. Das macht die Geschichte interessant, als Studie und als Wirklichkeit, wenn diese Wendung eintritt. Deswegen muß man die Dekadenz nur von diesem Standpunkt aus betrachten.

Ich muß sagen, daß ich eine große Liebe habe für Spanien, das einzige Land, welches die Obsession der Dekadenz besaß. Und das sehr früh, nach der *Conquista*, nach der großen Epoche, dem Ende der Eroberungen. Danach kamen zwei, drei Jahrhunderte der Idee der Dekadenz, die der Zentralbegriff der spanischen Historiographie geworden ist. Und deswegen besitze ich eine große Schwäche für Spanien, übt Spanien auf mich eine solche Anziehungskraft aus. Vor dem Krieg wollte ich nach Spanien gehen, um die Vorlesungen von Ortega y Gasset zu hören. Noch zwei Monate zuvor schrieb ich ein Gesuch und wartete auf ein Stipendium. Doch dann brach der Bürgerkrieg aus, sonst wäre mein Leben ganz anders verlaufen. Vielleicht wäre ich Spanier geworden und bestimmt in Spanien geblieben. Mich hat wirklich angezogen, daß ein so außerordentliches Volk wie die Spanier, im ganzen, auf dem Höhepunkt das Bewußtsein des Niedergangs hatte. Sie haben immer wieder darüber geschrieben und nachgedacht, sich in ihre Niederlage vertieft und darin gefallen. Also, die Völker, die ihr Schicksal verpaßt haben, gefallen mir ungeheuer. Und die Deutschen von diesem Standpunkt aus auch. Die Deutschen haben nicht die Geschichte, die sie sich hätten verdienen können. Mit einem Bach, Hegel, Kant oder einem Hölderlin hätte Deutschland eine andere Geschichte haben müssen. Aber es hat seine Geschichte verpaßt. Es ist ihm nicht gelungen zu sein, was es hätte sein sollen. Mir gefällt diese pathetische Dimension an der Geschichte. England hat mich nie interessiert als Schicksal – es hat kein Schicksal, und Frankreich im Grunde auch nicht. Doch Deutschland schon: wie ein Genie, das sich nicht realisiert hat.

HEINRICHS: An diesem Punkt würde ich gerne auf zwei Dinge zu sprechen kommen. Einmal auf das Verhältnis des Reaktionären und des Revolutionären in Ihnen. Doch zuvor: Ich habe seit einigen Minuten den Eindruck, daß Sie nur ein Werk hätten schreiben müssen: den *Ödipus*. Im Schicksal des Ödipus ist alles enthalten…

CIORAN: Das stimmt, es ist die reine Wahrheit, das Unvermeidliche…

HEINRICHS: …die Figur des Ödipus ist *Ihre* Figur.

CIORAN: …er sucht seinen Zusammenbruch…

HEINRICHS: ... und das mit welcher Gewalt, Leidenschaft und Ekstase!

CIORAN: Er hat alles gemacht, um sich selbst zu zerstören ...

HEINRICHS: ... und unglücklich zu werden.
Vor wenigen Tagen habe ich einen Film von Pasolini gesehen, der das Schicksal des Ödipus verfilmt hat in einer wahnsinnig schönen Form, weil er den Ödipus als einen Menschen nimmt, der jetzt lebt und durch die Gegend geht. Auch an anderen Stellen unseres Gespräches dachte ich an Pasolini, zum Beispiel an die Bedeutung, die er der Armut zugewiesen hat, nicht als einer politischen Kategorie oder eines sozialen Elends, vielmehr als einer Chance des Menschen, seine Möglichkeiten zu leben.

CIORAN: Es ist eine geistige Chance. Die Unsicherheit ist absolut notwendig; zum Beispiel ist ein Schriftsteller, dessen Leben sicher ist, verloren. Die Schriftsteller waren früher vom schriftstellerischen Standpunkt aus eigentlich viel besser, als sie absolut verlassen waren, arm und unglücklich starben.

HEINRICHS: Wittgenstein hat das gewußt und sein Geld verschenkt.

CIORAN: Tolstoi – Wittgenstein war sein Schüler – dagegen nicht. Tolstoi hat seinen Reichtum behalten. Wittgenstein, als ein richtiger Schüler, gab alles auf, und das hat ihn geistig gerettet. Wissen Sie, ich lebte viel intensiver, als ich zwei, eigentlich nur einen Anzug, jahrelang nur einen kleinen Koffer besaß. Heute bin ich nicht reich, bezahle selten Steuern, verdiene sehr wenig – aber ich lebe »ziemlich«, kann essen, was ich will, reisen usw. –, ist mein Leben irgendwie sicher geworden. Und das hat großen Schaden über mich gebracht – geistigen Schaden. Früher habe ich in Paris von Tag zu Tag gelebt. Ich war geistig viel frischer, auch jünger, selbstverständlich – aber: ich war ein anderer Mensch. Ich wußte nicht, was ich morgen machen werde. Ich habe fünfundzwanzig Jahre in Hotels gelebt und war immer wie ein Tier, ein Wild, das bedroht ist – so angespannt und doch irgendwie frisch. Die Sicherheit ist geistig eine unglaubliche Gefahr, wie die perfekte Gesundheit eine Katastrophe für den Geist.

Also – was kann man machen? Die Schriftsteller, unglücklicherweise, sind entweder zu elend, zu arm oder zu reich. Ich weiß von meinem Leben selbst, daß man mit der Sicherheit ärmer wird, innerlich vermindert. Der Mensch muß sich bedroht fühlen und unsicher. Ich stelle mich hier nur auf das geistige Niveau, denn für einen Arbeiter hat das keinen Sinn, er braucht Sicherheiten. Doch ein Intellektueller, sagen wir ein Schriftsteller, muß das Gefühl der Bodenlosigkeit haben. Wenn dieser noch richtig, ganz auf dem Boden »installiert«, fest, wie soll ich sagen …

HEINRICHS: … etabliert ist …

CIORAN: … so ist er verloren. Dann schafft man ein Werk, oder – weiß Gott – wird ein großer Schriftsteller: ein »Jemand«. Und das ist schlecht. Früher gab es viele Krankheiten, und das war ein Glück für den Menschen …

HEINRICHS: … sind Sie also doch Nietzscheaner?

CIORAN: Nein, ich meine ein Glück für den Schriftsteller und nicht für den Menschen allgemein. Heute gibt es nur mehr zwei, drei gefährliche Krankheiten, und das ist eine Gefahr. Und ich spreche hier, wie gesagt, nur von diesen abnormen Menschen, etwa den Schriftstellern. Für das Volk hat das keinen Sinn.

Das Gehirn braucht entweder ... Zum Beispiel war ich ein großer Kaffeetrinker und ein großer Raucher. Jetzt rauche ich nicht mehr und trinke auch keinen Kaffee. Alle Reizmittel habe ich weggeworfen – ich konnte es nicht aushalten, ich war in solch einem Nervenzustand – und habe mir gesagt: Ich werde alles aufgeben und das Risiko auf mich nehmen, nicht mehr zu schreiben. Und wirklich schreibe ich nun viel weniger, weil das Gehirn Stimulanz braucht – entweder das Unglück, die Krankheit oder Reizmittel. Ich war bis jetzt, muß ich sagen, nicht besonders unglücklich. Doch seitdem ich die Reizmittel beiseite geschoben, darauf verzichtet habe, habe ich meinen *rendement* – wie sagt man das? –, meine Zeugungskraft, die schöpferische Kraft gefährdet, denn das Gehirn muß in einem anomalen Zustand sein, um etwas zu schaffen.

Deswegen, als ich in meiner Jugend jahrelang nicht haben schlafen können, bekam ich den Eindruck, ein außergewöhnlicher Mensch zu sein. Seit ich, nicht gut, aber immerhin doch schlafe, fühle ich mich vermindert. Ich bin nicht mehr derselbe. Alles, was geistig hoch steht, muß intensiv sein! Und intensiv ist man nicht normalerweise. Nur vertrage ich die Reizmittel heute nicht mehr, ich werde davon verrückt und kann mich nicht aushalten. Aber mein Leben war viel besser mit Tabak, drei Schachteln Zigaretten, als ich Alkohol trank, nicht schlief und »weiße Nächte« verbrachte. Ich war wirklich jemand, nicht als Schriftsteller, aber ich lebte intensiv und hatte den Eindruck, jeder Tag sei außerordentlich. Jetzt muß ich annehmen, daß ich so allmählich zugrunde gehe … Ich bin wirklich der *attenuierte*, der geschwächte Ausdruck einer Version, die geschwächte Fassung meiner selbst. Das merke ich die ganze Zeit über und bin resigniert. Doch warum nicht? Es gehört zum Spiel. Ich behaupte, ich will kein fruchtbarer Schriftsteller sein, ich will als solcher keine Karriere machen. Ich hätte vielleicht nur ein Buch schreiben müssen und habe doch weitergeschrieben, weil die Tage zu lang sind. Jeder Schriftsteller müßte nur *ein* Buch schreiben.

HEINRICHS: Warum ziehen Sie nicht aufs Land, jetzt, wo alles geschrieben ist?

CIORAN: Ich habe eine Dachwohnung in Dieppe, aber das Klima dort ist so scharf, daß ich es nicht ertragen kann. Besäße ich ein Landhaus, ich glaube, es würde mir sehr gefallen, die Erde zu bearbeiten und ein ganz primitives Leben zu führen. Aber dazu ist es zu spät, alles ist zu spät im Grunde genommen, und das ist auch ganz im Interesse des Lebens. Man bedauert alles, das Gute und das Schlechte.

HEINRICHS: Was bedauern Sie nicht? Daß Sie geschrieben haben, zum Beispiel?

CIORAN: Ich glaube, daß ich fünf, sechs oder sieben oder zehn Aphorismen geschrieben habe, die etwas ausdrücken.

HEINRICHS: So wie Benn von den sechs Gedichten spricht…

CIORAN: … acht! – ein Dichter schreibt acht Gedichte, sagt Benn, und er hat recht! Also – ich glaube, ich habe acht Aphorismen geschrieben, ohne zu wissen welche, die etwas ausdrücken. Oder nicht acht Aphorismen, vielmehr hatte ich acht Ausbrüche: So wie ich in meinem Leben einige Ekstasen erlebt habe, die nicht wiedergekommen sind. Deswegen betrachte ich mich, wie ich schon sagte, als Karikatur meiner selbst. Als ich fähig war, »Ekstasen« zu fühlen, nicht viele, einige wenige nur, hatte ich wirklich den Eindruck, daß ich jemand wäre, nicht jemand im menschlichen Sinne, und daß es sich gelohnt hat, gelebt zu haben. In meiner Jugend, mit fünfundzwanzig Jahren und auch früher, erlebte ich Momente, die man nur von den Mystikern kennt. Mein Interesse an der Mystik kommt von daher. Diese Zustände habe ich bei den Mystikern wiedergefunden. Und ich erlebte diese Zustände nicht, weil ich die Mystiker gelesen habe, sondern das Gegenteil ist der Fall. Das sind außerordentliche, einmalige Momente … man wetteifert mit Gott, um wieder von ihm zu sprechen, und ist wirklich auf der höchsten Ebene … Es gibt kein Nachher und kein Vorher – die Zeit ist aufgehoben. Und dieser Augenblick ist es wert, gelebt zu haben.

HEINRICHS: Michel Leiris hat einmal gesagt: Lieber wäre ich besessen, als von den Besessenen zu sprechen.

Es ist die Ebene des Universalen, des Allgemeinen, die in Ihren Aphorismen enthalten ist und vielleicht einen Ersatz schafft für das Leben. Als hätte das Denken, die Sprache, einen Ersatz geschaffen für diese im Leben nicht zu erreichende Elementarität oder Universalität.

CIORAN: Das kann stimmen. Wissen Sie, ich bin gezwungen, mich jetzt als Schriftsteller zu betrachten – es kommt von außen, nicht von innen. Wie schon gesagt, hatte ich zuvor nicht das Gefühl, ein Autor zu sein. Aber jetzt, mit dem Alter – ich kann keine Erklärung finden, dadurch, daß ich dieses Interview gegeben habe, daß man doch über mich gesprochen hat, ändert die Sache ein wenig. Ich selbst weiß nicht genau, woran ich bin. Wenn man schreibt, denkt man nicht, daß man schreibt. Ist es aber veröffentlicht, dann steht etwas vor Ihnen. Das Beste jedoch ist der unbekannte Schriftsteller. Mein Leben in Paris war sehr einfach; 1949 habe ich die *Lehre vom Zerfall* veröffentlicht, und man hat drei Monate viel von mir gesprochen. Und dann, nachher, während dreißig Jahren, war ich fast unbekannt. Ich fand das sehr gut, in gewisser Hinsicht war es meine Chance. Ich gebe Ihnen ein Beispiel: Vor dreißig Jahren schrieb ich ein kleines Buch, die *Syllogismen der Bitterkeit*. Als es erschien, haben die Leute, meine Freunde gesagt, wie kannst du so primitiv sein, das ist absolut lächerlich. Und in Frankreich verkaufte man in fünfundzwanzig Jahren nicht mehr als zweitausend Exemplare, obwohl das Buch nur vier Francs kostete. Doch auf einmal interessierte sich die Jugend dafür. Also, das Schicksal des Buches ist außerordentlich. Und dadurch bin ich mir bewußt geworden, daß ich irgendwie »Schriftsteller« bin. Früher »existierte« ich nicht. Ein Autor muß nie wissen, das Gefühl haben, daß er Leser hat. Und ein Buch zu schreiben, mit dem Bewußtsein, daß man Schriftsteller ist, das ist eine Katastrophe. Für einen jungen Schriftsteller ist der Erfolg das Schlimmste, was kommen kann. Davon bin ich überzeugt. Man muß warten ... nicht bekannt sein. Bekannt zu sein ist eine Niederlage – der Ruhm die größte Strafe.

HEINRICHS: Das heißt nicht, daß man sich nicht nach dem Erfolg sehnt?

CIORAN: ... ja, er kommt wie eine Krankheit, einfach so, im Grunde muß man skeptisch sein: Es ist unmöglich zu sagen, was verfehlt ist am Leben und was nicht, darüber zu sprechen, ob es einen Sinn hat.

HEINRICHS: Könnten Sie sich vorstellen, in einer anderen Form als in der des Essays, des Traktates oder des Aphorismus zu schreiben? Zum Beispiel ein Theaterstück oder einen Roman?

CIORAN: Nein. Das wäre absolut unmöglich! Alles, was ich geschrieben habe, ist ein Resultat – die Aphorismen sind zu Beginn nicht als Aphorismen geschrieben: ... eine Seite ... und dann habe ich alles weggeworfen und neu begonnen. Um einen Roman zu schreiben, muß man Details wählen. Doch ich finde Details unmöglich und würde gleich zum Schluß kommen. Ich könnte immer nur mit dem fünften Akt beginnen. Ein Stück, ein Roman würde beginnen mit dem Schluß, denn ich sehe immer das Ende. Ein Buch, Belletristik, überhaupt kein literarisches Genre könnte ich mit einer solchen Einstellung praktizieren. Deswegen: Ich bin kein Schriftsteller, ich bin ein ... ich weiß nicht ... so ein Fragmentmensch.

HEINRICHS: Wenn Sie eine Liebesbeziehung hatten, haben Sie dann zugleich das Ende der Beziehung gesehen?

CIORAN: Die ganze Zeit! Die ganze Zeit über denke ich ans Ende, doch das Ende kann dauern ... Meine fixe Idee von allem war das Ende. Ich betreibe geradezu eine Obsession des Endes: In jeder Unternehmung, in allem, was ich gemacht habe, in jedem Anfang sehe ich das Ende. Diese Idee, das ist mehr als der Tod: das immanente Ende von *allem*. Und auch das der Geschichte – *alles* zielt aufs Ende hin.

HEINRICHS: Beschreibt das nicht eine metaphysische Auffassung und Ausdrucksweise des Alltags, weil dieser beinhaltet, daß Situationen zu Ende gehen? Und darin liegt eigentlich nichts Tragisches.

CIORAN: Doch, wenn es sich um das Universal-Ende handelt. Mit dieser Idee wird alles unnötig. Warum sollte man überhaupt etwas machen? Die Idee des Endes stört einen im Leben. Man glaubt, ohne zu glauben, und das ist das Ende, die Idee des Endes. Man tut so, als wenn man glauben würde, und ist, wie ich immer sage: *doppelt* – in allem, was man macht, metaphysisch unaufrichtig. Man identifiziert sich mit nichts – das ist die andere Seite, und es ist nun einmal so. Deswegen habe ich immer ein Interesse aufgebracht für die Hochstapler, die Betrüger, die Lügner, für alle, die unheimlich bewußt sind. Sie besitzen alles, um nachzudenken, um Philosophen zu werden, Denker und Schriftsteller. Dieses Doppelleben, das sie führen, ist unglaublich interessant. Und auch derjenige, der sich in meinem Zustand befindet, ist wirklich wie ein Betrüger. Er glaubt und glaubt nicht. Ich hatte immer eine Neigung zu diesen Leuten, zu denen auch der Philosoph gehört, auf einer anderen Ebene: Die Analyse außerhalb der Idee der Analyse ... Er denkt nicht – er denkt *über* das Denken. Und das ist in gewissem Sinne Hochstapelei.

HEINRICHS: So ein Titel wie »Syllogismen der Bitterkeit« drückt eine lebensphilosophisch durchtränkte Logik aus. Was Sie praktizieren, ist eine Verbindung der Reinheit des Denkens, der Denkstrukturen der Logik, mit existentiellen Erfahrungen. Vielleicht hätte auch Heidegger die Chance dazu gehabt, wenn er nicht ein systematischer Denker hätte werden wollen.

CIORAN: Heidegger hat zuviel an Wörter geglaubt.

HEINRICHS: Aber an Wörter glauben Sie auch!

CIORAN: Nicht so wie er. Ich habe kein Wort geschaffen. Heidegger hat alle Schwierigkeiten – nicht gelöst, aber überwunden durch Wortschaffen. Ich betrachte das als höchst unehrlich. Ich bestreite nicht, daß Heidegger ein Genie war und doch auch ein Hochstapler. Anstatt Fragen zu lösen, hat er Fragen gestellt, Wörter geschaffen und die Probleme *déplacé* – verschoben, durch Wörter, wie soll ich sagen? – erzeugt.

HEINRICHS: Ein Beispiel etwa wäre der Begriff der »Wahrheit«, der für Sie wie für Heidegger sehr zentral ist. Bei Heidegger wird die Wahrheit zur griechischen Vorstellung der »Entbergung« und daraus entsteht dann eine Philosophie. Während Sie mit dem Begriff der Wahrheit operieren und sagen, es gibt eine wahre Wahrheit, die sich nicht essentiell von der Wahrheit unterscheidet, sondern nur dadurch, daß man sich der Lüge und des Trugs bewußt ist.

CIORAN: Für mich war Heidegger wirklich zu naiv; obwohl schlau wie ein Bauer – kann das sein? –, hatte er zuviel Vertrauen in die Wörter. Er war, würde ich sagen, unbewußt schlau.

HEINRICHS: Auch Sie sind unbewußt schlau, oder?

CIORAN: Ein wenig, ich bin...

HEINRICHS: ... bewußt schlau. – Als Sie vorhin von der Faszination sprachen, die Sie für die römische Geschichte aufbringen, die eine Verfallsgeschichte ist, mußte ich sehr an Ernst Jünger denken.

CIORAN: Er hat neulich so etwas in einem Interview im »Spiegel« gesagt. Aber wissen Sie, das ist sehr üblich heute und wenigstens in Frankreich verbreitet, dieses Interesse an der Dekadenz Roms. Und das ist legitim. Im Grunde auch die Christen, die Theologen ... von den Stoikern zu den Aposteln ist es ein Niedergang. Doch das kommt immer wieder vor und war unvermeidlich. Die Antike war verbraucht, wie es die heutige Epoche ist. Alle Güter sind verbraucht – der Gott ist nicht tot: Er ist verbraucht, die Götter sind verbraucht. Und das ist absolut selbstverständlich, deswegen ist unsere Epoche in einem gewissen Sinne hochinteressant, fast eine Chance – wenn man will.

1 Jean Baruzi (1881–1953), Professor am Collège de France, Untersuchungen zur Mystik von Johannes vom Kreuz, Paulus und Angelus Silesius. Hauptwerk: *Saint Jean de la Croix et le problème de l'expérience mystique*,Paris 1924. [*Der Heilige Johannes vom Kreuz und das Problem der mystischen Erfahrung*]

2 Louis Lavelle (1883–1951), Professor am Collège de France, Vertreter des neuen französischen Spiritualismus.

3 Mädhyamika (sanskr.), auch: Śunyatāvāda (Lehre von der Leerheit). Vgl. E.M. Cioran, *Gevierteilt*, S. 7f.:»Der Spätbuddhismus, besonders die Mädhyamika-Schule, legt das Schwergewicht auf den radikalen Gegensatz zwischen wahrer Wahrheit oder *paramārtha*, Erbe des Befreiten, und irgendeiner Wahrheit oder *samvrti*, ›verhüllte‹ Wahrheit, genauer: ›irrige Wahrheit‹, Privileg oder Fluch des Unbefreiten.«

4 Vgl. E.M. Cioran, *Geschichte der Utopie*, S. 8:»Das Vaterland ist nur ein Zeltlager in der Wüste‹, heißt es in einem tibetischen Text. Ich gehe nicht so weit: ich gäbe alle Landschaften der Welt für die meiner Kindheit hin. Immerhin, muß ich hinzusetzen, wenn ich ein Paradies daraus mache, sind die Zaubertricks oder schwachen Stellen meines Gedächtnisses daran schuld.«

5 Ferdinando Galiani (1728–1787), italienischer Philosoph und Wirtschaftstheoretiker. Vgl. E.M. Cioran, *Dasein als Versuchung*, S. 42:»Inmitten all seiner Ratlosigkeit und Erschlaffung hat sich Europa dennoch eine Überzeugung bewahrt, eine einzige, von der sich loszusagen es um nichts in der Welt einwilligen würde: die Überzeugung, ein künftiges Opfer zu sein, todgeweiht. [...] Als es noch in voller Blüte stand, im 18. Jh., stellte der Abbé Galiani bereits fest, es sei im Abstieg begriffen...«

(Transkription, Bearbeitung und Anmerkungen von Thomas Knöfel und Klaus Sander. Ihnen gilt mein Dank. Erstveröffentlichung: Beiheft zur CD *E.M. Cioran, »Cafard«*, supposé Verlag, Köln 1998)

JORGE SEMPRUN
wurde 1923 in Madrid geboren, war spanischer Kulturminister und
lebt heute als freier Schriftsteller in Paris und Madrid. 1994 erhielt er
den Friedenspreis des Deutschen Buchhandels.
Hauptwerke unter anderem: *Was für ein schöner Sonntag!* (Suhrkamp
1981), *Der weiße Berg* (Suhrkamp 1987), *Unsere allzu kurzen Sommer*
(Suhrkamp 1999), *Der Tote mit meinem Namen* (Suhrkamp 2002).

JORGE SEMPRUN

Unüberbietbar schlimm
Über Zerstörung, Leid und die
Chance der Literatur

Ich habe mehr Erinnerungen,
als wär ich tausend Jahre alt ...

Ein riesiges Tor. Nicht eigenhändig zu öffnen. Wurde es überhaupt je geöffnet?

Ich blieb einfach davor stehen – und tatsächlich ereignete sich das kaum für möglich Gehaltene: Man bat mich einzutreten.

Der Aufzug, der mich schließlich in das Stockwerk von Jorge Sempruns Wohnung in Paris bringt, öffnet sich direkt und ausschließlich zu dieser einen Wohnung hin. Das beeindruckte mich.

Jorge Semprun ist von Anfang an entgegenkommend, fast freundschaftlich. Und dabei doch distanziert, irgendwie abwesend, gedankenverloren.

Vielleicht ist er in Gedanken immer woanders.

Eigentlich hat er keine Zeit. Er ist mit einem Film beschäftigt. Und mit der Mühsal des Lebens.

Im Grunde ist es eine Zumutung, ihm die Zeit zu stehlen.

Rechtfertigen kann ich das nur mit meiner Liebe zu seinem Werk, der Vertrautheit mit den Figuren seiner Texte und deren Leben.

Etwas übereilt stelle ich das Gerät auf und beginne sofort mit dem Gespräch. Nach wenigen Minuten schon verändert sich die Atmosphäre, Jorge Semprun ist jetzt in der Situation, fühlt sich verstanden.

Er ist großzügig in seinen verbalen und nonverbalen Gesten der Zustimmung. Er scheint zu vergessen, daß er keine Zeit hat und eigentlich in Gedanken woanders ist.

Erst als ich zum wiederholten Mal das Band wechsle und selbst das Gefühl habe, alles mir Wichtige thematisiert zu haben, spürt er sofort, daß es das gewesen sein könnte.

So unwirklich wie der Zugang zu dem Haus und zu der Wohnung, so unwirklich ist auch das erneute Betreten des Fahrstuhls – so, als fiele er ins Bodenlose und lasse die Insassen in einem schwarzen Loch verschwinden.

Auch beim Durchqueren des Hofes verläßt mich dieses Ge-
fühl noch nicht. Wo war ich? In welcher Welt, »neben« oder
»vor« der sogenannten normalen?

Eine paar Wochen zuvor war ich bei einer Veranstaltung in
der Sorbonne, wo Semprun mit Umberto Eco und anderen
Schriftstellern und Theoretikern diskutierte. Solange Sem-
prun nicht sprach, wirkte er abwesend; sobald er aber das Wort
ergriff, war er ganz in der Situation, sprach bewegend aus sei-
nem Erleben heraus.

Monate später las er im Literaturhaus in Frankfurt und
wurde geradezu euphorisch gefeiert. Wie merkwürdig, daß
man sich für das erzählte Leiden begeistern kann.

Er erkennt mich – so extrem erfahrenes Leid schärft offen-
sichtlich auf besondere Weise den Blick für die Gesichter und
die in ihnen verborgenen Gefühle entweder der Zuneigung oder
des Hasses. Er steht auf und begrüßt mich wie einen Freund,
was mich sehr stark berührt.

HANS-JÜRGEN HEINRICHS: Herr Semprun, in Ihrem 1980 im Original erschienenen Buch *Was für ein schöner Sonntag!* schreiben Sie, daß das Leben für Sie »die gesamte Zeit des Bereits-Gesehenen, des Bereits-Erlebten, der Wiederholung, des Gleichen bis zum Überdruß« sei. »Mein Leben ist kein zeitliches Fließen, keine fließende Dauerhaftigkeit, sondern etwas Strukturiertes, schlimmer noch: etwas sich Strukturierendes, eine sich selbst strukturierende Struktur. Mein Leben ist unentwegt destrukturiert, ständig im Begriff, sich zu destrukturieren, sich zu verflüchtigen, in Rauch aufzugehen. Es ist eine Folge von Unbeweglichkeiten, von Momentaufnahmen, eine unzusammenhängende Aneinanderreihung vergänglicher Augenblicke, bloß vorübergehend in einer endlosen Nacht flimmernder Bilder.« An welchen Punkten setzt dann aber doch bei Ihnen die Neugierde ein, die das Leben immer wieder neu antreibt und den Blick auf Veränderungen freigibt? Und was bedeutet für Sie Zukunft?

JORGE SEMPRUN: Neugierde ist ein ganz gutes Wort. Ich glaube, daß man nur weiterleben kann – *Weiterleben*, so heißt auch Ruth Klügers Buch, das mir sehr wichtig ist –, wenn man Neugierde hat. Ich glaube überhaupt, daß dies im Lager der entscheidende Impuls war. Das ist keine persönliche Erfahrung, ich glaube, es ist eine kollektive Erfahrung, ich glaube nicht, ich weiß es, und Primo Levi hat genau dasselbe gesagt. Eine der Bedingungen, um zu überleben, um weiterzuleben, war die Neugierde. In Ihrer Frage haben Sie schon die Antwort eingeschlossen: Ohne Neugierde ist nicht nur keine Zukunft möglich, es ist noch nicht einmal eine Bearbeitung, eine persönliche Bearbeitung der Vergangenheit möglich. Und jeder bewußte und freie Mensch hat diese Bearbeitung der Vergangenheit nötig, um weiterzuleben, um zu überleben und Projekte zu haben, um in der Zukunft etwas aus sich selbst und aus der Welt um sich machen zu können.

HEINRICHS: Gehört zu dieser Neugierde auch so etwas wie Heimat, ein Sich-irgendwo-wohl-Fühlen? Sie leben jetzt in Paris, gibt es für Sie ein Zuhause zwischen Paris und Madrid, oder sind das nur äußere Orte? Sind es mehr die geistigen Landschaften, in denen Sie sich zu Hause fühlen, und wie ist Ihr Verhältnis zur französischen Sprache? Hat das Französische Ihr Schreiben verändert, fühlen Sie sich in der französischen Sprache wohl?

SEMPRUN: Ich fühle mich genauso unwohl in der französischen wie in der spanischen Sprache. Wohl oder unwohl, ich weiß nicht genau, was man sagen kann. Ich glaube, Schreiben ist schwierig, und für mich ist es genauso schwierig in Französisch wie in Spanisch. Ich weiß nicht, ob das gut ist, vielleicht ist es schlecht und schlimm und eine Gefahr, aber so ist es. Ich habe es schon einmal gesagt und werde es wiederholen: Ich bin zu Hause in jeder Stadt. Ich bin kein Mann des Landes, ich habe natürlich wie alle gesunden Leute, das Land gern, die Landschaften, die Flüsse und Gebirge. Das ist alles wunderschön, aber um zu leben und zu arbeiten brauche ich eine Stadt. Eine Stadt, wo es einen Fluß gibt, eine Bibliothek, ein paar Museen und Kunsthallen. Dann bin ich zu Hause. Natürlich könnten Sie mich fragen: Ist das nicht schwierig in einer Sprache, die Sie gar nicht verstehen? Aber ich verstehe genügend europäische Sprachen, um zu Hause zu sein, in Paris, in Frankfurt oder Berlin, Madrid oder Prag. Zuhause ist für mich, wie Sie gesagt haben, zuallererst eine kulturelle Angelegenheit und nicht eine heimische Blut- und Bodenangelegenheit.

HEINRICHS: In einem Gespräch mit Elie Wiesel äußern Sie einmal: »Je mehr ich schreibe, desto deutlicher kommt mir die Erinnerung zurück«; man könne jedesmal mehr sagen. Was ist dieses »Mehr«? Liegt es eher auf der Seite des Geschehenen oder eher auf der Seite der Imaginationen und der Assoziationen, die durch die Erinnerung angeregt werden? Und gibt es nicht immer auch eine gegenteilige Tendenz, daß sich das Ungeschriebene heftiger verweigert, wenn man immer dringlicher an seine Türen klopft? Und was bedeutet dieses »Mehr« für Ihren Blick auf das Zukünftige?

SEMPRUN: Ich glaube, Sie haben recht. Sie haben das gut verstanden, was ich gewagt habe zu denken und auszusprechen. Je mehr man schreibt, desto mehr kommt das Gedächtnis zurück, für mich jedenfalls. Es ist in jedem Fall eine persönliche Erfahrung. Und jeder Schriftsteller hat seine persönliche Erfahrung, jeder Schriftsteller, der in einem Konzentrationslager gewesen ist, hat eine spezifische, kreative Erfahrung. Meine Erfahrung ist: Je mehr ich schreibe, desto mehr Gedächtnis gibt es. Aber, vielleicht ist dieses Gedächtnis, diese Vergangenheit auch dichter und schwieriger zu erfassen und zu bändigen, sie ans Licht kommen zu lassen. Vielleicht, das weiß ich noch nicht.

Aber jedenfalls bin ich sicher, daß man unendlich über diese Erfahrung schreiben kann. Und daß immer Neues hervorkommt, nicht Neues als Erfahrung, als Geschehenes, sondern Neues als Assoziation, als Imagination, auch als Verständnis des Geschehenen. Warum? Weil wir zum Verständnis der aktuellen historischen Bedingungen und der Zukunft Europas auch über diese Vergangenheit nachdenken müssen. Und weil es diejenigen, die diese Erfahrung hatten, in ein paar Jahren, vielleicht in fünf, zehn Jahren nicht mehr geben wird. Die direkte, persönliche Erfahrung wird verschwinden. Jeder Schriftsteller, der diese Erfahrung gemacht hat, sollte unendlich viel, Tag und Nacht, schreiben. Das ist natürlich unmöglich, das ist nur eine Hypothese. Tag und Nacht schreiben, um so etwas zu machen, was Spielberg mit seinem Archiv über das Gedächtnis der Shoah gemacht hat. Jeder Überlebende geht zu ihm, um sein Gedächtnis diesem wunderschönen kleinen Tonbandgerät anzuvertrauen.

HEINRICHS: Das erinnert mich auch an etwas, was Michel Leiris einmal gesagt hat, man müsse die Erinnerung und das subjektive Schreiben auf die Spitze treiben, damit sie in Objektivität umschlagen. Ich glaube, wenn sich das Schreiben exzessiv der Erinnerung und der Selbst-Vergewisserung überantwortet, entsteht daraus die Kontur der »Objektivität«, so etwas wie eine kollektive Gedächtnisarbeit.

Sie schreiben, daß für Sie die Literatur und das Schreiben Formen seien, den Tod in sich aufzuheben, zugleich eine Rückkehr zur Erfahrung des Todes. Gibt es so etwas wie eine Verlebendigung und auch eine Transzendierung des Todes im Schreiben?

SEMPRUN: Ja, ich glaube das. Ich weiß es, nach diesen zwanzig Jahren, in denen ich nicht geschrieben habe, so, wie ich es in meinem Buch *Schreiben oder Leben* gesagt habe, weil es für mich unmöglich war. Ich weiß genau, daß Primo Levi und Robert Antelme und andere in Europa zum Leben zurückgekommen sind, weil sie geschrieben haben. Aber es gibt auch Schriftsteller, Ruth Klüger zum Beispiel, ich selbst, die nur sehr spät, vielleicht Jahrzehnte später, geschrieben haben. Und natürlich, wenn wir jetzt schreiben, dann kommt das Gedächtnis zurück, und es gibt eine neue Relation, eine neue Verbindung mit dieser Erfahrung des Todes, und auch eine Trennung. Aber natürlich, diese Erfahrung des Todes ist heute für mich viel lebendiger, wenn man so etwas sagen kann, als in diesen zwanzig Jahren, wo ich nicht geschrieben habe und gar keine Erinnerung daran haben wollte. Das war nicht immer möglich. Aber im gewöhnlichen, alltäglichen Leben war es möglich. Das ist positiv und negativ, wenn man sagen kann, daß diese Erfahrung negativ ist. Das weiß ich nicht, vielleicht ist es auch positiv.

HEINRICHS: Könnten Sie versuchen, aus Ihrer Sicht das Verhältnis zwischen der sogenannten äußeren Realität und dem Traum, der Imagination und der literarischen Gestaltung noch zu präzisieren? Ich erinnere an eine Formulierung von Fernando Pessoa: »Es gibt kein Problem, außer dem Realitätsproblem und das ist unlösbar und lebendig. Was weiß ich von dem Unterschied zwischen einem Baum und einem Traum. Ich kann den Baum berühren, ich weiß, ich träume den Traum. Was bedeutet das in seiner Wahrheit?«

SEMPRUN: Meine Erfahrung mit Bäumen habe ich in *Was für ein schöner Sonntag!* beschrieben. Dieser wunderschöne Baum in Buchenwald, wo ich plötzlich hingegangen bin und gewußt habe, daß dieser Baum, voll mit Schnee, nach dem Winter wieder grün werden würde, der ganze Zyklus der Natur würde wieder anfangen.

HEINRICHS: Ja, die Bäume spielen in dem Buch eine große Rolle. Zum Beispiel am Anfang: »Der Unteroffizier konnte kopfschüttelnd zu ihm zurückkommen. ›Tatsächlich ja, Mensch, ein wunderschöner Baum‹, würde er sagen. Sie würden beide mit dem Kopf nicken, während sie den Baum betrachteten. Er hätte die Gelegenheit nutzen können, um dem SS-Unteroffizier behutsam die ganze Komplexität der frappierenden Formulierungen eines Philosophen seines Landes zu erklären.

Sie standen reglos vor dem Baum. Die Sonne schien, der Himmel war fahl, der Schnee dämpfte die Geräusche, drüben stieg Rauch auf. Es war zehn Uhr morgens, an einem Dezembersonntag. Das konnte sicherlich noch lange dauern.

Bald war es zu Ende.«

Und an späterer Stelle: »Der Hauptsturmführer Schwartz nahm mit sachlicher Stimme mein Verhör auf. Ich antwortete genauso sachlich: ›Dienst ist Dienst.‹ Alle Militärs der Welt lieben die Knappheit, aber die SS-Männer sind versessen darauf.

Dann näherte er sich dem heikelsten Aspekt des Verhörs. Ich war darauf vorbereitet.

›Warum hast du dich von der Straße entfernt?‹ fragt er mich.

Ich schaue ihm fest in die Augen. Er muß die Unschuld meines Blickes erkennen.

›Wegen des Baums, Hauptsturmführer‹, sage ich zu ihm. Auch das ist ein Pluspunkt für mich, daß ich ihm genau den Rang in der SS-Hierarchie gebe. Die SS hat es nicht gern, daß man ihre verzwickten Ränge durcheinanderbringt.

›Des Baums?‹ sagt er.

›Da stand, etwas abseits, ein Baum, eine Buche, ein sehr schöner Baum. Ich habe sofort gedacht, es könnte der Goethe-Baum sein, ich bin hingegangen.‹

Er zeigt Interesse.

›Goethe‹, ruft er aus. ›Kennen Sie Goethes Werke?‹

Ich nicke bescheiden.

Er hat mich gesiezt, ohne sich vielleicht dessen bewußt zu

sein. Die Tatsache, daß ich Goethes Werke kannte, hat sofort seinen Ton verändert.

Die Kultur ist doch etwas Schönes.«

SEMPRUN: Dann ist in meinem Gedächtnis wieder Hegel aufgekommen, mit der Knospe, die blüht, diese Dialektik der Natur. Das war meine Erfahrung, die Welt braucht meinen Blick nicht, um zu existieren. Ich kann oder werde morgen verschwinden, durch das Krematorium als Rauch verschwinden, und trotzdem wird dieser Baum wieder grün und wunderschön werden, und die Welt wird ohne meinen Blick genauso schön sein. Das war meine metaphysische Erfahrung. Den Baum habe ich berührt, um zu wissen, daß er da war, aber seit dieser Zeit ist er vielleicht noch realer, hat mehr Realität und Dichtigkeit, wenn ich dies im Traum oder in der Imagination erwähne.

HEINRICHS: Ihre Position ist innerhalb einer asiatischen Philosophie und Mentalität viel leichter zu realisieren als im westlichen Denken, wo uns diese, wie Jacques Lacan das einmal sagt, »Geisteskrankheit des Menschen«, dieses illusionäre Ich beherrscht, das uns immer die Illusion vorgaukelt, als würden wir alles produzieren und als seien wir für alles der Mittelpunkt. Vielleicht brauchen wir aber diese Illusion trotzdem, trotz dieser Erfahrung, daß die Welt ohne uns existiert und daß der Baum ohne uns ist; müssen dennoch unsere Aktivität, unsere subjektiven Möglichkeiten in die Welt hineingeben, müssen die Illusion festhalten, daß *wir* es sind, die mit unserem Blick auf die Welt die Welt mitbestimmen.

SEMPRUN: Natürlich, ich glaube, da muß man einmal und vielleicht auch nur heute in unserem Gespräch zur Dialektik zurückkommen. Es gibt diese zwei Aspekte der Wirklichkeit: die Welt existiert ohne meinen Blick, aber die Welt kann ohne meinen Blick nicht verändert werden. Es ist sicher, daß die ewige Welt meinen Blick nicht braucht, aber die soziale Welt, die historische Welt ist nichts ohne einen individuellen Menschen, ohne den Willen, auch den Willen zur Macht. In der Praxis ist die Welt nicht möglich ohne die menschliche Erfahrung und Tätigkeit. Es gibt also diese zwei Aspekte, die man philosophisch gut unterscheiden kann.

HEINRICHS: Ich glaube, daß die von Ihnen angesprochene Mentalität die weisere ist. Ich erinnere mich an eine schöne Geschichte mit drei Mönchen, die baden gehen und ihre Mäntel in den Wind hängen und einem Fisch und einem Vogel zuschauen. Der eine äußert sich eher abfällig über das Geschehen, sein Mantel wird vom Wind weggerissen. Der andere ist erstaunt und begeistert von dem Geschehen, dessen Mantel wird auch weggerissen. Und der dritte schaut einfach nur, ohne etwas zu sagen, sein Mantel bleibt hängen.

SEMPRUN: Das ist eine schöne Geschichte. Woher kommt sie?

HEINRICHS: Aus Asien.

Herr Semprun, gibt es für Sie eine Frage, die sich, gleichsam übergeordnet, während Ihres ganzen Lebens durchgehalten hat? Und wenn es eine solche Frage gibt und Sie diese formulieren, haben Sie dann das Gefühl, Sie verlassen die Rolle, die Identität des Schriftstellers und äußern sich zum Beispiel als politischer Bürger, als eine moralische Instanz? Oder ist der Dichter in Ihrem Verständnis immer Dichter, und inszeniert, »erfindet« er auch solche Fragen und Antworten?

Vielleicht in dem Sinne, in dem Roland Barthes einmal gesagt hat: »Auch das Ich, das den Text schreibt, ist immer nur ein Papier-Ich«?

SEMPRUN: Ich habe keine Identität, das meine ich wirklich ernst, es ist nicht spirituell, es ist kein Witz, ich habe keine, ich bin nicht bewußt, ich denke an mich nicht als einen Dichter, Schriftsteller, Artisten usw.

HEINRICHS: Das wäre sicher auch der Tod des Schriftstellers.

SEMPRUN: Ich schreibe natürlich, und heute ist das Schreiben für mich vielleicht wichtiger als zur Zeit, als ich jung war. Das ist wahr. Aber ich glaube, hypothetisch könnte ich das Schreiben heute verlassen, wenn es etwas gäbe, das für mich, natürlich kann ich mich irren, wichtiger wäre. Das habe ich immer gesagt, auch einmal in dieser literarischen Fernsehsendung, die Bernard Pivot seit Jahrzehnten macht; er hat mich nach meinem Selbstverständnis gefragt, und da habe ich gesagt, ich bin kein wirklicher Schriftsteller. Warum? Wir sind hier zusammen. Wir sprechen zusammen, dann gehe ich, bleibe allein, nehme meine Papiere und fange wieder an zu schreiben, was ich heute unterwegs erlebt habe. Aber dann kommt ein Telefonanruf von einem Freund, den ich seit fünf Jahren nicht gesehen habe, er kommt aus Venezuela oder aus Argentinien, von einer fernen Reise. Und dann bin ich mir bewußt und sicher, daß diese Seite, die ich geschrieben habe, wunderschön ist und das, was ich wollte. Das kann ich dann vergessen, das Haus verlassen und zu diesem Freund, der nur ein paar Stunden in Paris ist, gehen, kann im Caféhaus eine Stunde verlieren.

HEINRICHS: Oder gewinnen.

SEMPRUN: Oder gewinnen, natürlich. Ich glaube, ich gewinne sie. Aber das macht kein echter Schriftsteller. Glauben Sie, Flaubert hätte das gemacht? Für alle Schriftsteller in der Welt, von Amerika, von Nordamerika bis Südamerika, ist Flaubert *der* Schriftsteller. Und Sartre hat ihm, ich weiß nicht wie viele hundert Seiten gewidmet. Das macht ein Flaubert nicht, er verläßt nicht die Seite von *Salambô*, die er geschrieben hat, weil jemand anklopft und sagt, ich möchte mit dir über das und das reden. Ich bin in diesem Sinne kein wirklicher Schriftsteller. Und dann stellt sich wieder Ihre erste Frage: Gibt es etwas, das moralisch verantwortet werden muß? Ich hatte eine kommunistische und marxistische Periode in meinem Leben, aber was dahinter war, das ist noch immer da. Es gibt Werte, die wichtiger sind als das persönliche Leben und Überleben. Und diese Werte sind für mich heute genau dieselben wie diejenigen, als ich achtzehn Jahre alt war und von der Gestapo in Frankreich verhaftet wurde. Diese Werte sind, das kann man ganz einfach sagen: Freiheit, Autonomie des menschlichen Wirkens und Denkens. Und dafür muß man alles, sollte man, kann man alles heiligen. Ja, das ist für mich genauso wie in jüngeren Jahren.

HEINRICHS: Vielleicht sind Sie doch in dem Sinn ein Schriftsteller, wie es Danilo Kiš einmal formuliert hat: Ein Schriftsteller ist jemand, der keinen Tag das Schreiben verläßt, der jeden Tag mit der Schrift, mit dem Schreiben verbunden bleibt; auf das von Ihnen gegebene Beispiel bezogen: auch wenn Sie mit einem Freund aus Venezuela zusammen sind, verlassen Sie ja nicht Ihre Art, die Dinge zu sehen, wahrzunehmen und in der Sprache zu denken.

Meine Frage zielte auch noch auf etwas anderes, in dem Sinne, wie Hubert Fichte einmal gesagt hat, man dürfe als Dichter niemals eine Ausweichsprache benutzen. Mit dieser Formulierung wandte er sich gegen jede Form von Auftragsarbeiten, bei denen man einmal als Schriftsteller schreibt, ein anderes Mal in die Rolle eines politisches Bürgers oder eines Wissenschaftlers und in deren Sprachen und Codes schlüpft. Für ihn war ein Dichter einer, der immer in seiner Sprache spricht und schreibt. Ich glaube, in dem Sinne würden Sie sich vielleicht doch auch als Schriftsteller bezeichnen.

Semprun: Natürlich. Danilo Kiš war ein Freund und ein ganz wichtiger Schriftsteller, und er hat natürlich recht. Auch wenn ich zu diesem imaginären Freund aus Venezuela komme und mit ihm eine Stunde verliere oder gewinne, auch in dieser Stunde ist meine Sprache im Hintergrund, sind die Arbeit, das Schreiben oder die philosophischen Thesen, die mich beschäftigen, natürlich immer da. Das ist richtig, aber dennoch gibt es da eine Hierarchie der Werte. Mit Ihrer Definition bin ich natürlich einverstanden. Sonst ist man ein Amateur, ein Dilettant, nicht Schriftsteller.

Aber, das zweite und wichtige Merkmal des echten Schriftstellers ist, wie Sie sagen, daß man die Sprache nicht wechselt, gleichgültig, ob man in der Zeitung oder an einem Roman oder Essay schreibt, daß man keine Ausweichsprache benutzt. Nicht dieses Chamäleonhafte; das kann brillant sein, wir kennen viele Schriftsteller, die genau mit derselben Leichtigkeit über Kunst oder Sex, Männer oder Frauen sprechen, die aber keine sich durchhaltende authentische, persönliche Sprache haben.

HEINRICHS: Wenn wir das, was wir eben gesagt haben, auf die Hauptfrage unseres Gesprächs, nämlich die Frage nach der Zukunft des Menschen beziehen: Ist es für Sie möglich, solch eine Frage außerhalb Ihres literarischen Schreibens zu beantworten? Ich denke dabei etwa an Gedichte von William Carlos Williams, in denen oft das Wort »Zukunft« vorkommt. Der Dichter setzt sich mit dieser Frage auseinander und will doch keine Antwort geben:

Wir wissen nichts und können nichts
wissen
außer
den Tanz zu tanzen nach einem Maß
kontrapunktisch,
satyrhaft, den tragischen Fuß.

Die Zukunft ist keine Antwort. Ich
muß
meine Bedeutung finden und sie, weiß,
neben das vorüberziehende Wasser
legen: mich selbst –
die Sprache auskämmen – oder unter-
liegen.

SEMPRUN: Das ist nicht sehr schwer zu verstehen, daß ein Dichter so schön und so präzise von der Zukunft spricht. Ich glaube, Dichter und Schriftsteller sind diejenigen, die am besten von der Zukunft reden. Denken Sie an den Vers von Paul Celan »Nördlich der Zukunft«. Also, die Dichtung ist immer nördlich der Zukunft, über der Zukunft und in der Zukunft. Damit bin ich ganz einverstanden.

HEINRICHS: Paul Ricœur hat sich einige Male zur sogenannten Vergangenheitsbewältigung und der Möglichkeit, die
Zukunft zu ergreifen, geäußert. Er notiert einmal, wir müßten »der Vergangenheit ihre Zukunft wiedergeben« und
führt das in dem Sinne aus, daß man nicht mehr fürchten
solle, daß etwas Wichtiges von der Vergangenheit verborgen
geblieben sei. Die heutige Aufgabe bestehe darin zu *verstehen*;
wir müßten durchdringen, was wir gemacht haben, und wir
müßten heraustreten »aus der juridischen Rede von Verbrechen und Strafe«.

Er sagt: »Ich gehöre selber noch zur Generation der Au-
genzeugen. Und gleichzeitig sehe ich, daß diese Geschichte,
die ich miterlebt habe, schon dokumentarisch geworden ist.
Die Zeugnisse lagern in den Archiven, wie sie von Historikern
systematisiert werden. Für mich ist die heutige Situation ein
gutes Beispiel für das spannungsvolle Aufeinandertreffen
von Gedächtnis und Geschichte. Die Dokumente sind tot, und
später können nur die Fragen der Nachgeborenen sie wieder
mit Leben erfüllen. Deshalb betone ich so, daß die Aufgabe
des Historikers darin besteht, den Moment der Unentschie-
denheit der historischen Akteure wiederzufinden. Dies ist es,
was der Zeuge vermitteln kann.«

Sie äußern in einem Gespräch mit Elie Wiesel, »im Ar-
chipel der nationalsozialistischen Konzentrationslager« habe
es viele Unterschiede der Lager gegeben. »Das NS-System
hatte für jedes Lager einen besonderen bürokratischen Sta-
tus vorgesehen. Es ist schon grauenhaft, wenn man die Dokumente liest. Wie sie sie selbst klassifiziert haben. Die NS-
Hierarchie hatte die Lager nach der Umerziehbarkeit der
Häftlinge klassifiziert. Die Juden galten natürlich nicht als
umerziehbar. Sie sollten ausgelöscht werden. Das ist bereits
die erste dieser Klassifizierungen, in Buchenwald gab es ja

zwei Lager, das große Lager und das Quarantänelager oder kleine Lager, das es etwa bis 1944 gegeben hat, bis zu dem Zeitpunkt also, als die Deutschen den Krieg bereits praktisch verloren hatten. Und da verschlechterten sich die Lebensbedingungen in den Lagern rapide, auch in den Arbeitslagern und nicht nur in den Vernichtungslagern. Dieses kleine Lager war ein Durchgangslager, ein Quarantänelager; man wurde durchgeschleust, um anschließend in die Maschinerie der Buchenwalder Kriegswaffenproduktion integriert zu werden, in die Fabriken usw., oder aber man wurde anderen Arbeitskommandos oder anderen Lagern zugeteilt. Von diesem Zeitpunkt an ist aus dem kleinen Lager ein eigenständiges Lager geworden. Man blieb dort.«

Worum geht es jetzt: so etwas zu beschreiben oder es zu erzählen? Und gibt es ein Verstehen jenseits der literarischen Arbeit am Text?

SEMPRUN: Ja, es gibt ein Verstehen jenseits der literarischen Arbeit am Text. Dies ist etwa die Erfahrung der nationalsozialistischen Lager; man könnte auch vom Gulag sprechen. Aber diese Erfahrung habe ich nicht, an ihr bin ich von außen interessiert. Man braucht dafür zwar eine literarische Form, aber das Verstehen muß dennoch unabhängig davon geleistet werden. Ich wiederhole es, in den nächsten Jahren wird es keinen persönlichen literarischen Ausdruck von dieser Erfahrung mehr geben, weil es kein persönliches Gedächtnis davon mehr gibt. Man muß also dieses Verstehen, wie es Ricœur sagt, bearbeiten, umarbeiten, um es zugänglich zu machen. Aber zugänglich in seiner Verschiedenheit und Singularität.

Es war nicht alles dasselbe. Man kann nicht sagen, alles war genauso. Die Lager, die in Polen für die Vernichtung der

Juden da waren, sind so wie die in Buchenwald, wo ich war. Und es gibt Arbeitslager und Vernichtungslager, und in jenem Lager waren die politischen Häftlinge an der inneren Macht. Was bedeutet es, eine innere Macht zu haben in einem nazistischen Lager? Das ist sehr kompliziert. Das können wir heute nicht in unserem Gespräch anpacken.

Aber wir können die Vergangenheit in ihrer Verschiedenheit und Singularität verstehen. Wissen, daß die Singularität die Vernichtung der Juden war. Das ist die Singularität des Nazismus. Man kann alles vergleichen, und man muß alles vergleichen. Historisch ist das nicht nur nützlich, sondern imperativ zu machen. Man kann die stalinistischen Lager mit den nazistischen Lagern vergleichen, aber niemals darf man diese Singularität, die Endlösung vergessen. Diese Singularität der Erfahrung der Juden. Nur sie haben diese Erfahrung gehabt. Viele andere haben diese Erfahrung nicht gehabt. Das ist eine unendliche Arbeit, diese Transmission, nicht nur des Gedächtnisses, sondern auch des Wissens von der Vergangenheit. Jede Generation braucht eine neue Bearbeitung. Und da hat Ricœur ganz recht.

HEINRICHS: Angesichts des Wuchers, den man heute mit dem Handel mit Erinnerungen und Scheinerinnerungen treibt, hat man ja diese ganze Erinnerungskultur auch wieder in Frage gestellt. Ich nenne zuerst das Beispiel der fünf Seiten, die jetzt aus Anne Franks Tagebuch aufgetaucht sind und die Millionen kosten sollen. Unterliegen unsere Erinnerungen heute nicht sehr weitgehend den Gesetzen der Medien? Und der zweite Teil meiner Frage bezieht sich auf die Erinnerungen Benjamin Wilkomirskis. Offensichtlich hat er die von ihm geschilderte Kindheit im Konzentrationslager frei erfunden. Meine Frage: Ist dies zulässig, darf man den stattgefundenen Grausamkeiten erfundene hinzufügen? Und was geschieht eigentlich mit dem geschichtlich verbürgten Ungeheuren, wenn man dem noch etwas Erfundenes hinzufügt? Oder gibt es das gar nicht, das Erfinden in diesem freien Sinne?

SEMPRUN: Die konkreten Fälle, die Sie genannt haben, müßte ich besser kennen, um darüber etwas Persönliches sagen zu können. Zum zweiten Punkt: Natürlich kann man nicht erfinden, daß wir in Buchenwald eine Gaskammer hatten. Es gibt für die Erfindung eine unüberschreitbare Grenze: Wenn ich zum Beispiel von einem anderen Deportierten nach Buchenwald lese, daß er dieses oder jenes gesehen hat, und ich weiß, daß das unmöglich war, daß er das nicht gesehen hat. Das ist für mich peinlich. Die Negationisten arbeiten über diese Sache. Die Grenze der Erfindung, wenn wir Erfindung wieder als Wort brauchbar machen, ist die Möglichkeit für Revisionisten, die Wirklichkeit der Lager und der Gaskammern, also die Vernichtung vergessen zu machen.

Aber man braucht Erfindungen im Sinne der literarischen Arbeit, um die Wirklichkeit verständlicher zu machen. Wollte man genau die Wirklichkeit beschreiben, wäre das einfach unmöglich, man müßte ein unendliches Buch schreiben und ein unendliches Hören und Sehen von dem Leser und dem Zuschauer verlangen. Das ist praktisch unmöglich. Dann hätten wir vielleicht ein paar hundert Menschen, die immer darüber sprechen und darüber schreiben. Also erfinden muß man, weil man eine literarische, im allgemeinen Sinne des Wortes, Form erfindet. Aber diese Erfindung hat eine Grenze, die Grenze der tatsächlichen inneren Realität. Es ist peinlich und moralisch widerwärtig, wenn man etwas erfindet, um es schöner zu machen oder um es leichter verstehbar zu machen. In Buchenwald gab es keine Gaskammer. In Buchenwald wurden niemals zur selben Zeit 45 sowjetische Kriegsgefangene gehängt. Das ist nicht wahr. Schon weil die Russen gegen die SS-Leute losgegangen wären. Also dies ist die Grenze. Aber man muß natürlich eine literarische Schreibform erfinden.

HEINRICHS: Martin Walser hat anläßlich der Verleihung des Friedenspreises des Deutschen Buchhandels, den Sie ja auch 1994 erhalten haben, auf eine ganz bescheidene Art und Weise seine Reaktionen auf die mediale Inszenierung der Erinnerung an den Holocaust beschrieben. Das ist ja etwas ganz anderes als die augenblickliche gleichsam anonyme Verdrängung der Historie. Er hat sich dagegen gewandt, auch angesichts des Versuches, in Berlin ein Holocaust-Denkmal zu etablieren. Er hat sich gegen die Betonierung des Zentrums der Hauptstadt gewendet und von einer »Monumentalisierung der Schande« gesprochen. Wie schätzen Sie die Möglichkeiten ein, eine derart extreme Erfahrung und die Erinnerung daran in Monumenten festzuhalten? Ich komme damit auch auf das Motto von Maurice Blanchot zu sprechen, das Sie Ihrem Buch *L'écriture ou la vie* voranstellen, in dem die enge Zusammengehörigkeit von Sich-Erinnern und Vergessen betont wird. Verlangt das Zukünftige nicht auch nach Vergessen?

SEMPRUN: Natürlich braucht ein Mensch genauso dringend Vergessen wie Erinnern. Ohne Vergessen ist kein Leben möglich. Wenn man immer, in jedem Augenblick, das Gedächtnis, die Erinnerung an diese oder jene dramatische Erfahrung hat, dann kann man nicht weiterleben. Aber, die Denkmäler gehören in eine andere Kategorie, in die ästhetische Kategorie. Das Denkmal, das die Deutsche Demokratische Republik in Buchenwald aufgestellt hatte, war furchtbar, ästhetisch furchtbar, und weil es ästhetisch furchtbar war, war es auch politisch furchtbar. Aber das muß man dennoch behalten, als eine historische Tatsache. Man weiß, daß dieses realistische, sozialistische Denkmal ästhetisch und auch politisch falsch ist. Aber natürlich braucht man Denkmäler.

HEINRICHS: Lassen Sie mich gegen Ende unseres Gesprächs auf Ihren Essay *Das Böse und die Moderne* zu sprechen kommen, in dem Sie die Reflexion, die Assoziation und Impression ganz eng miteinander verknüpft haben. Es ist ein fließender Text, philosophisch, und ganz nah am eigenen Erleben. Wenn ich das so sagen darf, das Seins- und das Wissensniveau sind in diesem Text nicht voneinander getrennt. Die abendländische Philosophie ist dabei sehr präsent, und Sie versuchen, sich gerade gegen die Philosophie, gegen die der Philosophie eigenen Schwächen und Schatten (exemplarisch in Heideggers Denken) stark zu machen. Zutiefst beeindruckend für mich ist Ihr Festhalten am Geistigen, an der »luziden Vernunft«, wie Sie sagen. Verteidigen Sie auch weiterhin die luzide Vernunft, und reicht sie Ihrer Meinung nach aus, um unsere Zukunft zu gestalten?

SEMPRUN: Ich verteidige sie, natürlich verteidige ich sie immer noch, wie ich es in diesem Essay getan habe.

Aber natürlich, allein reicht sie nicht, aber ohne sie geht es auch nicht.

HEINRICHS: Und was ist die luzide Vernunft für Sie?

SEMPRUN: Die luzide Vernunft heißt erstens, die Wichtigkeit der Vernunft als rationalistische Versuchung zu erkennen, als

Versuch und Versuchung, die Welt zu verstehen und zu verändern. Luzid, weil sie keine utopische Vernunft sein kann. Sie ist eine Vernunft, die mit der Sachlichkeit arbeiten muß und doch als Vernunft die Seiten wechselt. Sie wechselt die Realität, und die Realität wechselt und verwechselt die Vernunft. Es gibt da eine dialektische Verbindung zwischen der Vernunft und der Realität des Lebens und der Welt. Und zum zweiten, man kann es grob sagen, ist eine kollektive Vernunft nötig, die in der Praxis der Menschen verkörpert sein muß. Die Einsamkeit der luziden Vernunft ist wichtig, aber sie genügt nicht. Diese Vernunft muß sich in einem kollektiven Projekt verkörpern.

HEINRICHS: Gestatten Sie mir noch eine persönliche Frage: Als sie 1944 nach Buchenwald gebracht und als Sie im April '45 befreit wurden, war ich selbst noch nicht auf dieser Welt. Selbst wenn ich das Ende des Krieges im Erleben meiner Mutter miterlebte, gehöre ich doch schon der Nachkriegsgeneration an. Kann man, möchte ich Sie fragen, verstehen, was man nicht erlebt hat, und wenn ja, unter welchen Bedingungen? Muß man das Fremde, das ganz Andere immer in sich selbst situieren und sich selbst als Ich und als Anderen begreifen? Und ist diese Andersheit immer in uns als ein kultureller Subtext vorhanden? Müssen wir also das Andere stets, gleichgültig, ob es sich in alltäglichen oder in extremen Formen zeigt, in uns und an uns selbst verstehen?

SEMPRUN: Jeder von Ihrer Generation, die keine persönliche Erfahrung mit dem letzten Weltkrieg und der ganzen Geschichte der Totalitarismen in Europa hat, jeder von Ihnen muß eine persönliche Verbindung und Bearbeitung dieser nichterlebten Vergangenheit leisten. Sie nicht und ich auch nicht waren beim Dreißigjährigen Krieg dabei, lebten in der Zeit Luthers oder Kants. Aber wir können davon sprechen, und wir wissen vielleicht nichts, ohne das Erleben dieser Periode oder dieser Weltgeschichte, aber wir wissen mehr oder weniger, manchmal auch genau, wovon es gehandelt hat und was im Spiel war. Von der Geschichte der Vernichtung und von der Endlösung, dem nazistischen und stalinistischen Totalitarismus kann man wissen, auch ohne ein Erlebnis.

Ich glaube, es wäre eine Reduzierung der Geschichte und der Philosophie, wenn man sagte, wenn man es nicht erlebt hat, weiß man es nicht. Was wir, die es erlebt haben, machen sollen, ist genau dies, Ihnen das Verständnis zu ermöglichen oder richtiger: es Ihnen leichter zu machen. Die Weltgeschichte haben wir nicht erlebt, und wir sind mit dieser Weltgeschichte positiv oder negativ verbunden. Von diesem letzten Augenblick – denn es ist nur ein Augenblick in der Weltgeschichte –, von den Vernichtungen und von den Totalitarismen müssen wir alle ein Verständnis haben.

HEINRICHS: Verstehen ja, aber kann ich es auch empfinden? Ich habe mich das oft gefragt bei den Tagebüchern etwa von Victor Klemperer, wenn er von einem »gipfelhaft furchtbaren Tag« spricht und dann wird die »Lage immer noch hundertmal schlimmer, wo man sie doch schon für unüberbietbar schlimm hielt«. Oder wenn es bei Elie Wiesel heißt, »wir waren daran gewohnt, im Tod zu leben«, oder wenn Sie 1992 zurückkehren an den Ort dieses unsagbaren Leids und dann in der Lage sind, einen derart einfachen und wunderbaren Satz wie »Die Vögel waren zurückgekehrt« zu sagen. Kann ich das wirklich empfinden?

SEMPRUN: Sie können verstehen, natürlich. Empfinden können Sie, wenn der Schriftsteller, Sie haben Elie Wiesel genannt, die Form erfindet, wir kommen zur Erfindung zurück, die Form, die Ihre Empfindung möglich macht. Das ist nicht immer automatisch der Fall. Aber die Empfindung, die empathetische Mitempfindung, die Sie haben können, hängt von der literarischen Erfindung ab.

HEINRICHS: Beim Lesen Ihrer Bücher habe ich immer wieder an etwas gedacht, was Primo Levi einmal über die Erzählung *Der Rauch über Birkenau* von Liana Millu schreibt: »Die Autorin tritt selten selbst in den Vordergrund. Sie ist das Auge, das alles durchdringt, ein wunderbar waches Bewußtsein, das registriert und mit einer immer würdigeren, zurückhaltenden Sprache jene Ereignisse in Worte faßt, Ereignisse, die doch vollkommen außerhalb des menschlich Faßbaren bleiben. Jede dieser Erzählungen endet in düsterer Tonart, mit einer Totenglocke: Ein Leben erlischt, und es ist bedeutsam, daß diese einzelnen, persönlichen Todesfälle – jeder von ihnen tragisch, jeder anders – besonders schwer wiegen, besonders spürbar werden, mehr als die Millionen Toten aus den Statistiken. Jeder dieser menschlichen Lebenswege durch eine zutiefst unmenschliche Umgebung strahlt eine Aura poetischer Trauer aus, die nie von unbeherrschter Wut oder Klagen getrübt wird. In der schmerzerfüllten, lebensklugen Darstellung dieser Lebenswege hat die Autorin ihrem Leiden einen Sinn verliehen.«

Erst die poetische Zuspitzung erlaube es, so Levi, zu empfinden. Also dort, wo sich die Sprache in einem Raum entfaltet, von dem die meisten Menschen glauben, er liege eher außerhalb der Realität, dort entsteht plötzlich die Möglichkeit tiefer Empfindung.

SEMPRUN: Ja, genau. Primo Levi hat recht.

HEINRICHS: Und das ist ja auch in Ihrem Sinne, wenn Sie zum Beispiel einmal sagen, daß Sie die Informationen als solche niemals interessiert haben.

SEMPRUN: Die Informationen sind natürlich brauchbar, die muß man statistisch haben, für die Historiker, für die Arbeiter des Gedächtnisses und für die Bearbeitung der Vergangenheit, aber für die Empfindung braucht man literarisches Talent.

HEINRICHS: Wird sich Ihr Schreiben verändern, wenn Sie einmal das Gefühl haben, Sie haben alles für sich herausgefunden?

SEMPRUN: Ich werde niemals alles herausgefunden haben. Es ist ein unendliches Schreiben, ein unendliches Erfinden.

BREYTEN BREYTENBACH
wurde 1939 in Südafrika geboren, ging 1961 freiwillig ins
Exil. 1975 Einreise nach Südafrika unter falschem Namen. Er wurde wegen angeblicher Konspiration zu
neun Jahren Gefängnis verurteilt. Heute lebt er, nach
vorzeitiger Entlassung, als freier Schriftsteller und
Maler in Paris, Dakar und New York. Zahlreiche Auszeichnungen.
Hauptwerke unter anderem: *Kreuz des Südens, schwar-
zer Brand* (Wagenbach 1973), *Augenblicke im Paradies*
(Benziger 1983), *Wahre Bekenntnisse eines Albino-
Terroristen* (1984), *Alles ein Pferd* (1989), *Rückkehr ins Paradies* (Suhrkamp 1995), *Mischlingsherz* (Hanser 1999).

BREYTEN BREYTENBACH

Die Hand, die singt

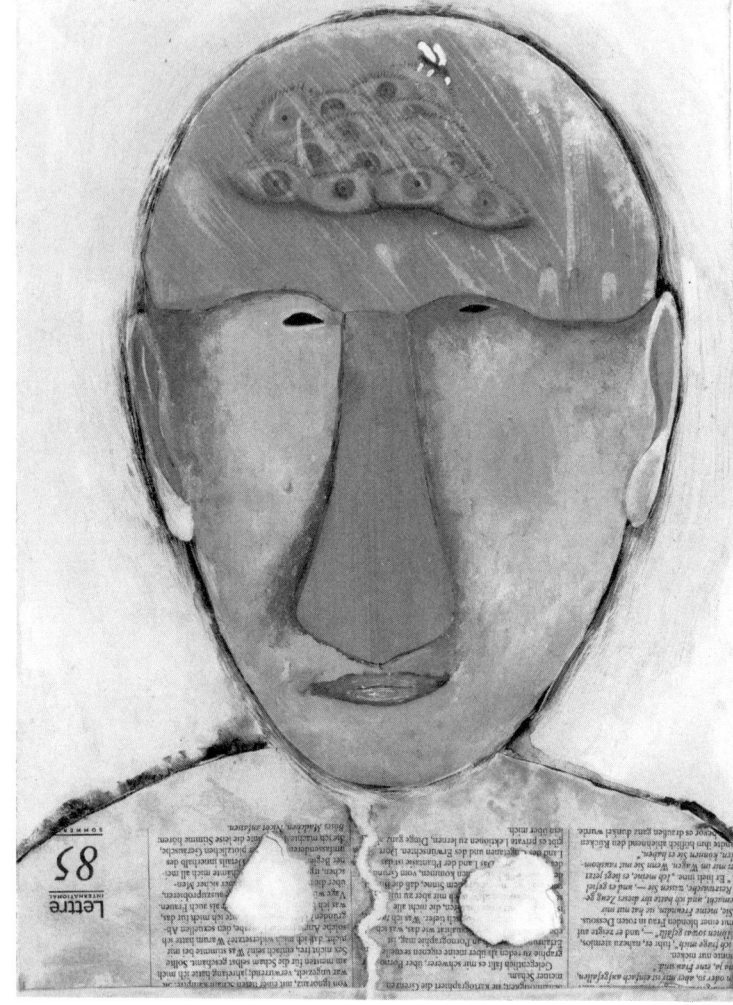

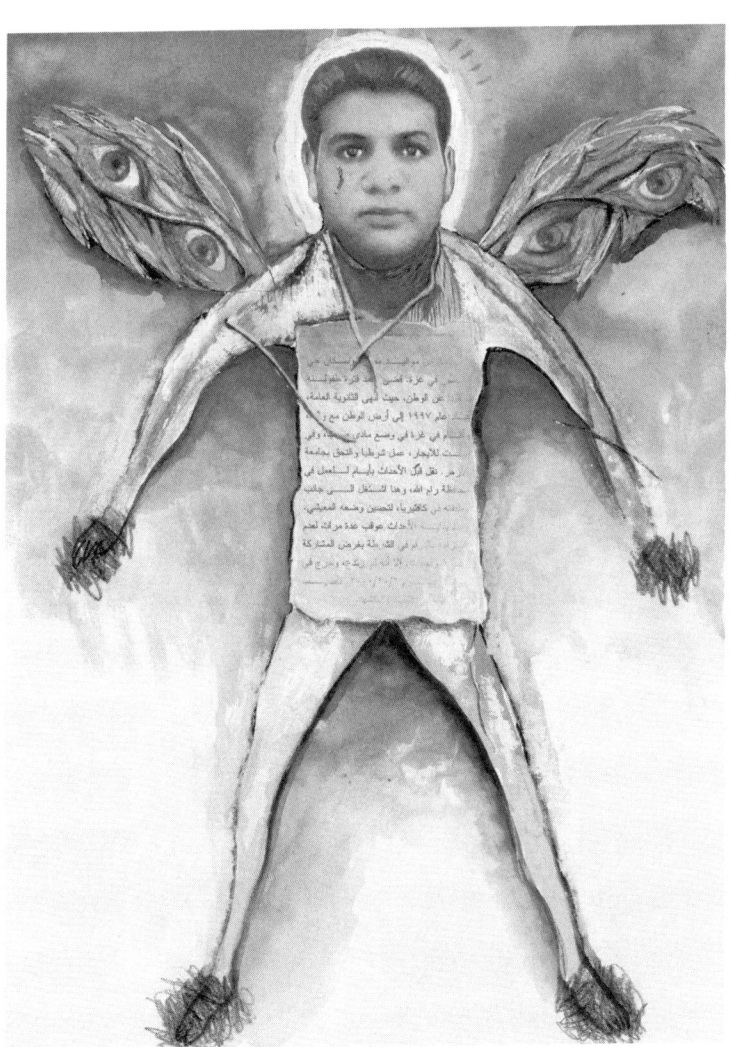

Zuweilen hat man den Eindruck, daß die Schwere einer (singulären und kollektiven) Leidenserfahrung – zum Beispiel bei Nelson Mandela oder dem Dalai-Lama – eine ganz einzigartige und unverwechselbare Heiterkeit und Lebensfreude zur Folge hat. So auch bei Breyten Breytenbach, der sieben qualvolle Jahre in südafrikanischer Haft verbracht hat.

Wenn er Vorträge hält, einen Kongreß oder eine Preisverleihung moderiert, tut er dies stets mit einem Charme, einer Eleganz und Fröhlichkeit, als hätte er immer nur auf der Sonnenseite des Lebens gelebt.

Und auch als wir uns – nach einem Kongreß über afrikanische Literatur, wo wir zu Vorträgen eingeladen waren – zu unserem Gespräch treffen, während des Gesprächs und in den Stunden danach: eine ungewöhnliche Leichtigkeit und Feinfühligkeit, eine Vertrautheit und intellektuelle Redsamkeit bestimmen die Dialoge, das Sprechen, wechselnd in Deutsch, Englisch und Französisch. Breyten Breytenbach, ein Kosmopolit im schönsten und wahrhaftigsten Sinn des Wortes.

HANS-JÜRGEN HEINRICHS: Herr Breytenbach, wie sind Sie Schriftsteller geworden? Und gibt es so etwas wie ein Initialerlebnis, eine ganz besondere Situation, die am Anfang Ihres Schreibens steht?

BREYTEN BREYTENBACH: Ich weiß nicht, ob es bei mir so etwas wirklich am Anfang gibt. Ich glaube, ich habe angefangen zu schreiben, jedenfalls wirklich versucht, ernsthaft zu schreiben, im Alter von etwa vierzehn, fünfzehn Jahren. Es kam, wie bei vielen jungen Leuten, durch die Liebe – sehr romantisch. Ich war stark beeinflußt von Gedichten meiner Eltern natürlich. Also, es war wahrscheinlich am Anfang Imitation. Man wollte gerne, daß man auch so schreiben könnte. Und es war immer für eine Person, für eine Geliebte geschrieben. Und wahrscheinlich war es auch sehr schnell ein Dialog oder ein Gespräch mit sich selber. Das wird natürlich, wenn man anfängt zu schreiben, auch sehr bald zu einer Exploration, einer Entdeckungsreise nach Innen und einer Entdeckungsreise durch die Materie, die Sprache selbst. Und danach ist es zu spät, dann kann man nicht wieder zurückkehren.

HEINRICHS: Hatten Sie schon sehr früh das Gefühl, das Schreiben als eine Möglichkeit zu leben erkannt zu haben?

BREYTENBACH: Nein. Nein, das dachte ich nicht. Wenn man anfängt zu schreiben, ist es, als ob man auf eine Reise geht. Am Anfang weiß man noch nicht, daß es wahrscheinlich keine Bestimmung ist und sicherlich keine Rückkehr gibt. Wenn man es wüßte.

HEINRICHS: Das erinnert mich an etwas, was Marguerite Duras einmal gesagt hat, »wenn man wüßte, was man schriebe, würde man nicht schreiben«. Ist das für Sie auch so?

BREYTENBACH: Ja, ja, manchmal. Ich glaube, daß der Akt des Schreibens selbst dem entspricht, was der irische Dichter Seamus Heaney beschreibt: in einen Zustand der exakten Erleuchtung eintreten, einer erleuchteten Exaktheit. Man befindet sich nicht in irgendeinem höheren Zustand oder auf dem Weg in eine andere Welt, man ist schlicht so gut man sein kann, und die Dinge gehen gleichzeitig langsam und rasch voran. Aber man achtet dabei nicht darauf, was dies impliziert. Später, wenn man innehält und schaut, einige Tage später, oder am nächsten Morgen, stellt man fest, daß man vielleicht über das, was man für möglich hielt, hinausgegangen ist oder daß man einen Teil des dabei Implizierten nicht vorausgesehen hatte.

HEINRICHS: Das läßt mich – wie auch in den anderen Gesprächen – an eine Formulierung von Claude Lévi-Strauss denken, der einmal gesagt hat, »er sei das Tor, durch das die Mythen und die Literaturen hindurchgehen«. Ist es in dem Zustand, wie Sie ihn eben beschrieben haben, auch so, daß die Sprache, die Literatur, die Tradition dem Schriftsteller etwas zuspricht, das er nur ergreift?

BREYTENBACH: Ja. Ich bin überzeugt davon, man wird zu einer Art Echokammer. Für mich jedenfalls. Man schreibt natürlich auf verschiedene Weisen. Für das Schreiben von Gedichten ist es nötig, daß man seine Materie so gut beherrscht, daß dieser Prozeß völlig instinktiv wird. Die Referenzen sind dann schon da. So wie wenn man in ein Zimmer tritt, in dem alle

Freunde versammelt sind und man alle Stimmen hören will, ohne jedoch hinzuschauen, da man gleichzeitig etwas anderes zu tun hat.

HEINRICHS: Und in diesem Zustand des Offenseins für das, was in der Sprache geschieht, haben Sie da die Vorstellung, daß Sie eher frei oder eher unter einem Schreibzwang stehen?

BREYTENBACH: Schreibzwang habe ich sehr wenig. Was manchmal geschieht: ich erwache frühmorgens mit einer Phrase oder einem Wort, und das ist wie ein Signal, wie ein herunterhängender Faden von einem Kleidungsstück, und man zieht daran. In diesem Fall gibt es so etwas wie Zwang, man weiß, daß man es festhalten muß, bevor es wieder verschwindet, bevor es sich verflüchtigt. Das ist wichtig. Aber ansonsten habe ich nicht den Eindruck, daß die Musen mich umgeben.

HEINRICHS: Ich frage mich manchmal, ob es wirklich verlorenginge, wenn man es nicht ergreifen würde. Oder ob es nicht in einem drin ist und in irgendeiner Gestalt dann doch hervorkommt.

BREYTENBACH: Ja, ich habe auch manchmal darüber nachgedacht, zum Beispiel beim Anblick einer Landschaft, wo man glaubt, dem Entstehen eines Gefühls zuzusehen, und man es gleich niederschreiben muß. In diesem Fall ist es schwierig, es erst später wieder aufzugreifen. Natürlich verliert man es nicht. Ich bin alt genug, um zu wissen, daß nichts wirklich verlorengeht, vielleicht ist es manchmal sogar gut, daß es etwas absinkt, in die tieferen Erinnerungsstufen, ins Unbewußte. Es verändert sich, bleibt dort liegen, reift, wird zu etwas anderem und steigt dann wieder nach oben, und man findet es in einer anderen Form, in einer anderen Konstellation wieder.

HEINRICHS: Wissen Sie sehr schnell, in welcher Form Sie schreiben werden, ob Sie in einer eher lyrischen, prosaischen oder essayistischen Form schreiben oder ob Sie malen werden?

BREYTENBACH: Ja, das weiß ich sofort. Es gibt Momente, in denen ich mich schwer entscheiden kann: zwischen poetischer Prosa und einem Gedicht. Aber das ist auch nicht so wichtig, das Gedicht kann auch manchmal eine Prosaform haben. Ich glaube jedoch, daß die Vorgehensweise und vor allem die Anfänge völlig anders sind. Ich kann mir nicht vorstellen, einen Roman zu schreiben, ohne daß es da etwas gibt, das von sehr weit her kommt, an das man schon lange gedacht hat, zu dem man sich Notizen gemacht hat, von dem man sich bestimmte Situationen schon ausgemalt, sich Stimmen vorgestellt, die Personifizierung gefunden hat. Es ist wichtig, sich einen Plan zu machen, selbst wenn man sich nicht daran hält. Früher wäre es mir unmöglich gewesen, mir Notizen zu einem Gedicht zu machen oder zum Beispiel das Gedicht zuerst in Prosaform niederzuschreiben. Heute passiert mir das manchmal. Ich versuche, das Gefühl zu ergreifen, dem Bild näherzukommen und mir dann zu sagen, »daraus werde ich ein Gedicht machen«.

Was jedoch bei mir häufiger ist – etwas sehr Frustrierendes –, daß man sich eine Notiz macht, einen Satz notiert, ein Wort, ein kleines Bild, und man dann zu etwas anderem übergeht. Am nächsten Morgen greift man es wieder auf oder weiß dann nach drei Tagen nicht mehr, was man damit machen soll. An sich ist es gut, aber was wollte ich damit anfangen?

Die Notizen, die man selbst gemacht hat, sind zu verschlüsselt, zu verstreut, zu fragmentarisch, als daß man davon ausgehen könnte.

Malen ist auch wieder etwas anderes, für mich jedenfalls. Ich male oft von Bild zu Bild. Das sind dann eine Reihe von Resonanzen, die miteinander kommunizieren. Prinzipiell erscheint mir die Arbeit des Malens als die angenehmste. Es ist eine körperliche Arbeit, die auch sinnliche Befriedigung mit sich bringt, weil es die Farben gibt, weil sich etwas vergrößert, man kann es erneut angehen. Auch kann man sich an einen festen Tagesablauf halten: man beginnt mit dem aufgehenden Licht und hört mit dem untergehenden Licht auf, man trinkt einen Kaffee oder ein Glas Wein, und am nächsten Morgen schaut man sich an, was man gemacht hat.

HEINRICHS: Wenn Sie an einem Buch schreiben, versuchen Sie dann, die verschiedenen Gedanken und die verschiedenen Empfindungen und vielleicht auch Visionen immer in dieses eine Buch hineinzubringen, oder schreiben Sie gleichzeitig an vielen Projekten?

BREYTENBACH: Ich bin immer mit mehreren Projekten gleichzeitig beschäftigt, dabei möchte ich mich eigentlich sehr gerne konzentrieren und etwas fertigmachen, das wäre viel besser. Vielleicht bin ich arabischer Abstammung. Eines Tages hat mir ein Freund, ein marokkanischer Dichter gesagt: »Du schreibst, wie es früher die arabischen Schriftsteller gemacht haben. Du beginnst ein Buch, und wenn es fertig ist, sagst du, ›nun ist es fertig‹, es ist ein Buch. Aber man weiß nicht, ob es ein Roman ist, eine Reihe von Essays, weil es alles beinhaltet, Gedichte, kleine Essays, Überlegungen, Dialoge vielleicht.«

Ich habe einen Roman geschrieben, *Schneestauberinne-rungen*, der ein Skript enthält, ein kleines Theaterstück, ein langes episches Gedicht. Mein Freund sagt, daß man früher so Bücher schrieb. Aber vielleicht bin ich auch auf eine andere Weise etwas arabisch. Ich habe so viele Lieben, ein Harem: wenn ich mit einer von ihnen zusammen bin, denke ich sehr stark an die anderen. Ich denke dann: Aber was macht diese und jene jetzt? Es handelt sich hierbei nicht um Besitzenwollen, sondern um eine Art übergreifender Lust. Im Laufe der Zeit jedoch lernt man, daß man nicht alles gleichzeitig machen darf. Sie haben recht: nichts geht jemals verloren. Wenn ich es nicht in dieses Buch bringen kann, sei's drum, dann wird es in einem anderen sein, ich werde später darauf zurückgreifen. Es ist besser, die Dinge etwas liegen zu lassen, als zu versuchen, alles in einem Buch unterbringen zu wollen.

HEINRICHS: Ich glaube, diese Erfahrung, wie Sie sie eben beschrieben haben, ist die sehr viel selbstverständlichere; sie ist auch viel näher an den Ursprüngen der Literatur. Im Laufe der Entwicklung haben sich die Literaten viel zu sehr selbstzensuriert und eingeschränkt, kastriert. Literatur ist Erkenntnis und Poesie, präzise und pathetisch, palimpsesthaft, mehrstimmig, vielschichtig, episch, mythisch, inszenatorisch. Eine Literatur, die ein Gefühl für das Inszenatorische hat, ist die viel reichere. Wir haben eine andere Ebene noch nicht erwähnt, die für Sie auch sehr wichtig ist, die des Bekenntnisses, der Wunsch, das Erfahrene in den vielfachen Spiegelungen der Selbsterfahrung zur Darstellung zu bringen. Bekenntnis als eine sehr komplexe Form: Man sagt die Wahrheit und man lügt, und indem man lügt, sagt man auch die Wahrheit. Die Biographie und die Autobiographie sind ja nur Spiegelungen; sie haben das schöne Wort *mouroir* geprägt, das sich von *mourir* (sterben) und *miroir* (Spiegel) herleitet; in der Spiegelung stirbt man.

BREYTENBACH: Ja. Matisse hat einmal gesagt, »ich male, bis meine Hände anfangen zu singen«. Man betreibt seine Kunst, Schreiben oder Malen, bis zu dem Zeitpunkt, da man beinahe zu einem unsichtbaren Vehikel wird. Was man macht, nimmt die Form eines Gesangs an, so wie etwa ein Vogel singt. Ich verstehe den Begriff des Bekenntnisses so wie Montaigne: »Für den Schriftsteller ist das Selbst eine Berufung«. Das Leben ist wahrscheinlich eine Schreibreise. Man beschreibt sein Leben wie eine angetretene Reise. Nicht aus egozentrischen Gründen, sondern weil das Wesentliche des Schaffensaktes ein Akt der Ausdehnung des Bewußtseins ist. *Consciousness-making*: die Herstellung von Bewußtsein, ein entwickelteres Gefühl für das Sein der Dinge zu haben, für das Sein des Selbst. Das ist aber eine Frage der Textur.

Ich bin immer stärker davon überzeugt, daß der menschliche Geist die Dinge mit einem Textur-Bewußtsein angeht, das es ermöglicht, die Unterschiede zu spüren. Es handelt sich dabei nicht nur um das Berühren. Es geht hier auch um die Textur der Worte, der Farben. Es ist eine Frage des Rhythmus, eine Frage der Brüche, der Stille, des Nicht-Gesagten. Das Nicht-Gesagte ist vielleicht in bezug auf das Problem des Bekenntnisses als Spiegel wichtiger als das Gesagte.

In dieser Spannung, in dieser Dialektik, in diesem Spiel zwischen Leere und Fülle, Spiel und Nicht-Spiel, dem Spiel und den anderen Spielen, dem Ich und den anderen Ichs entsteht die Bewegung. Hier bildet sich ein Sog heraus, ein Sog hin zum Engagement. Man könnte noch weiter gehen und sagen, daß in diesem Sinn das offensichtlich Persönlichste zugleich das Allgemeinste ist. So wie man manchmal sagt: »Das Persönliche ist politisch.« Das ist auch richtig. Ich sage es jedoch nicht in diesem Sinn. Ich denke etwa an Pavese, ein Dichter, der auf eine fast krankhafte Weise sich selbst beobachtete, aber gleichzeitig war er der ewige Mensch, der universale Mensch. Denn schließlich ist das Bewußtsein, das im Bekenntnis, in der Erforschung, in dem Bedürfnis, über die Dinge hinauszugehen, zum Ausdruck kommt, die Quelle selbst unseres Seins, unseres Bewußt-Seins, mit allem Unsicheren auch, mit dieser verzweifelten Ausdehnung des Schönen. Verzweifelt deshalb, weil es nicht währen kann, weil es den Tod gibt. Hier in diesem Feld, in dieser Arena, mit diesem Stier haben wir den wirklichen Bataille.

HEINRICHS: Ich muß, nicht nur in unserem Gespräch, an eine Formulierung von Michel Leiris denken, der einmal sagte: »Man muß das Subjektive so weit übersteigern, daß es in Objektivität umschlägt.« Wir haben keine andere Chance, als an uns selbst etwas sehr genau und tief zu beschreiben, damit es dann in eine Form umschlägt, die für andere als Struktur erfahrbar wird.

Sie haben eben die schöne Formulierung »die Hand, die singt« ins Spiel gebracht. Im Deutschen gibt es die Formulierung »mit links schreiben«, etwas schreibt sich gleichsam von alleine. Andererseits setzt sich auch der Wunsch durch, das Bewußtsein zu erweitern. Vielleicht könnte man zu dem Begriff *consciousness* noch den Begriff der *awareness* (ein Gefühl für die eigene Verantwortlichkeit) hinzufügen. Im Schreiben geht dies doch ineinander über, oder?

BREYTENBACH: Ja, davon bin ich überzeugt. Man hat eine gewisse Verantwortlichkeit für das, was man tut. Nicht im sozialen Sinne, sondern für sich selbst und für die Materie, die Wörter, die Figuren, die Farben. Ich fühle mich immer stärker direkt verantwortlich. Auch hier könnte ich erneut auf irgendeine arabische Abstammung verweisen, auch wenn ich mich mit der arabischen Kultur weniger verwandt fühle als mit der afrikanischen und fernöstlichen Kultur. Aber wenn Allah sagt, wir werden die Verantwortung tragen müssen, die Verantwortung für alle Wesen, die man geschaffen hat, für alle Bilder, so verbirgt sich hier für mich eine tiefgehende Wahrheit. *Consciousness* und *awareness* sind Synonyme. Wenn man von einer Aufgabe des Schriftstellers sprechen kann, auch von einer Berufung, dann besteht sie darin, darauf zu achten, daß das Bewußtsein nicht versinkt: das Bewußtsein vom Spezifischen der Dinge, der Bedeutung der Worte, der Bedeutung des Denkens, der Gefühle für die anderen.

HEINRICHS: Das erinnert mich auch an etwas, was Sie einmal sehr deutlich gemacht haben, den Unterschied zwischen Kultur und Kunst (oder Literatur). Kultur versucht man immer auf der staatlichen und medialen Ebene, auf der Ebene der Gewerkschaften und der Politik zu definieren und durchzusetzen. Aber Kultur wird nicht vom Künstler gemacht, der einzelne Künstler schreibt ein Werk. Wenn dieses Werk gelingt und andere Werke gelingen, dann ergibt sich vielleicht so etwas wie Kultur. Am Anfang des Schaffensprozesses aber steht die *vocation*, der Auftrag, der Umgang mit den Wörtern, mit der Sprache.

BREYTENBACH: Am Anfang steht natürlich auch die Notwendigkeit sich auszudrücken, die ich zum Beispiel empfunden habe, als ich im Gefängnis war. Ich bin unfähig zu leben, wenn ich mich nicht ausdrücken kann, wenn ich mich selbst und mein Umfeld nicht durch Schaffensakte verändern kann. Schreiben, Zeichnen, das war natürlich alles fast unmöglich, und dennoch versuchte man irgendeinen Weg zu finden. Ich glaube, daß der Mensch körperlich den Traum und die Schaffensmöglichkeit braucht. Ebenso empfindet der Betrachter, der Leser die Notwendigkeit, diesem Prozeß des Schaffens beizuwohnen. Es ist notwendig zuzusehen, wie der Vogel auffliegt, wie er fliegt und wie er abstürzt. Wir haben das Bedürfnis, die Wirklichkeit der Existenz zu lesen, die tiefe Wirklichkeit der Existenz. Wir besitzen alle eine Dimension, die über unser tägliches Leben hinausreicht. Und wir empfinden das Bedürfnis, diese Dimension durch die Erläuterung der tiefgehenden Wirklichkeit der Dinge und deren Veränderungsversuche aufzufüllen. Sich nach vorne zu projizieren, ein anderer zu werden, die Welt zu verändern, die Revolution vorzubereiten.

HANS WERNER HENZE
wurde 1926 in Gütersloh geboren; seine erste Komposition wurde
1946 aufgeführt. Er lebt seit 1953 als freier Komponist bei Rom. Einer
der angesehensten Musiker unserer Zeit, der auch großen Einfluß
auf die kulturelle Entwicklung Deutschlands hatte.
Neben seinen großen Opern, Balletten, Oratorien und Sinfonien pu-
blizierte er: *Reiselieder mit böhmischen Quinten. Autobiografische Mitteilungen 1926–1995* (S. Fischer 1996), *L'Upupa. Nachtstücke aus dem
Morgenland. Autobiografische Mitteilungen* (Propyläen 2003), *Brief-
wechsel mit Ingeborg Bachmann: Briefe einer Freundschaft* (Piper
2004).

HANS WERNER HENZE

Es ist so, als ob ich nicht
der Autor sei

Hans Werner Henze, *Olivengarten in Marino*

Hans Werner Henze, *Les Reprara, Marino*

Der Zug trägt mich gemächlich aus Rom hinaus – so wie ich es 1969/70 oft getan habe, an den Wochenenden. Was hat sich hier verändert im Rhythmus des Lebens in der Stadt und auf dem Land? Nicht viel.

Hans Werner Henze begrüßt mich geradezu herzlich – und unversehens bin ich Teil eines römisch-ländlichen Familienlebens. »Heute arbeiten wir nicht, kommen Sie in den Garten.«

Die maßlose Dummheit der ohne jeden Gemeinsinn und Richtungssinn unter den Olivenbäumen herumstreunenden Hühner – deren Fleisch er noch nicht einmal möge – erscheint ihm als Symbol für die Zukunft des Menschen. Die Hühner und die Windhunde, die Olivenhaine und Obstgärten, sie bilden an diesem Ort eine geradezu selbstverständliche Ordnung: alles geht mit allem zusammen, wird gepflegt von den Menschen, die für den maestro, *wie sie ihn nennen, arbeiten, die mit ihm sind, er unter ihnen.*

Er liebt und genießt die Weite des Blicks zu den Hügeln, zum Meer und zur Silhouette des Petersdoms. Nach Marino, eine halbe Stunde von Rom aus gelegen, vor Castelgandolfo, kam er in den siebziger Jahren, nach der Zeit in Neapel und Rom. Aus dem ehemals klösterlichen Anwesen – stolz zeigt er mir alte Reste von Kellergewölben, die jetzt zufällig frei wurden, weil der Regen so viel Erdreich wegschwemmte – hat er einen ganz und gar weltlichen, sichtbaren Ort der Lebensfreude, des Genusses und der Musik gemacht.

Alles tönt hier, ist bereit, Musik zu werden, sich zu verwandeln. Und doch spielt auch die Distanz eine große Rolle. Er möge das Obszöne nicht, bekennt er; er liebe gute Manieren, er sei ein bißchen wie seine eigene Großmutter. Ja, ohne Komponieren wäre sein Leben nicht denkbar gewesen – und jetzt dieser Luxus, »wenn man es sich leisten kann, ist doch gut«.

Was die Journalisten über ihn schreiben, lese er nie, aber er trinke mit ihnen gerne ein Glas Wein. Er ist Künstler, belebt von der Musik in sich, die er hörbar macht. Peter Sloterdijks Wort von den »Beseelungsverhältnissen«, das ich ins Spiel bringe, gefällt ihm gut, ja, es gehe um das Seelische.

Ich frage ihn, wie er komponiere, ob er, wie Nathalie Sarraute, das Wort, die Töne bei der Niederschrift lese, singe, trällere. Nein, dazu sei er viel zu schüchtern.

Er erzählt gerne Geschichten und ist neugierig auf andere Geschichten. Zum Beispiel, daß ich mit Giorgio Manganelli immer überkreuz sprach: er souverän-heiter deutsch, ich grammatisch-fraglich italienisch, und wie uns das übermütig machte; und daß ich mit Ingeborg Bachmann während einer ernsten Lesung im Goethe-Institut von Rom herumalberte, wie Kinder während des Unterrichts.

Er möchte wissen, worüber ich mit Elfriede Jelinek, die er sehr schätzt, in Wien gesprochen habe; dann, was die neuen Theoretiker in Frankreich denken, und erzählt von seiner Bewunderung für Japan und die japanische Kunst, was er aber in der Regel für sich behalte; es sei zu tief empfunden und zu zerbrechlich, um daraus Gesprächsstoff zu machen. Ja, auch andere Kulturen und Musiken, wie die kubanische, interessierten ihn, aber er wisse zu wenig darüber. Ob es so etwas wie eine Urmusik, archetypische Grundmuster gebe? Ja, vielleicht, aber einem Interpreten falle es leichter als einem Komponisten, mit Ja zu antworten.

Er möchte wissen, wer Chef der Berliner Philharmoniker geworden ist – »Simon Rattle wäre gut« –, ob heute der 23. sei, da würde es entschieden werden, und ob Schröder seine Sozialreform durchsetzen könne, das sei doch wichtig; ob man sich in Frankreich für seine Musik interessiere oder ob man ihn genausowenig wie in Italien wahrnehme; er schwärmt von Ma-

drid, wo ihn jetzt die Spanier seit der Aufführung seiner Oper
Die Bassariden *im Theatro Real begeistert feierten.*

Er spricht, in Heiterkeit, von seinen gegenwärtigen Arbeits-
schwierigkeiten beim Schreiben seiner 10. Symphonie und daß
er im Augenblick ständig Schimmel sähe, in Filmen und auf
Bildern: Symbole für das Ewige? Husseins Schimmel, den nie-
mand nach des Königs Tod mehr reiten dürfe. »*Ist das nicht*
schön?«

Wir sprechen über wagemutige Männer, die heutzutage die
Welt umsegeln. Sein Freund Fausto sagt, ihm könne das nicht
imponieren, da sei doch früher ein Magellan von einem ganz
anderen Kaliber gewesen. Ich frage Fausto, ob der maestro *für*
ihn eine Art Magellan sei, und er antwortet ohne Umschweife:
»*Ja.*«

HANS-JÜRGEN HEINRICHS: Hans Werner Henze, wie gehen Sie mit der Erfahrung um, die man als Künstler immer wieder macht, daß man plötzlich von einem auf den anderen Tag den Faden an einem Werk verliert, daß man nicht mehr weiß, wie man weiterschreiben soll, und man auch die Lust verliert und plötzlich nicht mehr weiß, warum man das Begonnene weiterführen soll?

HANS WERNER HENZE: Ja, das passiert. Dann muß man fest entschlossen sein, die mißlungenen Noten in den Papierkorb zu geben und von vorne anzufangen. Das passiert schon. Aber außerhalb dieser täglichen Komponierarbeit (das ganze Jahr hindurch, mit ganz wenigen Unterbrechungen) bin ich unglücklich. Ich bin natürlich dauernd unglücklich, weil die Arbeit so unendlich schwer ist oder auch die Forderungen, die man an sich selber stellt, so schwer zu erfüllen sind, daß man noch mit 73 immer wieder Angst hat, sich an den Schreibtisch zu setzen. Und gleichzeitig leidet auch der ganze Körper natürlich mit, man erkrankt bei den schwierigen Stellen, oder man glaubt, man muß sterben, das denke ich übrigens oft. Am Schluß, wenn das Stück fertig ist – nicht das Leben, sondern das Stück –, dann wird es wohl aus sein.

HEINRICHS: Es ist ja auch eine Art Tod. Wenn das Werk fertig ist, ist etwas Geborenes auch wieder gestorben.

HENZE: Das ist richtig. Es ist nett, daß Sie das einfügen. Ja, das ist schon so, aber man wundert sich. Dieses Schreiben von Musik, das ist ein Vorgang, der mir nach wie vor, oder heute mehr denn je, unverständlich ist. Manchmal ist es so, daß ich einen Notentext schreiben kann und eine Mehrstimmigkeit herstelle, die ich ganz genau höre, so daß ich bei der späteren Kontrolle auf dem Klavier nichts mehr ändern muß. Es ist alles völlig schlüssig und funktioniert – aber so, als ob ich nicht der Autor sei, sondern nur der Bleistift, der diese Sachen aufs Papier bringt, diese Notenzeichen usw. Das läßt mich an die Existenz einer anderen Entität denken.

HEINRICHS: Damit berühren Sie schon das zentrale Interesse, das ich in diesem Gespräch habe, ob der Autor wirklich Autor ist, oder ob er nicht vielmehr so etwas wie ein Medium ist, durch das die Musik, durch das die Sprache hindurchgeht. Es spricht, Es tönt. Dieser Gedanke kommt ja auch in Ihren Texten des öfteren vor, daß die Musik uns etwas zuspielt und wir, wenn es gelingt, die Gelegenheit haben, es zu ergreifen. *Ergriffenheit* ist ein schönes Wort dafür, oder *Teilhabe*. Und dennoch gibt es natürlich dieses Moment der Arbeit, das Sie ja schon herausstellten. Also man muß etwas für die Teilhabe tun.

HENZE: Ja. Ich habe nun wirklich sehr viel Routine, also ich kann, besonders in meinem eigenen Stil, sehr gut instrumentieren und plausibel instrumentieren und so, daß meine Mitteilungen an die Hörerschaft auch wirklich über die Rampe kommen. Aber man irrt sich, wenn man meint, ich könnte nun schneller schreiben als früher, besser ja, aber nicht schneller. Es ist also ein andauerndes Nachdenken und: Man muß warten, und dieses Warten, das kann manchmal länger dauern als erwünscht und kann auch Schmerzliches an sich haben.

HEINRICHS: Die Schweizer haben dafür den schönen Ausdruck *Zuwarten*. Man wartet zu. Damit ist noch deutlicher diese Notwendigkeit des Ausharrens bezeichnet. Sie haben eben gesagt, daß Sie diesen Prozeß nicht richtig verstehen, der da vor sich geht. Ist das nicht eigentlich das Selbstverständliche, daß man nicht versteht?

Herr Henze, wie könnten Sie Ihren Arbeitsprozeß beschreiben, beginnend mit dem Einfachsten, wie fängt Ihr Tag an? Machen Sie täglich Fingerübungen in dem Sinne, wie ein Pianist auf dem Klavier arbeitet, die Finger bewegt?

HENZE: Es ist so, daß ich nur frisch gewaschen und mit frischer Wäsche an den Schreibtisch gehen will und kann. Sonst stimmt etwas nicht, ist in Unordnung. Es muß alles ungeheuer ordentlich sein. Die Bleistifte sind von einer sensationellen Spitzigkeit, dank eines japanischen elektronischen Anspitzers.

Am gestrigen Tag, als man mal wieder nichts getan hatte, hat man natürlich dauernd nachgedacht bzw. *etwas* hat nachgedacht. Ein paar neue Ideen sind aufgetaucht, die noch gefehlt hatten, um ein plausibles Klangbild herzustellen und das darzustellen, was ich darzustellen wünschte und immer noch wünsche. Ich bin jetzt in einem Mittelteil, im dritten Teil meiner Zehnten Sinfonie. Schon seit Monaten arbeite ich daran und habe nichts anderes zu tun. Aber es kommt oft genug vor, daß ich sehr schnell müde bin. Es ist noch nicht soweit, der Apfel ist noch nicht ganz reif – bis er vom Baum fällt. Man muß noch ein bißchen warten – *zuwarten.* Das kann manchmal recht unangenehm sein.

HEINRICHS: Ist für Sie manchmal der Wechsel von dem sehr geselligen Leben, das Sie führen, und der Einsamkeit des Schreibens schwierig?

HENZE: Die Geselligkeit ist das Willkommenste, was man sich vorstellen kann, wenn man der Einsamkeit des Schreibens entschlossen entgeht, indem man das Arbeitszimmer verläßt. Wir haben auch sehr nette Freunde in Rom, die sehr gerne hierherkommen, einmal wegen der frischen Luft, zweitens wegen des guten Weins und drittens auch wegen der lustigen Gesellschaft, die sich einstellt.

HEINRICHS: Vielleicht auch wegen der schönen Hunde und der vielen dummen Hühner, die hier herumlaufen.

HENZE: Die werden alle demnächst geschlachtet.

HEINRICHS: Ich erinnere mich an ein Gespräch mit Jorge Semprun. Er sagte, er sei eigentlich kein Schriftsteller, so wie etwa Flaubert ein Schriftsteller war. Wenn bei ihm ein Freund aus Kuba oder Mexiko anriefe und sagt: »Ich bin jetzt hier in Paris«, würde er sofort alles stehen und liegen lassen, um diesen Freund zu sehen, mit ihm Kaffee zu trinken, Tee zu trinken und zu plaudern. Er sei eigentlich kein Schriftsteller in dem Sinn, daß er seine Arbeit den Freunden und dem Gespräch vorziehe. Wie ist das bei Ihnen?

HENZE: Ich ziehe auch jederzeit die Gespräche mit Freunden der Anstrengung des Komponierens vor, das ist klar. Was mich an der Arbeit hält: ich stelle mir immer die Aufführung vor, ich höre das Stück, ich höre die Aufführung. Manchmal tue ich es eben auch nicht, und dann weiß ich nicht, wie es weitergeht, so als sei man aus einem Traum erwacht. Die Zusammenklänge der Instrumente höre ich sehr genau. Das Problem ist, wie bekommt man es aufs Papier? Man kann eine vollständige Vorstellung haben, und dann weiß man nicht ganz genau, wie man sie aufschreiben soll. Das ist sehr qualvoll.

HEINRICHS: Vielleicht ist man noch nicht an dem Punkt, wo man es *wirklich* vor sich sieht. Es fehlt noch ein Augenblick.

HENZE: Auf den muß man warten.

HEINRICHS: Die Tatsache, daß Sie die Aufführung schon hören, antizipieren, heißt das, daß Sie laut arbeiten, daß Sie das, was Sie arbeiten, singen, trällern, intonieren, etwa so wie Nathalie Sarraute: Sie las immer laut, was sie schrieb, um sich in das »innere Murmeln« einzuschwingen. Das machen Sie nicht, schon aus Scham, daß ein anderer sie hören könnte?

HENZE: Meine Nachbarin, besonders wenn ich bei offenem Fenster arbeite. Ich arbeite fast völlig ohne Kontrolle des Klaviers. Aber es kann schon einmal passieren, daß ich das Notierte am Ende eines dieser anstrengenden Vormittage auf dem Klavier durchchecke, möglichst so leise, wie es nur geht, damit die Nachbarn das nicht hören und denken, ich könne nicht komponieren, weil die Noten schräg kommen.

HEINRICHS: Sind Sie überhaupt ein schamvoller Mensch?

HENZE: Manche behaupten das Gegenteil und verwechseln Schamlosigkeit mit Offenheit. Mir gefällt das Obszöne nicht.

HEINRICHS: Gibt es obszöne Stellen in Ihren Stücken?

HENZE: Es gibt sogar einen Traktat über die Obszönität in der Musik: *Heliogabalus Imperator*, ein Orchesterstück, das Anfang des nächsten Jahres auf der Schallplatte produziert wird, dirigiert von Oliver Nassen, der ein ganz großartiger Dirigent ist. Da kann man es auch sehr deutlich hören. Da geht es um Phalli und das alte Rom. Der *Heliogabalus Imperator*, das war ein Tunichtgut sondergleichen.

HEINRICHS: Ihre autobiographischen Mitteilungen *Reiselieder mit böhmischen Quinten* rekonstruieren Ihr Leben, Ihr musikalisches Werk und Ihre Beziehung zur Literatur und natürlich Ihr Verhältnis zu Ingeborg Bachmann. Wie hat sich das ungewöhnlich ausgeprägte Verhältnis, das Ingeborg Bachmann zur Sprache hatte, zur Klarheit, zur Reinheit der Sprache, auf Ihre musikalische Arbeit ausgewirkt. Diese Abstinenz vom Umgangssprachlichen, vom Verschleiß der Sprache, dieser Wunsch, wie das bei Hölderlin einmal heißt, zur Wiedereinsetzung der ursprünglichen Bedeutung der Wörter zurückzukehren?

HENZE: Das erste, was ich von ihr komponiert habe, das sind diese beiden Arien in *Nachtstücke und Arien*. Die Uraufführung war 1957. Ich könnte mir denken, daß die erste dieser beiden von mir vertonten Arien *Wohin wir uns wenden im Gewitter der Rosen / ist die Nacht von Dornen erhellt, und der Donner / des Laubs, das so leise war in den Büschen, / folgt uns jetzt auf dem Fuß …* Dann kommt noch ein weiterer Vierzeiler. Diese Bilder, das sind wunderbare Vorstellungen – ein Gewitter der Rosen, der Donner des Laubs folgt uns jetzt auf dem Fuß –, das sind auch Bilder, die Musik vertragen können.

HEINRICHS: Musikträchtig, könnte man sagen.

HENZE: Das ist ganz richtig.

HEINRICHS: Welche Rolle spielt bei Ihnen das Schweigen in der Musik?

HENZE: Ingeborg Bachmann war eine Meisterin im Schweigen, auch bei Gesprächen. Sie hörte einfach mitten im Satz auf – nach einem kleinen Decrescendo, dann kam ein kleines *Ach.*

HEINRICHS: Haben Sie dann in das Schweigen hinein gesprochen, oder konnten Sie das gut ertragen?

HENZE: Ich konnte das gut ertragen. Wir hatten eine sehr komische Freundschaft, eine sehr gute, sehr innige. Es durfte immerzu gelacht werden, wir haben uns enorm viel amüsiert, richtig amüsiert wie Kinder. »Du sollst ja nicht weinen«, kommt in einem Gedicht von ihr vor, das ist aus der Dritten Sinfonie von Mahler.

HEINRICHS: Hat die Freundschaft bis zum Ende ihres Lebens gedauert? Wie ist das eigentlich gegangen?

HENZE: Wir haben uns schon ein bißchen auseinandergelebt. Es wurde schon damals immer schwieriger, zwischen hier (Marino) und der Stadt (Rom) mühelos zu kommunizieren. Es wurde immer umständlicher. Das ist das eine. Das andere ist auch, daß sie nicht so recht happy war mit meinem politischen Tun. Das fand sie nicht richtig. Sie hat immer gedacht, es reichte, wenn man das alles theoretisch zur Kenntnis nehme, den dialektischen Materialismus und so weiter, all das andere auch noch, nur als Wissen, nicht als Anregung zu wirklichem Tun. Wir Künstler könnten sowieso nicht helfen, wir müßten unsere Kunstwerke weiter produzieren und das Künstlertum reinhalten von Involvements unkünstlerischen Ursprungs. Da mag sie vielleicht sogar recht haben. Aber für mich wäre das damals unmöglich gewesen. Ich mußte weitergehen in meinen Untersuchungen: Wozu ist die Musik da, was kann sie, was kann sie nicht, was muß man tun, damit die Leute nicht mehr dauernd aufeinander einschlagen wie die Wahnsinnigen, sondern daß Musik zu dem wird, wozu sie gedacht war von jemand wie Orpheus beispielsweise? Heulendes hat die Musik, das ist eine Aufgabe, und Besänftigendes.

HEINRICHS: Sie kann diese heilende Funktion nur haben, wenn der Musiker erkennt, von was die Gesellschaft geheilt werden muß?

HENZE: Ja natürlich, klar.

HEINRICHS: Und wie gehen Sie heute mit dem Wunsch nach politischen Veränderungen um? Wie fließen diese Gedanken in Ihre Arbeit ein?

HENZE: Mein letzter Beitrag zu dieser Thematik ist meine Neunte Sinfonie. Sie besteht aus sieben Sätzen, die alle etwas zu tun haben mit der Verfolgung der jungen Kommunisten zu Anfang der Nazijahre. Das habe ich dem deutschen Antifaschismus gewidmet, den es ja gegeben hat, den Helden und Märtyrern. Jetzt arbeite ich an einer Zehnten Sinfonie. Sie ist nur für Instrumente geschrieben. In der Neunten gibt es noch Chor in fast allen sieben Teilen. Hier gibt es nur das Orchester, ein sehr großes. Es soll eine festliche Sinfonie werden. Einen Teil habe ich schon fertig, er heißt *Ein Sturm*. Jetzt arbeite ich an einer Art Teufelstanz. Dann kommt noch ein ruhiger Teil, den ich nur für Streicher setzen möchte, und noch ein großer Schlußteil, wieder für das ganze Orchester. Wenn mir nichts mehr einfällt, ich keine Lust mehr habe, was soll dann daraus werden?

HEINRICHS: Hat ein einmal begonnenes Werk schon so etwas wie die Berechtigung, vollendet zu werden? Ist es virtuell schon da und muß nur noch ausgeführt werden?

HENZE: In einer guten Komposition ist nach wie vor das Ungewöhnliche das Ziel der Suche. Man muß Dinge finden, Zeichen erfinden, die sich abgelöst haben vom existierenden Arsenal künstlerischer musikalischer Erfahrungen, um zu neuen Ausdrucksweisen zu kommen, zu neuen Darstellungsmethoden. Musik ist eine darstellende Kunst. Musik ist eine Seelenkunst. Man fängt erst jetzt richtig an, das zu begreifen und sich mit den Dingen auseinanderzusetzen, die von so entscheidender Bedeutung sind für die Zukunft unserer Zivilisation. Nicht nur der Menschen, sondern vor allem der Zivilisation, die die Menschen zu dem gemacht hat, was sie sind, mit dem, was sie können, mit dem, was sie nicht können, mit dem Plus und Minus. Die Musik kann sich sehr gut, gerade heute, einschalten in den Sensibilisierungsprozeß der Jugend, der Gesellschaft, und sollte das auch tun.

HEINRICHS: Haben Sie den Eindruck, daß Ihre Arbeiten zusammen genommen so etwas wie *ein* Buch, *eine* Komposition bilden, oder ist es für Sie mehr so, daß jedes für sich steht?

HENZE: Es ist beides der Fall. Die einzelnen Kompositionen bilden eine Kontinuität, aber innerhalb dieser Kontinuität gibt es immer abgeschlossene Stücke, mit einem Schlußakkord. Ich habe vor längerer Zeit gedacht, diese Schlüsse seien nur Trugschlüsse und das nächste Stück setze denselben Diskurs fort. Aber dessen bin ich gar nicht mehr so sicher. Oft, wenn ich an einem Stück arbeite, denke ich schon an das nächste. Ich sage mir dann, dieses Problem löst du im nächsten

Stück, im Streichquintett oder was als nächstes kommt. Dieses Übermaß an Forderungen kann man gar nicht erfüllen, wenn man nicht eine Auswahl trifft, die einem weiterhilft. Man kann nicht das ganze Universum immerfort interpretieren und deuten und schaffen und neu präsentieren.

HEINRICHS: Meine letzte Frage, Herr Henze, nimmt Bezug auf eine Stelle in einem Text von Ihnen, eine Stelle, die mich sehr berührt hat, wo Sie in bezug zu Ihrer Arbeit *Lacrimosa* sagen: »In dieser Arbeit ist es mir darum gegangen, einen weinenden Menschen darzustellen oder genauer, das Weinen selbst in vielen Nuancen, das Wimmern, das Schluchzen, das Heulen und Schreien, das Herausschreien der Not.« Das erinnert mich an eine Bemerkung von Marguerite Duras, die in Ihrem Buch *Schreiben* (*Écrire*) sagt, das Schreiben hätte sie zu einem Wilden gemacht, sie sei zu einer Wildheit zurückgekehrt, die vor dem Leben dagewesen sei. Ist das, was Sie über *Lacrimosa* und die Arbeit an *Lacrimosa* sagen, zu verallgemeinern: Ist dieses Heulen und Schreien, das Herausschreien der Not, bei all Ihrem Wunsch zu strukturieren und Ordnung zu schaffen, nicht doch das Grundelement? Gibt es so etwas wie eine Grundmelodie, die jeder Mensch in sich trägt und die er auch expressiv zum Ausdruck bringen muß?

HENZE: Mein »Urschrei« ist immer der Wunsch gewesen, nicht allein zu sein, auch nicht allein zu schlafen. Das ist jetzt auch nicht mehr so, glücklicherweise, aber so war es sicher mal. Die Einsamkeit kann enorme Proportionen annehmen in einem fremden Land, in einer fremden Kultur. Das war auch nicht immer so ungeheuer erfreulich hierzusein, so weit weg von meinem eigenen Land, wo sehr viel Musik gemacht wird, während hier eher wenig gemacht wird und meine

Musik gar nicht bekannt ist. Aber ich wußte, eines Tages werde ich dieses Haus haben, das wird so aussehen wie ein etwas südlich geratenes, mittelmeer-stilisiertes, westfälisches Bauernhaus mit einer großen Mauer drum herum, viel höher, als die westfälischen Mauern meiner Kindheit waren.

Nachbemerkung

Marguerite Duras' tief beeindruckendes Buch *Ecrire* (Schreiben) gab den Leitfaden für diese Dialoge vor.* Ihre Zuspitzungen öffneten den Fragen und Antworten weite Horizonte und bildeten ein unerschöpfliches Reservoir, das sich stetig ›anzapfen‹ ließ und den Gesprächen eine gemeinsame Ebene bereitete. »Das Schreiben ist das Unbekannte«, so hatte sie notiert; »bevor man schreibt, weiß man nichts von dem, was man schreiben wird und zwar in aller Klarheit. Es ist das Unbekannte von einem selbst, vom eigenen Kopf, vom eigenen Körper.«

Und dieses Unbekannte hat immer auch mit Defekten und Mängeln, mit Widersprüchlichkeiten und Gefühlen der Bodenlosigkeit zu tun – Ressourcen, von denen sich das Schreiben nährt.

Viele der befragten Autoren betonen, daß sie nicht im konventionellen Sinn Schriftsteller sind oder geworden sind, sondern daß es von alleine kam und sie sich stets aufs Neue, im Schreibprozeß, als Schreibende finden und festhalten.

Die hier vorgestellten Schriftsteller wissen sich darin einig, daß sie ihr soziales Ich während des Schreibens hinter sich lassen, gleichsam an der Garderobe zu ihrem Schreibraum abgeben. Diese Distanzierung zur eigenen kulturellen Rolle geht zum Beispiel bei E. M. Cioran so weit, daß er von sich sagte: »Ich selbst weiß nicht genau, woran ich bin ... ein Buch zu schreiben mit dem Bewußtsein, daß man Schriftsteller ist, das ist eine Katastrophe.« Paul Nizon vergleicht das Schreiben mit der Unterschrift unter einen Vertrag für die Fremdenlegion »oder etwas noch Schrecklicheres«.

Elfriede Jelinek setzt sich ab von den Autoren, die etwas bloß »im Schnee nachspuren«; sie dagegen oszilliere, springe hin und her zwischen verschiedenen Sprachrhythmen und Sprecherpositionen und beharre nicht auf ihrer Position. »Ich habe immer das Gefühl, daß sich die Bücher selber schreiben und daß nicht ich es bin, die das schreibt.«

Georges-Arthur Goldschmidt sagt, beim Schreiben komme »es immer anders« als man gedacht habe, er sei nur das Durchgangstor zur Sache; jemand, der wisse, was er schreibe, sei ein Schmock, ein verlogener Schriftsteller. Letztlich aber würde das Schreiben oft überschätzt, das wirkliche Leben sei viel tragischer. »Wichtig ist das Weinen eines Kindes, der Schmerz, der Tod, eine alte Frau, die auf der Straße stürzt, der alltägliche Schrecken.« Und dennoch betonen die befragten Autoren immer wieder, daß das Schreiben doch ihr Leben ist und sie unfähig sind zu leben, wenn sie sich nicht ausdrücken können. »Das Leben ist wahrscheinlich eine Schreibweise.« (Breyten Breytenbach)

* Außer dem Gespräch mit E.M. Cioran (das im Frühjahr 1983 geführt wurde) fanden die Unterredungen in den Jahren seit 1999 statt, wurden größtenteils mehrfach wieder aufgegriffen, weitergeführt, überarbeitet und durch private Dokumente ergänzt. Ich danke den Gesprächspartnern und (für die aufwendige Arbeit des Abschreibens vom Tonband sowie dem Tippen der vielen Fassungen) Gisela Bromba und Gudrun Baltissen.